Sarah Noffke
Michael T. Anderle

# Die triumphierende Tochter

Unzähmbare Liv Beaufont
Buch 4

Für Kathy.
Dank dass Du mir mein erstes Fantasy-Buch gegeben hast.
Seitdem ist die Welt für mich ein besserer Ort.

# Impressum

Die triumphierende Tochter (dieses Buch) ist ein fiktives Werk. Alle Charaktere, Organisationen, und Ereignisse, die in diesem Roman geschildert werden, sind entweder das Produkt der Fantasie des Autors oder frei erfunden. Manchmal beides.

Copyright © 2018-2021 Sarah Noffke & Michael Anderle
Titelbild Copyright © LMBPN Publishing
Eine Produktion von Michael Anderle

LMBPN Publishing unterstützt das Recht zur freien Rede und den Wert des Copyrights. Der Zweck des Copyrights ist es Autoren und Künstlern zu ermutigen die kreativen Werke zu produzieren, die unsere Kultur bereichern.

Die Verteilung von diesem Buch ohne Erlaubnis ist ein Diebstahl der intellektuellen Rechte des Autors. Wenn Du die Einwilligung suchst, um Material von diesem Buch zu verwenden (außer zu Prüfungszwecken), dann kontaktiere bitte international@lmbpn.com Vielen Dank für Deine Unterstützung der Rechte der Autoren.

LMBPN International ist ein Imprint von
LMBPN Publishing
PMB 196, 2540 South Maryland Pkwy
Las Vegas, NV 89109

Version 1.01 (basierend auf der englischen Version 1.01), April 2021
Deutsche Erstveröffentlichung als e-Book: Mai 2020
Deutsche Erstveröffentlichung als Paperback: Mai 2020

Übersetzung des Originals The Triumphant Daughter (Unstoppable Liv Beaufont Book 04) ins Deutsche vom:
4media Verlag GmbH

Verantwortlich für Übersetzungen, Lektorat
und Satz der deutschen Version:
4media Verlag GmbH,
Hangweg 12, 34549 Edertal,
Deutschland

ISBN der Taschenbuch-Version:
978-1-64202-556-9

DE20-0013-00029

# Übersetzungsteam

**Primäres Lektorat**
Jürgen Möders & Astrid Handvest

**Sekundäres Lektorat**
Jens Schulze

**Betaleser-Team**
Astrid Handvest
Jessica Köhler
Stefan Krüll
Sabine Marx
Sascha Müllers
Jens Piper
Natalie Roggenkamp
Volker Tesche
Anita Völler
Thorsten Wiegand

# Kapitel 1

Der zähflüssige Trank tröpfelte aus den Mundwinkeln von Wayne Grimson, als er schluckte. Er hielt die halbleere Flasche mit beiden Händen, seine Arme zitterten.

»Das war's«, ermutigte ihn Adler Sinclair. »Nur ein bisschen mehr.«

Der Anwalt tat, was ihm gesagt wurde. Er schluckte, bis er die Flasche fast vollständig geleert hatte, nur ein kleiner Rest hing noch an der Innenseite.

Seine Augen waren rot und voller Tränen, als er die Flasche auf seinem polierten Schreibtisch abstellte.

»Vergessen Sie nicht, Sie dürfen niemals preisgeben, für wen Sie arbeiten«, begann Adler und sprach die Verzauberung, wie er es schon so oft mit dem Anwalt getan hatte. Die Wirkung ließ alle paar Wochen nach, aber es hatte sich gelohnt, ihm eine neue Dosis zu verabreichen. Wayne Grimson hatte sich als zuverlässig erwiesen, indem er Adlers Regeln befolgte und die Aufmerksamkeit von ihm fern hielt.

»Die Androhung von Folter und Tod wird meine Bindungen nicht brechen«, sagte Wayne mit Roboterstimme. »Egal was passiert, ich werde nicht sprechen.«

Adler nickte. »Und Sie können nicht von jemand anderem kontrolliert werden. Niemand außer mir kann Ihnen etwas aufzwingen.«

Wayne wischte sich die Mundwinkel ab, richtete sich auf und begann, mehr wie sein altes Selbst auszusehen, obwohl dieser Teil von ihm wahrscheinlich schon lange verloren gegangen war. Er würde sich nie mehr wirklich daran erinnern, wer er war. Das war der Preis für den Zaubertrank und für Adler Sinclair war es das absolut wert.

Die Sterblichen waren entbehrlich. Einige sahen das nicht so, aber sie verstanden auch nicht die ganze Tragweite der Dinge – dass ohne ihn und seine Vorfahren und ohne das, was sie getan hatten, die Magie schon lange verloren gegangen wäre.

»Ich bin nur Ihnen Rechenschaft schuldig«, sagte Wayne, der blinzelte und sich im Büro umsah, als ob er sich plötzlich erinnert hätte, wo er sich befand.

Adler fuhr mit dem Finger über die Klinge des Schwertes, das auf der Vorderseite des Schreibtischs lag und bewunderte die Kunstfertigkeit des Schwertes, das Wayne wiedergefunden hatte. Adler hatte vielleicht keine Toleranz gegenüber den wilden Riesen, aber er wusste die handwerkliche Arbeit durchaus zu schätzen. Lange Zeit hatte er versucht, ein von Riesen geschmiedetes Schwert zu bekommen, aber er war gescheitert. Es gab einfach nicht so viele auf der Welt und die wenigen wurden von den Riesen auf dem knappen Stück Land, das ihnen ›zugewiesen‹ worden war, beschützt. Aber eine persönliche Waffe war nicht so wichtig wie die, die vor ihm lag. Diese enthielt Erinnerungen und Dinge, die kein anderer wissen durfte. Deshalb war es für den größten Teil eines Jahrhunderts im Nationalen Geschichtsmuseum eingeschlossen gewesen.

Bis Liv Beaufont alles ruiniert hatte.

Adler erinnerte sich daran, dass sie nur ein dummes Mädchen war. Zuerst hatte er sich Sorgen gemacht, dass sie über beispiellose Kräfte verfügen oder zu einem Problem werden könnte, wie ihre Eltern und Geschwister. Ihr Kraftniveau war höher als das der meisten ... nun ja, das von jedem anderen, aber er war sich sicher, dass es sich mit der Zeit normalisieren würde. Er war zu dem Schluss gekommen, dass sie einfach immer wieder an den falschen Orten und zur falschen Zeit auftauchte. Dummes Glück. Der Dämonenjagd-Fall war perfekt für sie. Es würde sie entweder ausschalten oder sie demütigen – es war ihm egal, was von beidem.

»Ich möchte, dass Ihre Leute weiterhin ein Auge auf Miss Beaufont haben«, befahl Adler Wayne.

Der Anwalt nickte mechanisch.

Adler war der Meinung, Liv zu zwingen, ins Haus der Sieben zu ziehen, wäre die beste Art und Weise um sie im Auge zu behalten. Er brauchte das Schwert jedoch zurück und der juristische Einfluss, den er auf sie hatte, reichte aus, um sie zur Freigabe des Schwertes zu bewegen. Nach reiflicher Überlegung wurde ihm klar, dass die unerfahrene Kriegerin ihm mehr Probleme bereiten würde, wenn sie im Haus lebte. Es war besser, wenn sie einfach ihr Leben riskierte, indem sie täglich Dämonen tötete und sich so weit wie möglich aus dem Haus heraushielt. Vielleicht würde ihre Dämonenjagd ja irgendwann mal schiefgehen, Unfälle konnten jederzeit passieren.

Adler fuhr wieder mit den Händen über das Schwert des Riesen und murmelte eine Reihe von Beschwörungsformeln, wobei er das Objekt so verzauberte, dass es wie eine übergroße Papprolle aussah, mit der man üblicherweise Plakate transportierte. Es war immer noch verdammt schwer als er es aufhob und über die Schulter trug. Er hatte gedacht, dass das Verstecken der Waffe in der Öffentlichkeit die beste Möglichkeit wäre, sie von den Riesen fernzuhalten, die die Geschichte in ihr fühlten und sich an die Vergangenheit erinnern würden. Diesen Fehler würde er nicht noch einmal machen. Turbinger würde verschwinden und nie wieder gesehen werden. Es gab Orte, von denen nur er wusste, an denen Dinge versteckt werden konnten, insbesondere im Haus der Sieben.

Adler war schon immer ein Fan davon gewesen, Dinge vor aller Augen zu verstecken, weil die meisten nicht einmal wussten, wo sie suchen sollten. Die meisten wurden von den Gedanken in ihren Köpfen oder ihren eigenen egoistischen Wünschen so überflutet, dass sie nicht sahen, was direkt vor ihren Augen lag. Und selbst wenn sie es taten, war die Verzauberung in diesem Haus stark genug, es sie vergessen zu lassen. Deshalb erinnerte sich niemand an die schwarze Leere zwischen der Kammer des Baumes und dem Wohnkorridor im Haus der Sieben. Selbst wenn jemand sie sehen würde, wüsste er nicht, wie er hineinkommen könnte und noch besser, er hätte schreckliche Angst davor.

Das Schwert würde dort hineinkommen und für den Rest der Zeit sicher sein. Adler freute sich darauf, dem Gottmagier zu versichern, dass die Dinge wieder auf dem richtigen Weg waren. Zunächst müsste er ihn aber wecken. Das erfüllte ihn sowohl mit Vorfreude als auch mit Beklemmung. Die Dinge waren immer unberechenbar, wenn der Gottmagier sich rührte, denn seine Macht war sowohl groß als auch teuflisch. Adler konnte nicht alles kontrollieren, wenn der Gottmagier wach war. Er hatte allerdings daran gearbeitet. Er glaubte an die Aufrechterhaltung des Gleichgewichts. Deshalb hatte er alles riskiert, um das, was seine Vorfahren begonnen hatten, geheim zu halten und er glaubte, dass sich diese Verantwortung auf alle Bereiche des Hauses der Sieben erstreckte.

Ja, er würde den Gottmagier planmäßig aufwecken. Glücklicherweise würde die Gottheit einige Zeit brauchen, sich zu erholen, sodass Adler die Chance bekam, die Komplikationen zu vermeiden, die beim letzten Mal aufgetreten waren und Verdacht erregt hatten.

Er stieß einen beruhigenden Atemzug aus und erinnerte sich daran, dass die Dinge jetzt anders waren. Das Haus war anders. Er hatte die Ratsmitglieder und Krieger ausgewählt, die das Haus ausmachten, Lemminge und einfache Soldaten, die taten was ihnen gesagt wurde und nicht das sahen, was er verborgen halten wollte.

# Kapitel 2

Der Schnee knirschte unter Liv Beaufonts Stiefeln und sie sank mehrere Zentimeter ein. Sie machte einen weiteren Schritt und hatte das Gefühl, dass die Decke aus scheinbar endlosem Schnee sie bald vollkommen blenden würde.

Stefan hatte ihr gesagt, sie solle sich hinter der Böschung verstecken, bis sie sein Signal hörte. Mit einem Blick auf Plato zog Liv eine Grimasse.

»Warum Wyoming und andere schrecklich eisige Orte? Warum können sich die Dämonen nicht in Cabo San Lucas neben einem Pool mit einer Cabana verstecken«, dachte sie laut nach und zog ihren pelzgefütterten Umhang enger um sich, während sie zitterte.

Plato, der von der vorherrschenden Kälte nicht im Geringsten beeindruckt zu sein schien, schaute sie mitfühlend an. »Ich dachte, dies sei eine massive Verbesserung gegenüber Nordalaska.«

»Das ist es nicht«, antwortete Liv. »Verdammt, keine Dämonenjagd mehr in eisigem Klima. Wenn sie die Erde durchstreifen wollen, dann müssen sie Orte wählen, die eher der Hölle gleichen. Warte, gehen sie deshalb an eisige Orte? Ist das die wahre Hölle?«

»Ich glaube, sie kommen eher wegen der Sterblichen als wegen der Temperaturen«, erklärte Plato, indem er in der Luft schnüffelte.

»Glaubst du, dass Menschen in kälteren Klimazonen

leichter zu korrumpieren sind?«, wollte Liv neugierig die Meinung des Lynx wissen.

»Ich glaube, es hängt vom Dämon ab und davon, wer er zu Lebzeiten war«, sagte Plato. »Einige wollen die Unschuldigen verderben und das Böse verbreiten. Manche verewigen gerne das, was bereits korrupt ist.«

»Woher weißt du das? Vergiss es. Du wirst es mir nicht sagen und es wäre mir lieber, wenn du deine geheimnisvolle Art beibehalten würdest.«

Platos Ohren stellten sich leicht auf. »Ich wäre in diesem Fall vielleicht bereit gewesen, dir zu sagen, woher ich diese Informationen habe.«

»Ach, wirklich?«, erkundigte sich Liv und hielt Bellator, ihr Schwert, fest in beiden Händen.

»Nein, nicht wirklich«, antwortete Plato verschmitzt.

Liv schürzte ihre Lippen. »Du bist so ein Quälgeist.«

»Wo wir gerade von Neckereien sprechen …« Plato hob das Kinn an und richtete den Blick über die Schulter. »Es sieht so aus, als hätte der Köder funktioniert.«

Liv lächelte vor Freude. »Das heißt, es ist Zeit zu gehen.« Obwohl sie die Geräusche, auf die sich Plato bezog, hören konnte, wartete sie auf das Signal. Das richtige Timing war alles, wie Stefan und sie besprochen hatten, wobei sie ihre Strategie immer wieder überprüft hatten.

Das Meckern der verängstigten Ziege hätte normalerweise Livs Herz vor Schuldgefühlen zusammenschnüren lassen, aber sie erinnerte sich, dass es keine echte Ziege war. Es war lediglich eine Erscheinung, die Stefan als Köder geschaffen hatte.

Die Ziege sprang über die Köpfe von Liv und Plato. Sie wurden an die Böschung gepresst, die mehrere Meter abfiel. Die Ziege blieb nach der unbeholfenen Landung nicht im

Schnee stehen, sondern huschte einfach weiter den steilen Hang hinunter, wobei ihre Hufe rutschen, während sie in wilder Verzweiflung schrie.

Ein leises Pfeifen durchdrang die Luft und ließ Liv sich anspannen. Das war es – das Signal. Sie bereitete Bellator vor und bemerkte, dass Plato verschwunden war.

Der erste Dämon flog mit den Armen rudernd über ihren Kopf und strampelte mit den Beinen, als würde er ein unsichtbares Fahrrad fahren. Er landete mit einem Knirschen im unberührten Schnee, die Hände unten und mit dem Fokus auf die Ziege, die sich schnell entfernte. Die Bestie, eine außergewöhnlich hässliche Kreatur mit roten Schuppen über Kopf und Hals und einer gegabelten Zunge, knurrte.

»Hey, Glatzkopf, warum suchst du dir nicht jemanden in deiner Größe?«, rief Liv dem Monster zu und machte den Dämon sofort auf sich aufmerksam.

Er drehte sich zu ihr um und ein bösartiges Knurren kam aus seinem Mund. Der Dämon war größer und breiter als sie und er war schnell. Sie war jedoch vorbereitet und schwang Bellator, als er in ihre Richtung sprang. Die Klinge schnitt über seine Brust und spritzte schwarzes Blut über den weißen Schnee.

»Oh, verdammt, ich wollte einen Schneemann aus dem Schnee bauen«, murmelte Liv, als das Biest seine Brust packte und sich vor Schmerzen wand, weil es von Bellator markiert worden war. »Du hast alles mit deinem Blut ruiniert. Oh, und auch dadurch, dass du ein böser Dämon bist. Der Schnee stinkt jetzt bestimmt ganz abscheulich.«

Liv war gerade dabei, Bellator wieder zu schwingen und das Monster zu erledigen, als ein weiterer Dämon über ihren Kopf rauschte und in der Nähe des ersten Wesens landete. Der Neuankömmling drehte sich um und erblickte Liv sofort. Das Ziegenrennen war also offenbar vorbei, dachte sie, ihre Augen huschten zwischen den beiden hin und her.

Der unversehrte, zweite Dämon stürzte sich auf Liv und kreischte entsetzlich. Sie trat mit dem Fuß nach ihm und versuchte, ihn zurückzudrängen. Stattdessen packte er ihren Fuß, verdrehte ihn nach rechts und zwang Liv von ihren Füßen. Sie fiel mit dem Gesicht in den Schnee, der ihre Haut mit Kälte durchdrang.

Bevor die Bestie auf ihren Rücken springen konnte, rollte Liv zur Seite und sprang dann auf ihre Füße. Sie hatte das Schwert beim Fallen losgelassen und es war nun teilweise mit Schnee bedeckt.

Liv hob ihre Hand, richtete sie auf den unverletzten Dämon und traf ihn mit einem stürmischen Wind in die Brust. Er flog mehrere Meter zurück und gab ihr einen Moment Zeit, um zu Bellator zu krabbeln und es zu bergen. Der verletzte Dämon taumelte in ihre Richtung, aber sie machte sich keine Sorgen um ihn. Er starb bereits, wenn auch langsam. Der zweite Dämon wäre leicht genug auszuschalten, sobald sie den ersten getötet hatte. Bellator machte die Dämonenjagd zu einem Kinderspiel, da die Klinge für Dämonen tödlich war. Sie begann den Vertrauensvorschuss in die Fähigkeiten Ihrer Waffe zu bedauern, als sich ein dritter Dämon über die Böschung stürzte und mit einem Krachen landete, das den Boden unter ihren Füßen erschütterte.

Dieser war massiv.

»Nun, es sieht so aus, als ob die Party offiziell begonnen hat«, kommentierte Liv, als das fleischige Biest seine Schultern straffte und sie mit dem tief sitzenden Hass der Dämonen auf alle Menschen betrachtete.

»Die Sache ist die, dass ich euch alle nicht leiden kann, also bin ich sicher, dass heute jemandes Gefühle verletzt werden.«

Die drei Dämonen hatten sie in die Enge getrieben und bewegten sich langsam mit gesenkten Schultern und entblößten Zähnen auf sie zu. Der infernalische Gestank war überwältigend. Liv atmete durch den Mund ein und erinnerte sich an ihr Training.

Wir sind eins, dachte sie, griff Bellator fester und etwas veränderte sich in ihr. Sie war keine Kriegerin mehr, die ein Schwert hielt. Sie war das Schwert und das Schwert war sie. Sie beide waren eins, sie bewegten sich zusammen, wie ein Rauschen von Wassertropfen über einen Wasserfall. Getrennt und doch zusammen. Weich und unnachgiebig.

Als die Dämonen die Formation auflösten, brachte Liv Bellator in einem Überkopfschlag herum, ohne zu wissen, was sie als Nächstes tun würde. Die Klinge touchierte zwei der Dämonen und ließ sie schmerzerfüllt zurücktaumeln. Danach hob die Kriegerin ihr Bein, trat hinter sich nach dem ersten Dämon und schickte ihn in einen Haufen frisch gefallenen Schnees.

Die anderen beiden waren bereits auf den Beinen, obwohl sie über ihre Verletzungen nicht schweigen konnten. Bellators Zeichen würde sie schließlich umbringen, aber vorerst hatte es sie nur verlangsamt. Als sie in ihre Richtung rannten, hielt Liv Bellator über ihren Kopf und warf es einem Speer gleich auf den kleineren der beiden Dämonen, ihm die Brust aufspießend. Dieser stolperte zurück und umklammerte die Klinge, als unverständliche Sprache über seine geschwärzten Lippen rollte.

Waffenlos und mit dem größeren Dämon in ihre Richtung wankend wartete Liv, bis er fast über ihr war. Dann

## DIE TRIUMPHIERENDE TOCHTER

bewegte sie sich, wie Akio es ihr beigebracht hatte – mit blendendem Schwung verschwamm sie beim Sprint über den Schnee, weg von den Fängen der Bestie. Sie wusste, dass der Trick ihre magischen Reserven belasten würde, aber es würde sich lohnen, wenn die Dinge nach Plan verliefen. Drei der Biester gleichzeitig zu bekämpfen war nicht der Plan gewesen, aber beim Kampf gegen Dämonen lief nichts nach Plan.

Das Biest merkte zu spät, dass Liv um es herumgelaufen war und stolperte fast gegen die Böschung. Hätte es das getan, hätte es ihr die folgende Mühe erspart, aber das machte ihr nichts aus. Sie hielt ihre Hand hoch und murmelte eine einzige Beschwörungsformel. Der Boden rumpelte unter ihren Füßen und der Schneeberg stürzte über den Rand der Klippe und begrub den Dämon.

Liv zog sich zurück und versuchte, sich aus der Mini-Lawine, die sie verursacht hatte, herauszuhalten. Aus irgendeinem Grund erinnerte sie das an den Tod ihrer Eltern. Sie war nicht dabei gewesen, als sie angeblich vom Matterhorn fielen, aber sie hatte oft davon geträumt und gesehen, wie ihre Eltern gegen Schneestürme kämpften und versuchten, sich gegenseitig beim Überleben zu helfen, bis etwas beide in den Abgrund riss – ein Sturz, den keiner von beiden überlebte.

Das Knurren der Bestien hinter ihr brachte sie in die Gegenwart zurück. Der Anblick des Dämons, der sich an Bellator krallte, das aus seiner Brust ragte, war unheimlich und seltsam. Liv schüttelte den Kopf und erkannte, dass es Zeit war, dies zu beenden.

Sie ging zu dem tödlich verletzten Dämon hinüber, ein Wesen, dass sie einst gefürchtet hätte. Sie hatte jedoch festgestellt, dass es schlimmere Dinge gab als das als Monster verkleidete Böse. Nein, schlimmer war das versteckte Böse. Vergrabene Geheimnisse. Ein Rätsel, das mit der vergessenen Geschichte verbunden war. Zumindest bei einem Dämon wusste sie jedes Mal, was sie bekam und sie empfand keine Reue, dass sie die Erde von ihnen befreit hatte. Wenn überhaupt, dann hatte sie das Gefühl, eine verlorene Seele zu retten. Und in Wahrheit war es genau das, was ein Dämonenjäger tat. Sie taten es auf die richtige Art und Weise, wenn sie es konnten.

Liv umfasste den Griff des Schwertes und genoss den Moment, als ihre Hand auf das Metall traf und sie sich wieder mit ihrer anderen Hälfte verband. Mit einem Ruck befreite sie Bellator aus der Brusthöhle des Dämons, wobei schwarzes Blut über den weißen Schnee spritzte.

»Metuendas Dcemonis violentias«, begann Liv, indem sie die alten Worte wiederholte, welche die im Inneren des Dämons gefangene Seele befreien würden. Gleichzeitig schwang sie Bellator über ihren Kopf und nutzte diesen Schwung, um den Dämon zu erstechen, der glaubte, sich an sie heranschleichen zu können. Es war eine Verletzung, die die meisten Dämonen überleben würden. Allerdings nicht, wenn sie von Bellator stammte. Liv drehte das Schwert in der Wunde und sah zu, wie der Dämon Blut spuckte.

Sie hob ihren Fuß hoch und trat den Dämon von ihrem Schwert, sodass ihre Waffe die Führung übernehmen konnte. »Dimittere unam animam de amicae tuae involasti, permittens eos tandem requiem«, fuhr sie fort. Zu ihrer Überraschung kam das Schwert geradewegs hoch und in einem Bogen, als wäre sie ein Schlagmann, der einen Grand Slam schlägt. Es schnitt den Dämon hinter ihrem Rücken in zwei Teile. Liv hatte keine Chance, den Anteil der oberen Hälfte zu bestimmen. Zwei erledigt, einer noch übrig.

## DIE TRIUMPHIERENDE TOCHTER

Unter dem gefallenen Schnee rührte sich endlich der letzte Dämon, sein Kreischen wurde immer lauter.

Liv positionierte sich direkt vor ihm und griff die blutige Klinge mit brennendem Feuer in den Augen. Sie atmete tief durch. »Ad infernum, a quo factum est tibi in sempiternum in ipse comburetis«, schrie sie fast, als der Dämon aus dem Schnee schoss. Noch bevor er auch nur annähernd ganz draußen war, schwang Liv Bellator herum, schlug ihm den Kopf ab und ließ sie schweigend zurück. Sie schaute sich die Beweise für das Massaker an, die den Schnee benetzten, bevor sie einen ihrer vertrautesten Gefährten – Bellator – ansah.

## Kapitel 3

»Du brauchtest also meine Hilfe nicht wie es scheint«, stellte Stefan fest. Er stand majestätisch auf der Spitze des Schneedamms, hielt ein Schwert in der Hand und atmete schwer, seine Stirn war mit Schweiß bedeckt.

Liv blickte den abgetrennten Kopf des größten Dämons, der auf dem Schnee lag, an und zuckte die Achseln. »Ja, ich schätze nicht.« Sie bewegte sich zu einer schwarz gefärbten Stelle in der Schneedecke. »Wenn du aber aufräumen willst, wäre das sehr willkommen.«

Er lachte, seine Stimme hallte über die Hügel. »Oh, nein. Ich räume nach deinem Blutbad gewiss nicht auf. Dämonenblut aus der Kleidung zu bekommen ist das Schlimmste.«

Liv versuchte zu lachen, aber es war nicht echt. Obwohl Stefan sich stark verhielt, sah sie, wie sich die Müdigkeit in seine Züge eingrub. Jeden Tag wurde sie tiefer und ließ ihn dunkler aussehen – weg von seinen menschlichen Zügen. Jeden Tag sah er weniger wie er selbst aus und sie ignorierten es, taten so, als ob es nicht ihm passieren könne … oder ihnen. Dass die Dinge nicht einen Tag, eine Woche oder einen Monat vor der Änderung stünden.

Eines Tages würde sie vielleicht ihn jagen müssen.

Der Schmerz dieser potenziellen Realität war zu groß für sie, zu groß um sie zu verarbeiten, also drückte sie ihn nach unten und tat so, als hätte Stefan bereits immer schwer geatmet, als hätte er schon immer den blassen Teint und die hohlen Augen gehabt. Im Hinterkopf erinnerte sie sich an Stefan Ludwig, wie er gewesen war, bevor der Dämonenbiss schlimmer wurde. Sie erinnerte sich daran, dass er stark und ihr zuvorgekommen war. Liv erinnerte sich an ihn als agil, als er nachts das Holz für das Feuer fällte. Jetzt war er nicht einmal mehr in der Lage, vor dem Abendessen Wasser zu sammeln, da sich sein Brustkorb durch den einfachen Akt des Atmens bereits dramatisch hob.

Gegenwärtig versuchte er jedoch so zu tun, als sei er stark und als hätte sie seine Hilfe gebrauchen können. Liv verwöhnte ihn mit einem Lächeln.

»Waren das alle?«, fragte Liv.

Stefan blickte sich am verschneiten Berghang um und horchte in sich hinein. »Ja, das war es.«

Das war es, was Stefan gut konnte. Sie waren tatsächlich das perfekte Team, weil das Dämonenblut in ihm sie finden und verfolgen konnte. Er wusste, wohin sie gehen mussten, was ihnen wochenlange Mühen der Nachforschungen ersparte. Sie hatten Sabatore bisher nicht gefunden. Nein, den Dämon zu finden, der Stefan gebissen hatte, war nicht Teil der Gleichung. Sie hatten jedoch viele andere abgeschlachtet. Nun, Liv führte es aus. Stefan führte sie zum richtigen Ort und Liv nutzte Bellator, um die Arbeit zu erleichtern. Es war ein großartiges Arrangement, nur dass es immer schwieriger wurde.

Stefan konnte ihr den richtigen Weg weisen, aber dann zog er es vor, zurückzubleiben. Es wurde für ihn immer schwieriger, Dämonen abzuschlachten, da er sie immer mehr als sein eigen Fleisch und Blut ansah. Er erzählte Liv an den abendlichen Feuern, dass er sich ihnen in diesen schweren Tagen mehr verbunden fühlte als den Magiern. Sie schüttelte den Kopf, füllte sein Wasser nach und sagte ihm, dass sie Sabatore finden und ihn retten würden. Sie glaubte aber nicht mehr daran. Was sie brauchten, war eine Strategie, die sie vorher noch nicht ausprobiert hatten. Dämonen aufzuspüren und sie zu befragen, das funktionierte nicht mehr. Sie mussten die Dinge umgestalten und etwas Unkonventionelles tun. Stefan hatte nicht mehr viel Zeit und beide wussten es, auch wenn niemand es laut zu sagen wagte.

»Wir sind immer noch nicht näher dran, Sabatore zu finden«, sagte Liv schließlich nach einem Moment und spürte plötzlich die Kälte nach dem intensiven Kampf.

»Na, dann fangen wir morgen wieder an«, sagte Stefan und schnupperte in die Luft. »Im Osten gibt es mehr Dämonen.«

Liv schüttelte den Kopf. »Nein, ich glaube, wir brauchen zusätzliche Augen.« Sie spürte Stefans Zögern und korrigierte sich. »Ich meine, wir müssen unsere Kontakte nutzen. Du hast selbst gesagt, dass du ihm gegenüber blockiert bist, also wird es nicht funktionieren, ihn selbst zu finden. Wir brauchen einen Experten für dieses Thema. Jemand, der solche Aktivitäten beobachtet.«

»Was hast du vor, Beaufont?«, fragte Stefan, kletterte einen sicheren Bereich der Böschung hinunter und nahm den Platz neben ihr ein.

»Nun, ich habe die Brownies schon einmal für solche Dinge eingesetzt«, begann Liv. »Sie haben überall Augen. Vielleicht können sie uns helfen. Ich habe einen Freund in der Regierungszentrale.«

»Natürlich«, sagte Stefan mit einem Lachen, das ihn zum Husten brachte und Blut spucken ließ. Beide taten so, als wäre das nicht passiert, während Liv mit ihren Schuhen lustlos den Schnee wegtrat.

»Ja, ich denke, dass sie vielleicht wissen, wo Sabatore ist«, fuhr Liv eilig fort und versuchte, ihre Nervosität zu verdecken. Sie wusste nur zu gut, dass Stefan sich jederzeit in einen Dämon verwandeln konnte. Sie machte sich keine Sorgen mehr um sich selbst, wenn sie in dieser Situation gefangen war. Liv hatte mit Bellator neben sich geschlafen, aber dennoch kaum Ruhe gefunden. Sie machte sich Sorgen um Stefan, wie jeden verdammten Tag, seit sie die Wahrheit wusste. Falls ... wenn er sich umwandelte, hatte sie Befehle, die sie nicht ignorieren würde. Und zu töten, was Stefan Ludwig wurde? Das würde für immer in ihrer Seele leben. Dennoch war dies die Vereinbarung, zu der sie nach vielen nächtlichen Diskussionen gekommen waren. Allerdings hatte sie Versprechungen gemacht. Sie würde zu ihnen stehen und sie glaubte an sie. Sie hoffte nur, dass es nicht dazu kommen müsste.

»Okay, gut«, stimmte Stefan zu, seine Stimme klang müde. »Du befragst deine Brownies. Aber das musst du tun, nachdem du dem Rat berichtest hast.«

Liv schaute plötzlich zu ihm auf. »Wir jagen Dämonen, wie sie es wollten. Warum müssen wir sie auf den neuesten Stand bringen?«

Stefan schüttelte den Kopf, blickte vom Ort des Gemetzels weg und konnte es nicht ertragen. »Es ist einfacher, wenn du dich regelmäßig bei ihnen meldest, es ist besser so. Adler wird widerspenstig, wenn man zu viel Zeit verstreichen lässt.«

»Nun, warum muss ich das Update geben?«, fragte Liv, aber beide kannten die Antwort.

Stefan war nicht mehr in der Lage, vor den Rat zu treten. Sie wüssten sofort, dass mit ihm etwas nicht stimmt. Sie mussten ein wenig mehr Zeit erkaufen. Verhindern, dass der

Rat misstrauisch wird, eine andere Strategie finden. Alles, was sie brauchten, war Zeit – und ein Wunder könnte auch nicht schaden.

»Ja, gut«, sagte Liv. »Ich werde deinen Arsch decken. Aber das ist das letzte Mal.«

Er zwinkerte ihr zu und verbarg seinen keuchenden Atem. »Danke. Das letzte Mal, versprochen.«

## Kapitel 4

Obwohl Liv wusste, dass sie beinahe zu spät für das Treffen mit den Sieben war, konnte sie sich nicht dazu durchringen, den Blick von der Schwarzen Leere abzuwenden.

»Schwarze Leere«, murmelte sie vor sich hin. Warum hatte sich das so richtig angehört? Sie hatte vorher nicht gewusst, wie sie die wirbelnde Dunkelheit nennen sollte. Niemand wusste, was es war, also hatte man es nicht als etwas bezeichnet. Zum Teufel, die meisten hatten es nicht einmal bemerkt, als sie darauf hingewiesen hatte. Sie würden es sehen und dann sofort wieder vergessen.

Liv hatte es nicht verstanden. Wie konnten die Magier immer wieder am schwarzen Abgrund vorbeigehen, aber niemand sah ihn? Ihre Eltern hatten es immer abgetan, wenn sie auf dem Weg zum Wohntrakt schaudernd daran vorbeiging und ihr gesagt, es sei nichts. Es fühlte sich aber nicht wie nichts an. Es fühlte sich an wie eine Vorahnung, die sie zerquetschen könnte, wenn sie sich ihr näherte.

Eigentlich fühlte es sich wie das Ende der Welt an. Mehr als einmal hatte sie den Drang, sich hineinzustürzen. Das war allerdings nach dem Tod ihrer Eltern gewesen, als Liv befürchtet hatte, dass sie jede Hoffnung auf ein zukünftiges Glück verloren hatte. Mit ihrer zerstörten Welt und ihrem gebrochenen Herzen durch die Gemeinschaft, der sie eigentlich vertrauen sollte, war Liv mit vielen gestörten Impulsen auf ihren niedrigsten Stand gesunken. Aber das war einer der vielen Gründe, warum sie das Haus der Sieben verließ – um als Sterbliche in einer weniger komplizierten Welt zu leben.

Die Schwarze Leere war jetzt anders, aber Liv wusste nicht, wie und warum. Sie konnte nicht einfach wegschauen. Obwohl es nur Dunkelheit war, hätte sie schwören können, dass sie ein rotierendes Muster sah, das sie anlockte und sie bat, weiter in die Leere zu starren. Und dann hörte sie es!

Ein geisterhaftes Flüstern tauchte aus der schwarzen Leere auf und Liv lehnte sich näher heran. Was war das für ein Gesang? War das ihr Name? Nein, aber was auch immer es war, es ließ ihr einen Schauer über den Rücken laufen. Es schien fast wie eine Drohung. Liv bemühte sich, zu verstehen und hing fast über den Rand in die schwarze Leere.

»Zurück oder sonst«, glaubte sie eine Stimme sagen zu hören. Das konnte nicht richtig sein. Liv drückte ihre Augen zu, konzentrierte sich auf nichts anderes als auf diese drei Worte, während sie wiederholt wurden und versuchte, sie zu erkennen.

»Miss Beaufont!«

Livs Augen öffneten sich, sie richtete sich auf und starrte Decar Sinclair an. Sein langes, weißes Haar war heute auf dem Rücken geflochten und stand im Kontrast zu seinem schwarzen Gewand. Die Ablehnung stand groß in seinen hellen Augen, um deren Bereich sich Falten bildeten. »Was machst du da?«

Liv zwang sich, nicht auf die schwarze Leere zurückzublicken. Etwas sagte ihr, sie solle Decar nicht fragen, ob er es auch gesehen habe oder wisse, was es sei.

»Ich suche Clark«, log sie. »Wir spielen ein Versteckspiel und ich dachte, er könnte hier als Mauer getarnt sein.« Sie zeigte auf den Bereich neben der Tür der Reflexion.

## DIE TRIUMPHIERENDE TOCHTER

Decar schüttelte den Kopf. »Du und dein Bruder spielen solche Spiele? Hast du nicht dringendere Angelegenheiten?«

Liv konnte ihm nicht sagen, dass es ihre brillante kleine Schwester war, mit der sie dieses Spiel spielte und dass sie unglaublich gut mit Verkleidungen war, also nickte sie einfach. »Ja, das ist unser Ding.«

»Denkst du nicht, dass ihr beide zu alt für solche Dinge seid?«, fragte Decar herablassend.

Gut, er glaubt jetzt, dass ich ein unreifes Gör bin, dachte Liv und war dankbar, dass sie ihn abgelenkt hatte, auch wenn sie dadurch lächerlich aussah.

»Ich genieße sozusagen meine zweite Kindheit«, erklärte sie ohne Scham im Gesicht.

»Nun, wenn du dich für eine Weile wie ein Erwachsener verhalten könntest … das Treffen wird gleich beginnen.« Decar ging an ihr vorbei, durchquerte die Tür der Reflexion und verschwand sofort.

»Ich benehme mich lieber wie ein Kind, statt wie ein spießiger, alter Magier, der überhaupt keinen Spaß im Leben hat«, murmelte Liv vor sich hin und schaute die Schwarze Leere mit einem Schulterblick an, bevor sie sich auf den Weg zur Tür der Reflexion machte. Sie wusste nicht, was es war oder ob es etwas verheimlichte oder ob sie tatsächlich eine Drohung gehört hatte, aber sie war entschlossen, mehr herauszufinden.

Was ihren Blick als Nächstes verdunkelte, war ein Schlag in den Magen. Vor sich sah sie ihre Eltern mit verschränkten Armen zusammenstehen und vor Enttäuschung den Kopf schütteln. »Du hast uns wirklich enttäuscht, Olivia«, sagte ihr Vater, dessen blaue Augen vor Frustration strotzten.

Livs Mutter senkte ihr Kinn, als ob sie es nicht ertragen könnte, sie anzuschauen. »Wir haben auf dich gezählt.«

Tränen quollen ihr in die Augen und drohten herunterzukullern und Livs Inneres zitterte. Sie hatte sich nicht mehr so nah dran gefühlt, es zu verlieren ... seit dem Tod ihrer Eltern. Als sie den Schmerz verdrängte, erinnerte sie sich daran, dass dies nicht real war. Das waren ihre Ängste, die wie Wachträume auftauchten. Es mochte sich sehr real anfühlen, aber das war es nicht. Es könnte so aussehen, als könnte sie ihre Eltern erreichen und berühren, aber sie waren nicht da. Alles geschah nur in ihrer Einbildung.

Als sie durch die Tür der Reflexion trat, eilte Liv zu ihrem Platz und hielt ihren Kopf nach unten, um alle abtrünnigen Emotionen zu verdecken, die sie noch nicht eingefangen hatte. Sie wäre fast in den weißen Tiger gelaufen, der auf ihrem Platz stand und lässig den Rat anstarrte.

Liv hielt abrupt an und hoffte, dass der Tiger bemerken würde, dass er ihren Platz eingenommen hatte und sich bewegen würde. Sie dachte sogar, er würde sie mit diesen wissenden Augen anschauen und sich dann bewegen. Stattdessen starrte er stoisch nach vorne, ohne von ihr Kenntnis zu nehmen.

Adler belehrte – wie immer – Trudy. Die Kriegerin hatte ihren Kopf mit einem Blick gesenkt, der zweifelsohne Scham war.

Da noch niemand Liv zu bemerken schien, räusperte sie sich leise, in der Hoffnung, die Aufmerksamkeit des weißen Tigers zu gewinnen. Es funktionierte nicht.

»Wie oft haben wir das schon durchgemacht?«, fragte Adler vorwurfsvoll, wobei er sich den herablassenden Ton seines Bruders borgte. »Unregistrierten Magiern wird keine zweite Chance gegeben. Wenn du sie gehen lässt, werden sie nicht sofort loseilen und sich bei uns registrieren lassen. Sie sind Rebellen, die sich darüber freuen werden, dass sie das

System wieder einmal geschlagen haben. Du weißt, dass sie uns zum Narren gehalten haben, oder?«

»Es ist nur, dass es eine Familie war«, erklärte Trudy beunruhigt. »Die Eltern hatten kleine Kinder und es schien nicht richtig …«

»Das Gesetz ist klar, wie wir mit Straftätern umgehen sollen, unabhängig davon, ob sie Nachkommen haben«, unterbrach Adler.

»Eigentlich sollten wir bei Straftätern, die Kinder haben, noch strenger sein, da sie das Problem verewigen werden, indem sie ihre rebellische Art an ihre Nachkommen weitergeben«, mischte sich Bianca ein.

Lorenzo nickte und streichelte seinen schwarzen Ziegenbart. »Das ist ein berechtigter Punkt.«

»Gerechtigkeit ist es, das Richtige zu tun«, hörte sich Liv sagen bevor sie sich stoppen konnte. »Nur weil etwas das Gesetz ist, ist es noch lange nicht die richtige Maßnahme.«

Clark drückte sich die Faust in die Stirn.

Wie kommt es, dass er inzwischen nicht gemerkt hat, dass ich jedes Mal den Mund aufmache und etwas sage, das ihn erschaudern lassen wird?, fragte sie sich. Das war ihre Rolle. Er war der verkrampfte Regelanhänger und sie war die Rebellin. Das war Teil des Gleichgewichts, oder?

Adler richtete seine kalten Augen auf Liv. »Miss Beaufont, warum haben Sie nicht Ihren Platz eingenommen?«

Liv zeigte auf den Tiger, der sie immer noch nicht zu bemerken schien, wie sie da stand.

Hester und Raina kicherten und fanden das amüsant.

»Miss Beaufont, wir haben keine Zeit für deine Spiele«, sagte Adler und fand das nicht unterhaltsam. »Nimm deinen Platz ein, damit wir endlich deinen Bericht über den Dämonenbefall anhören können.«

Liv räusperte sich lauthals und schaute aufmerksam auf den weißen Tiger. Er hatte sich nicht bewegt. Was hätte sie tun sollen, ihn aus dem Weg schieben? Das einzige Mal, als sie es gewagt hatte, den Tiger zu streicheln, war der Rat fast umgefallen vor Überraschung. Sich verloren fühlend, warf Liv ihre Hände hoch. »Ich bin mir nicht sicher, wie ich meinen Platz einnehmen soll, wenn der Tiger ihn besetzt hat.«

Haro hob eine Augenbraue, seine Lippen waren geschürzt. »Sie hat recht.«

Adler riss seinen Kopf zur Seite und sah den Tiger ernst an. »Dann beweg dich. Ein Krieger kann nicht vor dem Rat sprechen, wenn er nicht in Position ist.«

Der Tiger blinzelte ihm unbewegt zu.

»Wenn sich der weiße Tiger nicht bewegt, ist das vielleicht eine Botschaft«, dachte Haro laut nach.

Adler warf ihm einen frustrierten Blick zu. »Nichts, was dieses Tier tut, ergibt Sinn. Was ist das für eine Botschaft?«

»Es mag für dich keinen Sinn ergeben«, begann Raina, »aber die Rolle des weißen Tigers und der schwarzen Krähe besteht darin, ein Gleichgewicht zu schaffen.«

»Das weiß ich«, schrie Adler fast, konnte sich aber im letzten Moment beherrschen.

»Vielleicht«, begann Haro nachdenklich, »versucht der Tiger zu sagen, dass Kriegerin Beaufont heute nicht hier sein sollte.«

Adler seufzte. »Ich glaube, wir legen zu viel Wert auf die seltsamen und mysteriösen Dinge, die das Tier tut. Ich für meinen Teil denke, wir sollten anfangen, diese angeblichen Zeichen zu ignorieren.«

Dies brachte bei vielen Ratsmitgliedern verblüffende Reaktionen hervor.

»Die Gründer erklärten, dass der Tiger und die Krähe immer ein Teil dieses Verfahrens sein sollten«, erklärte Haro. »Es waren meine und die Ahnen der Beaufonts, welche die Tiere angeblich schufen, um sicherzustellen, dass …«

»Ja, das weiß ich«, schaltete sich Adler genervt ein. »Ja, ja, alles dreht sich um die Balance. Aber wie sollen wir das Tagesgeschäft abarbeiten, wenn der Tiger sich einmischt?«

»Ich kann einfach nur da stehen«, sagte Liv und deutete auf den Platz neben dem Tiger.

»Gut«, sagte Adler abweisend. »Berichte dem Rat über deinen Fall.«

»Wir haben viele Dämonen getötet«, begann Liv stolz.

Adlers Augenlider flatterten vor Ärger. »Ja, das wissen wir, Miss Beaufont. Willst du dich genauer ausdrücken?«

»Das Nest im Norden ist fast ausgelöscht«, erklärte Liv.

»Das ist sehr beeindruckend«, rief Hester aus und ihre Augen richteten sich auf Stefans Platz. »Und wo ist Krieger Ludwig?«

Hester war neben Liv die einzige Person, die wusste, dass Stefan mit einem Dämonenbiss kämpfte. Als Heilerin wusste sie, dass er nur wenig Zeit hatte. »Er verfolgt gerade mehr Dämonen in dem Gebiet. Ich bin gekommen, um Bericht zu erstatten. Wir hatten befürchtet, die Spur zu verlieren, wenn wir beide gekommen wären.«

»Sehr gut«, sagte Adler und sah gelangweilt aus. »Und Decar, bist du mit deinem Fall fertig?«

Sein Bruder nickte, das Kinn hoch erhoben.

Normalerweise war das Livs Stichwort, zu gehen, aber angesichts der seltsamen Sache mit dem weißen Tiger und der zusätzlichen Aktivität der anderen Ratsmitglieder beschloss sie, hier zu bleiben.

»Gut, gut«, sagte Adler und sprach das erste Lob aus, das Liv je von ihm gehört hatte. »Wie alle hundert Jahre, ist es nun wieder an der Zeit, den Riesen auf der Isle of Man einen Besuch abzustatten. Dafür brauchen wir dich.«

Livs Mund klappte zu, als sie erstarrte und aufmerksam zuhörte. Dorthin hatte Rorys Mutter Turbinger gebracht. Es war offenbar der Ort, an dem die meisten Riesen lebten, weit weg von der menschlichen Gesellschaft und anderen magischen Kreaturen.

»Ja, obwohl wir sicher sind, dass die Giganten den Beitritt zum Vertrag ablehnen werden«, erklärte Bianca, »heißt es darin, dass wir ihnen alle hundert Jahre eine Chance geben sollen.«

»Du, Decar, sollst zur Isle of Man gehen und ihnen die Vorteile einer Mitgliedschaft in der Allianz erklären«, sagte Adler. »Sie werden Nein sagen, und wir haben unser Mandat für ein weiteres Jahrhundert erfüllt.«

»Ich werde es tun«, schrie Liv fast.

Alle Augen schwenkten zu ihr.

Liv verschluckte sich. »Ich meinte nur, dass ich noch nie auf der Isle of Man war und ich bin wirklich fasziniert von der Kultur der Riesen.«

Clarks Augen schienen ihm fast aus dem Schädel zu springen.

»Da ich noch nie mit Riesen zu tun hatte«, fuhr Liv fort, »dachte ich, dass dies eine gute Gelegenheit wäre, meine diplomatischen Fähigkeiten zu testen.«

»Miss Beaufont«, begann Adler müde, »du hast bereits einen Fall.«

»Ja, aber ich kann beides machen«, antwortete Liv sofort. »Ich brauche eine Pause vom Dämonenkampf und vielleicht kann ich alle Dämonen, die auf der Insel sind, beseitigen.«

Bianca rollte mit den Augen. »Es gibt keine Dämonen auf der Insel. Dafür sorgen die Riesen.«

»Nun, es gibt noch einen weiteren tollen Grund für mich zu gehen«, erklärte Liv. »Ich kann vielleicht erfahren, welches Dämonenabwehrmittel sie verwenden, um die Bestien von ihrem Revier fernzuhalten.«

Alles, was Liv sicher wusste, war, dass Decar nicht auf die Insel der Riesen gehen konnte, da sich Turbinger dort befand. Er könnte die Waffe spüren oder herausfinden, dass sie eine Nachbildung angefertigt hatten.

Adler hielt inne und schien darüber nachzudenken.

»Wir haben schon früher über die Verhandlungsfähigkeiten von Krieger Beaufont gesprochen und wie gut sie sind«, bot Hester an.

Bianca lachte, ein hoher schriller und überaus nerviger Ton. »Wir alle wissen, dass dies nur ein Schauspiel um der Riesen willen ist. Sie werden unser Angebot nicht annehmen und sie sind nicht einmal zivilisiert genug, um mit uns zu verhandeln.«

Raina schien sich nur mit Mühe zurückzuhalten. »Obwohl ich das nicht glaube, ist es unsere Pflicht, die Riesen mit einzubeziehen. Liv hatte Glück mit den Fae und sie könnte auch für diesen Fall die richtige Person sein.«

Adler seufzte. »Gut, wenn du es wirklich willst, Miss Beaufont. Aber sei dir bewusst, dass dich dies nicht von deinem aktuellen Fall entbindet. Es wird von dir erwartet, dass du beides erfüllst.«

»Das ist perfekt«, sagte Liv sofort. »Schlafen wird eh überbewertet.«

Bevor Liv zu Ende geredet hatte, wandte Adler seine Aufmerksamkeit bereits wieder seinem Bruder zu. »Decar, da Miss DeVries so viel Mühe hat, nicht registrierte Zauberer zur Strecke zu bringen, warum übernimmst du nicht die Kontrolle über diese Kriminellen?«

Decar nickte sofort. »Ja, das wird kein Problem sein.«

*Verdammt,* dachte Liv. Sie hatte den Fall der Riesen bekommen, aber den der unregistrierten Zauberer verloren. Sie wusste innerlich, dass Trudy das Richtige getan hatte. Es war nicht nur unmoralisch, nicht registrierte Zauberer mit kleinen Kindern zu ›entsorgen‹, sondern es war auch falsch, ihrer Gemeinschaft überhaupt so strenge Vorschriften aufzuerlegen. Sie spürte, dass mehr Menschen als nur Trudy DeVries damit nicht einverstanden waren. Wenn sie nicht gerade Dämonen jagte und mit Riesen verhandelte, musste sie sich überlegen, wie sie diesem Teil des Hauses der Sieben Gerechtigkeit widerfahren lassen konnte. Vorschriften und Kontrollen waren eine Sache. Die blinde Bestrafung von Gesetzesbrechern war eine andere.

## Kapitel 5

Ich halte es einfach nicht für eine gute Idee«, sagte Liv und warf den roten Ball zurück zu Sophia. Ihre kleine Schwester saß im Schneidersitz auf dem Teppich in ihrer und Clarks Residenz, hinter ihrem Rücken marschierten die Plüschtiere auf, die sie verzaubert hatte.

Sophia fing den Ball wütend auf. »Bitte.«

»So funktioniert das nicht, Soph«, erklärte Liv. »Man bettelt nicht einfach und bekommt dann seinen Willen.«

»Wie soll ich wissen, wie etwas funktioniert?«, argumentierte die kleine Achtjährige.

Liv wies auf die Menagerie der Stofftiere hin, die einen ziemlich beeindruckend choreographierten Tanz aufführten. »Ich denke, du kommst gut allein zurecht. Wenn der Rat oder irgendjemand wüsste, dass du bereits deine Magie hast und dass sie außergewöhnlich ist, würden sie dich nicht mehr aus dem Haus lassen, bevor du in meinem Alter bist.«

»Die würden meine Magie blockieren«, stellte Sophia mit einem riesigen Stirnrunzeln fest und warf den Ball zurück zu Liv.

»Ich möchte dir helfen, aber ehrlich gesagt, ich muss mehr zu dieser Sache, die Rory von Turbinger gelernt hat, herausfinden«, sagte Liv in Gedanken versunken.

»Du sagtest, er hat noch nicht alles herausgefunden, richtig?«, hakte Sophia nach.

Liv nickte. »Ja, alles, was er bisher weiß ist, dass es einen massiven Krieg zwischen Magiern und Sterblichen gegeben hat. Er kann weder den Zeitraum noch irgendetwas anderes bestimmen, was das Geheimnis noch weiter erhellen könnte.«

»Ich bin wirklich großartig darin, ein Detektiv zu sein«, bot Sophia an.

Liv rollte die Augen und blickte ihre kleine Schwester an. »Das wird nicht funktionieren.«

»Sagtest du nicht, Rory hat Kätzchen?«

»Ja, irgendwann hat er einen Wurf bekommen«, scherzte Liv.

»Ich habe noch nie ein Kätzchen gesehen«, konterte Sophia.

»Soph!«, warnte Liv.

»Oder einen Sonnenuntergang«, fuhr sie fort.

»Ich kann nicht. Clark würde mich umbringen.«

»Und ich habe gehört, dass das Meer salzig riecht. Ist das wahr?«, fragte Sophia und klimperte mit den Wimpern.

Liv drückte ihre Augen zu, unsicher, was sie tun sollte. Als sie sie öffnete, konnte sie den Ausdruck auf dem Gesicht ihrer kleinen Schwester nicht mehr ertragen. Wenn sie jemals die Kraft gehabt hatte, ihrer Überzeugungskraft standzuhalten, dann war sie verschwunden, als sie in diese schönen, blauen Augen blickte.

Sie seufzte und trat zurück. »Na gut. Zieh deine Schuhe an.«

\* \* \*

»Du hättest sie nicht herbringen dürfen«, klagte Rory. Er saß in seinem überdimensionalen Stuhl und sah zu, wie die Kätzchen über Sophia krochen und das junge Mädchen zum Kichern brachten.

## DIE TRIUMPHIERENDE TOCHTER

»Sie hat doch noch nie mit Kätzchen gespielt«, argumentierte Liv. »Ich musste es tun. Das arme Mädchen hat sich bisher nur in der Nähe von kleinen Drachen und Kobolden aufgehalten, aber sie hatte keine Berührung mit tödlichen Dingen.«

»Es gibt einen Grund dafür, dass sie im Haus der Sieben eingesperrt ist«, erklärte Rory. »Junge Magier sind unberechenbar. Es ist unklar, wann genau sie ihre Magie bekommen werden und sie in der Nähe von elektrischen Geräten zu haben, kann riskant sein.«

»Nun, Sophia hat ihre Magie bereits«, konterte Liv.

»Ich weiß«, sagte Rory mit einem schweren Seufzer. »Ich kann es fühlen. Sie kommt definitiv nach dir.«

Liv war davon überrascht. »Nach mir? Du meinst, du glaubst nicht, dass sich meine Magie normalisieren wird? Der Rat sagt mir immer wieder, sie würde.«

Rory schüttelte den Kopf. »Das ist dein Normalfall. Wenn überhaupt, dann glaube ich, dass deine Magie noch stärker werden wird.«

»Whoa«, atmete Liv. »Und keine Sorge, Sophia ist nur hierhergekommen. Wir haben unsere Lektion gelernt, als sie während der Party alle Geräte in Johns Laden ausgelöst hat.«

Sophia kicherte, als Junebug ihre Lacklederschuhe angriff und ihr spielerisch in die Zehen biss.

Da der säuerliche Gesichtsausdruck nicht aus Rorys Gesicht verschwunden war, fuhr Liv fort: »Unsere Eltern glaubten daran, dass wir aus dem Haus gehen und die Gegend erkunden sollen. Sie haben unsere Ausbildung organisch gemacht und uns auf Abenteuer mitgenommen. Wenn sie hier wären und Sophia aufziehen würden, wäre sie nicht eingesperrt. Sie waren nie mit der vom Rat festgelegten Richtlinie einverstanden.«

Rorys Gesichtsausdruck wurde weicher, aber nur leicht. »Gut. Ich verstehe das und ich bin auch nicht damit einverstanden, Kinder zu sehr zu schützen. Ich verstehe, warum wohlmeinende magische Rassen es mit ihrem eigenen Nachwuchs tun, aber es gefällt mir nicht. Ich zum Beispiel durfte die Insel nicht verlassen, bevor ich volljährig war und deshalb will ich auch nicht mehr dorthin zurück.«

Liv nahm auf der klobigen Couch Platz, ihre Augen richteten sich auf die Stelle, an der Turbinger früher über dem Kamin gehangen hatte. »Apropos Isle of Man, ich habe mich freiwillig für einen Fall gemeldet.«

Aus Rorys Mund kam ein donnerndes Lachen, das drei der Kätzchen erschreckte und sie unter das Sofa huschen ließ, als Liv ihm von dem Fall mit den Riesen erzählte. »Du hättest Decar den Fall übernehmen lassen sollen.«

»Was? Das konnte ich nicht tun«, argumentierte Liv. »Er könnte etwas über Turbinger erfahren. Und warum lachst du?«

Rory hielt inne und Bewunderung machte sich auf seinem Gesicht breit. »Das mit Turbinger hätte passieren können. Decar hätte die Wahrheit herausfinden können und dann wäre alles vorbei gewesen. Wir hätten es möglicherweise mit einem weiteren Krieg zu tun bekommen. Du hast jedoch dein Leben eingetauscht, um dieses Schwert zu schützen und geheim zu halten.«

Sophia blickte auf, ihre blauen Augen weit aufgerissen.

Liv versuchte, die Sorgen im Blick ihrer Schwester wegzuwischen. »Kümmere dich nicht um Rory. Er liebt es zu übertreiben. Du solltest einige seiner Lügengeschichten hören, die er versucht, als wahr auszugeben.«

»Haha, sehr witzig«, sagte Rory ohne jede Rührung. »Ich übertreibe nicht. Diese Riesen werden dich stundenlang über einem Feuer zum Abendessen rösten, sobald du auch nur einen Fuß auf die Insel setzt.«

»Und ich habe versucht, die anderen Magier davon zu überzeugen, dass Riesen zivilisierte Wesen sind«, erklärte Liv mit einem schiefen Grinsen.

»Das sind wir, auf unsere eigene Art und Weise«, erklärte Rory. »Der ursprüngliche Stamm übt jedoch keine Toleranz gegenüber Magiern, insbesondere nicht gegenüber solchen, die ihr Land unbefugt betreten. Es gibt immer noch bittere Gefühle darüber, wie die Dinge in der Vergangenheit gehandhabt wurden. Es wurde vereinbart, dass sich die Riesen größtenteils auf die Isle of Man beschränken und im Gegenzug mussten wir uns nicht mit den Vorschriften des Hauses befassen.«

»Aber du lebst dort nicht und ich habe schon andere Riesen gesehen, wie das eine Mal in der Bar mit den Zwergen.«

Rory nickte. »Ja, aber wir leben zum größten Teil im Verborgenen. Selbst wenn der Rat von uns erfährt, macht es ihm nichts aus, solange wir uns zurückhalten, aber er will nicht, dass ein paar tausend Riesen plötzlich versuchen, inmitten der Gesellschaft zu leben. Und ehrlich gesagt ziehen es die Riesen vor, dem Rest der Welt, den sie als verschwenderisch und oberflächlich ansehen, fernzubleiben.«

»Nun, ich sehe nicht, was der Unterschied zwischen Decar und mir ist«, erklärte Liv.

»Der Unterschied besteht darin, dass Decar ein Magier ist, der seine Macht durch das Töten vieler Riesen bewiesen hat«, erklärte Rory. »Die Riesen mögen ihn dafür hassen, aber er hat die Dinge richtig ausgespielt und seine Dominanz gezeigt. Ich wette, dass er diese Insel betreten, den Häuptling zur Teilnahme am Bündnis einladen und dann seine schriftliche Ablehnung völlig unversehrt an den Rat hätte zurückbringen können. Dich? Nun, sie werden dich als Frischfleisch sehen.«

»Verdammt«, seufzte Liv. »Die sind ja noch mieser drauf als im Königreich der Fae.«

Rory nickte. »Und leider gibt es für dich diesmal auch kein schickes Outfit, das du tragen könntest oder ein Geschenk, das du den Riesen zum Abbau der Spannungen anbieten kannst.«

Sophia blickte plötzlich auf, ihre Augen leuchteten aufgeregt. »Ich glaube, du irrst dich. Es gibt ein Outfit, das funktionieren könnte. Was wäre, wenn Liv wie Decar aussehen würde?«

Rory öffnete den Mund, als wollte er etwas sagen, aber er schüttelte nur den Kopf.

»Soph, glaubst du, dass du so einen Verkleidungszauber durchziehen kannst?«, fragte Liv.

Sophia dachte einen Moment nach und strich ihre Hände über den Rücken der Kätzchen, die über ihren Schoß krabbelten. »Ich weiß es nicht. Ich habe so etwas noch nie versucht, aber ich kann mir nicht vorstellen, warum es nicht funktionieren sollte.«

Rory stand auf und überragte sie. »Das ist wirklich komplizierte Magie. Und wenn es nachlässt, während du auf der Insel bist, könntest du dir genauso gut selbst die Kehle durchschneiden, bevor die Riesen es tun.«

»Sophia ist die Beste im Verkleiden«, argumentierte Liv. »Wenn es jemand schafft, dann sie.«

Die kleine Magierin errötete. »Danke. Aber sollten die Riesen nicht auch Liv mögen, weil sie Turbinger für sie zurückgewonnen hat?«

»Guter Einwand!«, rief Liv aus, die Hoffnung blühte in ihrer Brust.

Rory betrachtete Sophia mit einem nachdenklichen Ausdruck, kniete sich dann neben sie, wobei eines seiner Knie laut auf dem Boden aufschlug. »Ja, das hätte Livs Chancen verbessert, aber niemand weiß, dass Turbinger wieder in den Händen der Riesen ist. Meine Mutter hielt es für das Beste, es noch niemandem zu sagen. Sie befürchtet, dass es einen Streit darüber geben wird, wenn sich das erst einmal herumgesprochen hat und sie versucht zu entscheiden, wie sie am besten damit umgehen soll.«

»Also ist es am besten, wenn ich sie als Decar verkleide, einen Magier, den sie fürchten?«, fragte Sophia, die für ihr Alter viel zu reif klang.

Rory sah immer noch skeptisch aus.

»Wenn Sophia den Zauber durchziehen kann, was ich glaube«, begann Liv, »würde das dann funktionieren?«

Rory hob Junebug auf, hielt ihn davon ab, Sophias Fuß weiter anzugreifen und hob das Kätzchen an seine Brust, als ob er die Wärme genießen würde. »Es könnte funktionieren, aber du musst an den Stammeschef herantreten und die Dinge so diskutieren, wie es Decar tun würde. Wenn etwas nicht stimmt, werden sie mit hoher Wahrscheinlichkeit misstrauisch.«

»Du meinst also, ich muss mich einfach nur wie ein Riesenarschloch aufführen?«, fragte Liv.

Rory blickte sie über seine Schulter an und zog eine Grimasse. »Achte bitte auf deine Sprache«, schimpfte er.

»Tut mir natürlich leid«, sagte Liv. »Ich wollte das Wort ›Riese‹ nicht auf diese Weise verwenden.«

Er schüttelte den Kopf. »Das habe ich nicht gemeint.«

»Ich brauche etwas Zeit, um an dem Zauber zu arbeiten«, sagte Sophia kichernd und sah Rory dabei zu, wie er mit dem Kätzchen kuschelte.

»Das ist in Ordnung«, sagte Liv. »Ich muss eh noch ein paar Dämonen zur Strecke bringen.«

»Okay, das könnte funktionieren«, schloss Rory und schien weniger gestresst zu sein als zuvor. »Wenn du es richtig machst, wird der Chef dein Bündnisangebot ablehnen und dir die formelle Antwort geben, die du mit ins Haus der Sieben nehmen kannst. Mission erfüllt.«

Liv lächelte, dankbar dafür, dass der Plan aufgegangen war. »Und sie werden zu dem Schluss kommen, dass die Riesen immer noch Barbaren sind und sie für ein weiteres Jahrhundert in Ruhe lassen, um Turbinger zu schützen.«

»Was wirst du mit den Kätzchen machen, wenn sie groß genug sind?«, fragte Sophia mit einem breiten Lächeln auf ihrem Gesicht, als Samson mit der Schärpe an ihrem Kleid spielte. »Kann ich eines von ihnen haben, wenn ich es in unserer Residenz im Haus verstecke?«

»Rory wird sie essen«, sagte Liv bestimmt, bevor er antworten konnte.

Auch hier warf er ihr einen strafenden Blick zu und richtete seine Aufmerksamkeit auf Sophia. »Ich werde bald ein Zuhause für sie finden, aber ich glaube nicht, dass es gut für dich wäre, eines zu behalten. Es wird Verdacht erregen, wenn sich jemand fragt, woher du es hast.«

Sophia nickte verständnisvoll. »Das dachte ich mir. Niemand im Haus der Sieben hat ein gewöhnliches Haustier wie eine Hauskatze.«

»Das ist wahr«, sagte Rory, etwas funkelte in seinen Augen. »Aber vielleicht kann ich für dich ein besonderes magisches Wesen finden, das du in diesem Haus haben könntest. Etwas, das für einen Magier sinnvoller wäre.«

Sophias Augen erhellten sich vor Aufregung. »Wirklich? Ich danke dir! Das wäre wunderbar.«

## DIE TRIUMPHIERENDE TOCHTER

Liv lächelte voller Anerkennung. »Und hey, ich bin eine Magierin und ich habe eine gewöhnliche Katze.«

Rory schüttelte den Kopf. »Wir wissen beide, dass Plato alles andere als gewöhnlich ist.«

# Kapitel 6

Die kühle Londoner Luft umhüllte Liv, als sie durch das Portal auf die Roya Lane trat. Sie zog ihren Umhang enger und hielt sich die Kapuze über den Kopf. Als sie das letzte Mal im Regierungsbezirk war, hatte sie viele skeptische Blicke von anderen magischen Kreaturen erhalten und sie hoffte das dieses Mal zu vermeiden.

»Und da ist auch schon meine fünfundsechzigliebste Person«, sagte Rudolf und erschien neben ihr wie aus dem Nichts.

Liv zeigte ihm ihren besten verärgerten Blick. »Fünfundsechzigste? Wow, danke. Du kommst nicht einmal unter die ersten hundert auf meiner Liste.«

»Doch, das tue ich«, neckte er und schaute sie an. »In dem knappen grünen Outfit hast du mir um Längen besser gefallen. Warum trägst du das nicht einfach mal öfter?«

»Weil es mein Job ist, für meinen Lebensunterhalt Leuten in den Arsch zu treten, was mit einem hochrutschenden Spandex-Kleid nur schwer zu bewerkstelligen ist.«

»Es gab da mal eine Fae-Kriegerin, die ihre provokativen Fähigkeiten benutzte, um ihre Feinde abzulenken, um so einen Vorteil zu erlangen und die Kämpfe in ihrem Sinne zu beenden«, erzählte Rudolf.

»Was ist mit dieser Fae passiert?«, fragte Liv und schritt mit gesenktem Kopf durch die Menge.

»Sie begegnete einer geschlechtslosen Bestie, die ihr fast sofort den Hals umdrehte.«

»Siehst du, es gibt einen guten Grund, die eigenen Fähigkeiten zu diversifizieren«, entgegnete Liv.

»Ja, vielleicht. Aber ein bisschen Oberschenkel zu zeigen würde dir keinesfalls schaden.«

»Wenn du mir noch so einen lächerlichen Vorschlag machst, werde ich dir wehtun«, drohte Liv.

Er hielt seine Hände als Zeichen der Kapitulation hoch. »Gut, dann höre ich auf zu versuchen, dir dabei zu helfen dein Leben zu verbessern. Mir ist klar, dass du langweilige und praktische Dinge bevorzugst. Apropos, wie geht es deinem Bruder Clark? Auf der Party, zu der du mich eingeladen hast, schien er mich wirklich zu mögen.«

Liv schüttelte den Kopf, als sie sich weiter auf den Weg zum offiziellen Regierungssitz der Brownies machte. »Clark dachte, du wärst der Schlimmste und ich hatte keine Möglichkeit, ihn von dieser Schlussfolgerung abzubringen. Und ich bat dich, mir einen Bericht über den Ring zu geben. Wir hatten gerade eine Party, auf der du viel zu lange geblieben bist. Außerdem hast du deine Hose im Hinterzimmer vergessen.«

Rudolf lachte gutmütig. »Das war kein Problem. Es hat mir überhaupt nichts ausgemacht, an deiner albernen Party teilzunehmen, obwohl ich beim nächsten Mal freiwillig für die Dekoration verantwortlich zeichne. Die Dekoration war einfach grauenhaft.«

»Es gab keine«, entgegnete Liv trocken.

»Was waren dann diese hässlichen kleinen Kästchen und Vorrichtungen, die du überall herumliegen hattest?«, fragte Rudolf neugierig.

»Das war Elektronik.«

»Oh, nun, dann werde diese vor der nächsten Party los«, sagte Rudolf mit einem breiten, zähnefletschenden Grinsen.

»Das können wir nicht«, antwortete Liv. »Es ist eine Elektronikwerkstatt.«

»Schade. Du hättest dir wirklich einen glamourösen Beruf wie Model, Friseurin oder Parfümzerstäuberin aussuchen sollen.«

»Das wird nie und nimmer passieren«, sagte Liv und betrachtete die Ziegelsteinmauer neben ihnen, um den richtigen Ort zu finden, an dem die versteckte Tür zum Büro der Brownies geöffnet werden konnte.

Rudolf nickte verständnisvoll. »Ja, du hast recht. Du bist zu klein und zu pummelig um als Model zu arbeiten, da stimme ich vollkommen zu. Aber vielleicht in deinem nächsten Leben.«

Liv rollte mit den Augen und versuchte ihr Bestes, den Fae zu ignorieren, der ihr beharrlich durch die Menge folgte.

»Und ich weiß es zu schätzen, dass du mir erlaubt hast, im Hinterzimmer des Ladens zu schlafen«, sagte Rudolf fröhlich.

»Du wurdest nach einem kleinen Schluck Whiskey komplett ohnmächtig und niemand konnte dich wecken«, korrigierte Liv. »Wir hatten keine andere Wahl, als dich in den hinteren Teil des Ladens zu verfrachten.«

»Ja, tödliche Getränke sind ein bisschen zu viel für mich.« Er stieß mit seiner Schulter an ihre und zwinkerte. »Und ein guter Gedanke, meine Hose auszuziehen, damit ich ruhiger schlafen kann.«

»Das hast du selber getan, nachdem du den Queso über dich verschüttet hast.«

»Am nächsten Morgen musste ich dann zu einem Treffen mit einigen Fae eilen, die als Drag Queens in deiner Gegend arbeiten«, sagte Rudolf.

»Sie haben nicht gemerkt, dass du ohne Hosen bist? Oder irgendjemand auf der Straße, was das betrifft?«

»Ich habe es nie dorthin geschafft«, antwortete Rudolf. »Ich wurde von einem netten Mann in einer Uniform in einem glänzenden Auto mit kühlen Lichtern abgeholt. Er muss gewusst haben, dass ich immer noch müde war, weil ich die ganze Nacht mit dir getanzt hatte, weil er mir eine Mitfahrgelegenheit angeboten hat, aber leider hat er mich nicht an meinem Zielort abgesetzt.«

»Zunächst einmal haben wir nicht getanzt«, erklärte Liv. »Und zweitens, wie bist du aus dem Gefängnis gekommen?«

Rudolf blinzelte ihr stumpfsinnig zu. »Das war das Gefängnis? Ich dachte nur, es sei ein wirklich günstiges Hotel. Das erklärt, warum sie mein Bettzeug nicht auf meine Bitte hin aufgeschüttelt haben. Sehr mieser Turndown-Service, da bin ich von vielen Hotels anderes gewohnt.«

»Und du hast dich nicht gewundert, dass die dich in eine Zelle gesperrt haben?«, erkundigte sich Liv.

»Ja, aber ich dachte, das wäre so ein Fetischding oder Hotelmotto. Jedenfalls haben die dort nun das Nachsehen, denn ich bin einfach über ein Portal da heraus spaziert, ohne ein großzügiges Trinkgeld zu hinterlassen«, antwortete Rudolf.

»Aber du hast Trinkgeld gegeben?«, hakte Liv nach.

Er schaute sie spöttisch an. »Natürlich. Hältst du mich für einen geizigen Gnom?«

Wie es der Zufall wollte, kam eine Gruppe von Gnomen gerade in diesem Augenblick vorbei, als Rudolf das sagte und alle spuckten in ihre Richtung, wobei sie ihre Fäuste hochhielten. »Weißt du, irgendwann muss ich ein diplomatisches Bündnis mit den Gnomen eingehen und du machst mir meine Arbeit nicht leicht.«

»Oh, beziehst du dich auf diese dumme Vater-Zeit-Geschichte?«, fragte Rudolf. »Dieser Mann erinnert sich nie an etwas und das ist ewig her.«

»Das war letzte Woche«, korrigierte Liv. »Und er ist der Vater der verdammten Zeit. Er erinnert sich sozusagen an alles.«

Rudolf entließ sie mit einem Kopfschütteln.

»Sagst du mir jetzt, warum du den lilafarbenen Edelstein von Papa Creola gestohlen hast?«, fragte Liv, die einer Gruppe von Elfen ausweichen musste.

»Nein, aber ich werde dir sagen, dass ich endlich der Herausarbeitung der Erinnerung, die mit deinem Ring verbunden ist, viel näher bin«, sagte Rudolf.

»Cool. Was kam dabei heraus?«, fragte Liv.

Er schüttelte den Kopf. »Ich brauche nur noch ein bisschen länger. Ich habe für uns eine schöne Airbnb-Ferienwohnung an der Küste gebucht. Nach einem langen Wochenende der Leidenschaft ...«

»Ich glaube ich pfeife auf das Gesetz«, schnitt Liv ihm das Wort ab. »Ich werde dich gleich hier ermorden.«

Er seufzte. »Gut. Ich bleibe ohne dich in unserem Liebesnest. Eine steife Meeresbrise und Waves helfen mir beim Denken.«

»Ja, Wellen haben diesen Effekt auch auf mich«, sagte Liv.

Er schüttelte den Kopf. »Nein, ich bezog mich auf eine Stripperin aus Venice Beach, die ich ebenfalls eingeladen hatte. Ihr Name ist Waves.«

»Ihhh«, meinte Liv. »Und du hast mich auch in diese Strandhütte eingeladen?«

»Nun, ja. Je mehr wir sind, desto spaßiger wird es.«

»Nein«, antwortete Liv. »Je mehr, desto mehr Geschlechtskrankheiten.«

Rudolf blieb stehen, als Liv stoppte und auf die leere Ziegelmauer starrte. »Du bist also unterwegs, um die Brownies zu besuchen. Dies ist dein drittes oder viertes Mal. Hast du eine Vorliebe für kleingebaute Jungs? Wenn ja, erklärt das ziemlich gut, warum du mich nicht magst.«

»Ich mag dich nicht, weil du so schäbig bist wie ein Pissoir auf einer Bahnhofstoilette in Bukarest.«

Rudolf nickte. »Ich stimme zu, dass es das Beste ist, mich auf Abstand zu halten. Sonst breche ich dir nur das Herz. Aber egal was du sagst, ich kenne deine wahren Gefühle für mich. Und obwohl ich sie nicht zurückgeben kann, sind die Schmeicheleien sehr nett.«

Liv ignorierte ihn und trat vor, um den Brownies ihre Anwesenheit anzukündigen, in der Hoffnung, dass sie ihr die Tür öffnen würden, wie sie es zuvor getan hatten.

»Liv Beaufont, Kriegerin für das Haus der Sieben. Ich bin hier, um Mortimer zu sehen«, rief sie wie eine Verrückte, die mit einer massiven Backsteinmauer sprach.

Rudolf schüttelte den Kopf und schnalzte mit der Zunge. »Ich habe dich wirklich für den Typ Frau gehalten, der sich in seine eigene Art verliebt, aber ich bin nicht derjenige, der darüber urteilt. Wenn du Lust auf diese haarigen, kleinen Sauberkeitsfetischisten hast, dann hast du meine volle Unterstützung. Ich werde sogar an der Hochzeit teilnehmen, obwohl ich zu behaupten wage, dass die volle Aufmerksamkeit der Gäste sicherlich auf mich und nicht auf dich als Braut gerichtet sein wird.«

»Bitte beachte, dass ich niemals heiraten werde und wenn ich tatsächlich heirate, wird deine Einladung bei der Post verloren gehen«, erklärte Liv.

Rudolf kicherte. »Ich liebe die Art und Weise, wie du alles im Voraus planst.«

Die Tür zum Brownie-Büro materialisierte sich mit einem Zettel, der an die Vorderseite geklebt war. Darauf stand: ›Sie sind herzlich willkommen, Liv Beaufont, Kriegerin für das Haus der Sieben. Bitte lassen Sie den Fae an der Tür. Wir wollen keinen Müll hier drin.‹

Rudolf nickte nach der Lektüre. »Bitte sage meinem Freund Mortimer, dass ich sein Angebot zwar schätze, aber viel zu beschäftigt bin, um ihn mit meiner Anwesenheit zu beehren. Ich gehe zum Strandhaus, um deinen Auftrag zu erfüllen und die Erinnerung zu finden, die du dir so sehr wünschst.«

»Okay«, sagte Liv. »Du weißt, wo du mich findest, wenn du fertig bist.«

»Und ich akzeptiere diese informelle Einladung, eines Nachts in dein Bett zu schlüpfen«, sagte Rudolf und eilte durch die Menge, bevor Liv auch nur protestieren konnte.

## Kapitel 7

Sie wusste nicht wie das überhaupt möglich sein konnte, aber der Flur zu Mortimers Büro schien noch staubiger zu sein als bei ihrem letzten Besuch. Na klar, die Schuster haben die schlechtesten Leisten. Liv beugte sich vor und versuchte, ihre Haare aus den vielen Spinnweben, die an der Decke gespannt waren, herauszuhalten. Sie schlich sich in das Büro des Beamten, nicht überrascht, dass es mit unordentlichen Papierstapeln überfüllt war. Mortimer saß hinter seinem Schreibtisch und schielte in einen Handspiegel.

»Ähm, hallo«, sagte Liv, um seine Aufmerksamkeit zu erregen.

Er bedeutete ihr mit einem Winken, sich auf den winzigen Stuhl vor seinem Schreibtisch zu setzen, ohne den Blick vom Spiegel abzuwenden. »Findest du mich übermäßig behaart?«

Liv erstarrte beim Versuch sich hinzusetzen. »Ähm, ich bin mir nicht sicher, ob ich in der besten Position bin, diese Frage zu beantworten. Ich habe bisher nur zwei Brownies getroffen.«

Mortimer ließ den Spiegel auf seinen Schreibtisch fallen und runzelte die Stirn. »Ich meinte für jede Art von Kreatur.«

Liv versuchte ihr Bestes, ihren Hintern auf den Stuhl zu pressen, wobei sie das meiste Gewicht auf den Fersen hielt. »Man sollte sich die Kommentare von diesem dummen Fae nicht so zu Herzen nehmen. Er weiß oft nicht, wovon er spricht.«

»Auch wenn das wahr sein mag, gilt Rudolfus als einer der attraktivsten Fae, was ihn zu einem der attraktivsten Geschöpfe auf diesem Planeten macht.«

Liv schüttelte entschieden den Kopf. »Ja, aber du weißt, dass seine Persönlichkeit das wieder vollkommen aufwiegt, oder?«

Er nickte. »Ich möchte ihm nicht gegenüber sitzen, aber es macht mir nichts aus, den Mann anzustarren.«

Liv seufzte. »Glaube mir, er ist noch unattraktiver, wenn er isst. Du hättest sehen sollen, wie ihm die Tage Queso das Kinn heruntergelaufen ist. Da war er kein Traumschwiegersohn.«

»Du und Rudolfus habt viel Zeit miteinander verbracht, wie ich gehört habe«, stellte Mortimer fest.

Der Brownie hatte überall Augen und wusste wahrscheinlich, dass Rudolf an der Party in Johns Laden teilgenommen hatte. Deshalb dachte sie auch, er könnte einen Hinweis auf die Dämonen geben. »Wir arbeiten gemeinsam an etwas, das ist alles.«

»Ja, Liv Beaufont, Kriegerin für das Haus der Sieben, hat in der Tat an vielen Projekten gearbeitet«, stellte Mortimer fest. »Ich habe Geschichten von deinen Abenteuern gehört. Aber was bringt dich heute hierher? John ist mit unserer Arbeit zufrieden, nicht wahr?«

Liv nickte sofort. »Oh, ja. Er ist überaus glücklich und ich auch. Es macht auch mein Leben leichter, dass deine Brownies jeden Abend den Laden sauber machen. Ich danke dir. Ich bin eigentlich hier, um zu sehen, ob du mir Informationen über eine bestimmte Kreatur besorgen kannst, die ziemlich mysteriös und schwer aufzuspüren ist.«

## DIE TRIUMPHIERENDE TOCHTER

Mortimers Gesicht erhellte sich vor Neugierde. »Wir haben viele Kreaturen gesehen. Ich bin sicher, dass ich dir helfen kann. Suchst du ein Einhorn mit dem Namen Blisters? Er versteckt sich immer, aber ich weiß, wo ich ihn finden kann, obwohl es technisch gesehen nicht auf der Erde ist. Oh! Lass mich raten, du suchst einen Londil. Diese Außerirdischen sind vielleicht nicht auf diesem Planeten, aber ich weiß, wo ich sie finden kann. Wir haben überall Augen.«

Liv wusste einen Moment lang nicht, was sie sagen sollte. »Außerirdische sind echt?«

Mortimer hielt inne und wartete vielleicht darauf, dass sie sagte, es wäre nur ein Scherz. Nach ein paar Sekunden lachte er. »Du bist sehr naiv, Liv Beaufont. Wir alle wissen, dass Außerirdische real sind. Nicht magisch wie wir, aber auf ihre eigene Weise einzigartig.«

»Richtig«, sagte Liv und zog das eine Wort in die Länge, um sich Zeit zu geben, diese neuen Informationen zu verarbeiten. »Und nein, hier geht es nicht um ein entzückendes Einhorn oder mysteriöse Außerirdische.«

Mortimer blickte finster drein. »Einhörner sind nicht nur Regenbogen und Sonnenschein. Sie sind ziemlich pflegeintensiv, wenn du mich fragst und nicht so nützlich, wie die meisten behaupten. Geh einfach in ihre Zentrale und du wirst sehen, was ich meine, unorganisiert und völlig besessen von sich selbst.«

Liv versuchte, ihren Blick vom Spiegel vor Mortimer oder den Dutzenden von Papierstapeln im Büro fernzuhalten. »Ich nehme dich beim Wort. Wie auch immer, ich suche eigentlich nach einem bestimmten Dämon.«

Mortimer keuchte und schob sich von seinem Schreibtisch weg, als ob er versuchen würde, so viel Platz wie möglich zwischen sich und Liv zu schaffen. »Warum solltest du wissen wollen, wo ein bestimmter Dämon ist? Ich hoffe, du machst um diese Kreaturen einen möglichst großen Bogen.«

Liv schüttelte den Kopf. »Eigentlich, damit ich ihn aufspüren und ihm Blut abnehmen kann.«

Mortimer schüttelte ziemlich heftig den Kopf. »Ich bitte dich, das zu überdenken. Es gibt keinen Grund, sich in diese Gefahr zu begeben. Die Brownies mögen dich. Wir wollen dich in der Nähe behalten.«

Liv lächelte. »Ich weiß das zu schätzen, aber ich habe einen Freund, der meine Hilfe braucht. Hast du Informationen über Dämonen und wo man bestimmte Dämonen finden kann? Ich suche einen mit dem Namen Sabatore.«

Mortimer schüttelte den Kopf, bevor sie überhaupt fertig war. »Ich fürchte, in dieser Angelegenheit kann ich dir nicht weiterhelfen. Dämonen sind zwar hinter Sterblichen her, aber normalerweise nicht hinter denen, denen wir dienen. Es handelt sich um zwei verschiedene Arten von Kunden. Unsere sind echt und rein, zwei Eigenschaften, nach denen ein Dämon nicht sucht.«

»Ja, sie wollen die Verlorenen und Einsamen, ist das nicht so?«, fragte Liv.

»Das ist richtig«, antwortete Mortimer. »Wie du siehst, sind das also von allen Kreaturen, nach denen du mich hättest fragen können, diejenigen, von denen ich dir am wenigsten erzählen kann.«

Liv seufzte und fragte sich, welche Möglichkeiten sie noch hatten. Stefan hatte keine Zeit mehr.

»Meine Rolle bei der Arbeit mit vielen Leuten hat mir jedoch ein gewisses Wissen vermittelt, das für dich von Nutzen sein könnte.«

## DIE TRIUMPHIERENDE TOCHTER

Liv versuchte ihre aufkeimende Verzweiflung zu unterdrücken und beobachtete, wie Mortimer begann, in seiner unordentlichen Schreibtischschublade zu wühlen. Während er tiefer grub, fielen Papierfetzen auf den Boden.

»Wo ist diese Karte?«, murmelte er und verschwand fast in der offenen Schublade. »Heureka!« Mortimer hielt eine vergilbte Karte hoch, sein Gesicht war ekstatisch. »Wieder einmal hat sich mein Ablagesystem als sehr nützlich erwiesen.«

Liv starrte die hoch aufragenden Papierstapel an und mühte sich ein Nicken ab.

»Ich traf einmal einen Elfen namens Renswick«, erklärte Mortimer und übergab ihr die Karte. »Ein sehr seltsamer Kerl. Nicht die Art von Person, die man bedenkenlos ins Elternhaus einladen würde.« Er klappte den Mund zu und die Reue bedeckte sofort sein Gesicht. »Es tut mir leid, Liv Beaufont. Das war sehr unsensibel von mir.«

Sie schüttelte den Kopf und winkte ab. »Ich weiß, was du meinst. Bitte fahre fort.«

»Nun, Renswick mag ziemlich exzentrisch sein, aber ich glaube, dass er im Grunde genommen ein recht guter Kerl ist, weshalb ich ihn dir als Ansprechpartner zur Verfügung stelle.«

Liv studierte die Karte. Sie lautete:
Renswick Shoshawnawalla, Ashland, Oregon

»Dieser Elf«, begann Liv. »Glaubst du, er könnte etwas über Sabatore wissen?«

Mortimer zuckte die Achseln. »Ich kann es nicht mit Sicherheit sagen, aber wenn es jemand tut, dann er.«

»Renswick Shoshawnawalla«, sagte Liv beim Lesen der Karte. »Das ist ein ganz schöner Zungenbrecher. Heißt er kurz Ren«?«

Mortimers Augen vergrößerten sich. »Ich würde dir nicht raten, ihn so zu nennen. Aus irgendeinem Grund hat er sich bei den Anlässen, bei denen er so genannt wurde, sehr beleidigt verhalten.«

»Also, dieser Renswick«, begann Liv. »Kannst du mir mehr über ihn erzählen?«

»Er studiert Dämonen«, erklärte Mortimer. »Wie ich höre, hat er den umfangreichsten Katalog der verschiedenen Lebewesen, meist einschließlich derer, die schon lange dabei sind und den Status einer Legende erreicht haben.«

»Warum sollte jemand Dämonen studieren wollen?«, fragte Liv.

»Ich hatte den gleichen Gedanken, als ich davon erfuhr«, antwortete Mortimer. »Aber alle Dinge im Leben sollten von jemandem studiert werden, damit wir sie besser verstehen. Ich möchte keine Naturkatastrophen studieren, aber ich bin dankbar, dass jemand das tut, damit wir wissen, wie wir uns auf sie vorbereiten können. Ich bin mir nicht sicher, was Renswick dazu motiviert, Dämonen zu studieren, aber wenn jemand weiß, wo dein Sabatore ist, dann ist es dieser Elf. «

Liv nickte und versuchte, sich noch nicht zu viel Hoffnung zu machen. »Wie finde ich ihn? Da steht nur eine Stadt und ein Bundesstaat auf der Visitenkarte.«

Mortimer nickte verständnisvoll. »Das Gebiet ist nicht groß und Renswick ist dort bekannt. Er lebt inmitten der seltsamsten und merkwürdigsten Typen. Frage einfach herum und jemand sollte in der Lage sein, dir die Richtung zu seinem Anwesen zu zeigen, das, wie ich höre, für sich allein genommen ziemlich spektakulär ist.«

»Diese Leute …«, sagte Liv zögernd. »Du sagst, sie sind seltsam. Sind sie gefährlich?«

Mortimer schüttelte den Kopf. »Nein, aber vielleicht findest du sie etwas lästig. Die Stadt besteht aus dem nordwestlichen Stamm der Elfen und diese sind eine besondere Spezies.«

»Oh. Eine besondere Spezies? Was bedeutet das?«

Mortimer warf ihr einen Seitenblick zu. »Sie sind alle Hippies.«

# Kapitel 8

Weißt du etwas über diese exzentrischen Hippies in Oregon?«, erkundigte sich Liv bei Plato, drehte Renswicks Karte in ihren Händen um und hoffte, dass auf der anderen Seite eine Adresse oder weitere Informationen erscheinen würden. Sie war allerdings immer noch leer.

Plato hob den Kopf von den Pfoten. »Ich mache es mir zur Regel, meine Zeit mit Elfen zu begrenzen. Besonders mit denjenigen, die als Hippies beschrieben werden.«

»Oh, was hast du denn gegen Elfen?«

»Nichts«, sagte Plato. »Ich habe gerade einen besseren Teil eines Jahrhu…« Er unterbrach sich und schaute zur Seite. »Ich meine, ich habe einige Zeit mit dem Stamm im Pazifik verbracht. Ich bin nach dem Erlebnis immer noch am entgiften.«

»Wie sieht der Stamm dort aus? Ist das auf Hawaii?«

Plato nickte. »Ja und sie sind alle Surfer. Wenn ich in diesem Leben noch einmal Sonnencreme rieche, wird es zu früh sein.«

»Also, wie viele Leben hast du schon gelebt?«, fragte Liv verschlagen.

»Mehr als eines und weniger als neun«, antwortete er vage und brachte Liv zum Lachen.

John tanzte schwungvoll durch die Hintertür und nickte mit dem Kopf im Takt eines seiner Lieblingslieder der Beatles, Blackbird.

»Worüber lacht ihr?«, fragte er und schaute sich um, als ob er einen Kunden erwarten würde.

Liv zeigte auf Plato. »Er hat gerade einen besonders lustigen Witz gemacht.«

Der Kater hatte den Kopf auf die Pfoten gelegt und tat so, als ob er schlafen würde.

John nickte und schenkte ihr seinen üblichen skeptischen Ausdruck, den er immer dann aufsetzte, wenn sie ihm zu erklären versuchte, dass Plato sprechen könne. »Richtig.« Er blickte auf Pickles hinunter, der neben ihm trabte. »Dieses kleine Hündchen hält mich auf Trab, ich weiß also, was du meinst.«

Liv schüttelte den Kopf. »Er kann wirklich sprechen. Ich schwöre es.«

John schien sie nicht zu hören, als er ein weiteres Lied auf seiner Jukebox anstimmte und dabei seine Schultern bewegte. Es war schnell zu seiner Lieblingsbeschäftigung im Laden geworden, was Liv ziemlich glücklich machte. »Hast du den Föhn, den Frau Johnson mitgebracht hat, fertig repariert?«

»Oh, den habe ich schon vor Ewigkeiten repariert«, sagte Liv, als sie zu den Regalen schritt.

»Und was ist mit den drei verschiedenen Staubsaugern, die wir heute Morgen reinbekommen haben?«, fragte John weiter.

»Ja, die sind alle schon fertig.« Liv bewegte verschiedene Gegenstände auf dem Regal und versuchte, die Geräte zu finden, die sie an diesem Morgen repariert hatte. »Die Sache ist die, wir haben in der letzten Woche eine Menge Zeug reinbekommen.«

John nickte und bewegte seine Füße zu Love Me Do von den Beatles. »Ja, das Geschäft ist lebhaft. Ich könnte nicht glücklicher sein. Ich glaube, es hat etwas mit der neuen Energie hier drin zu tun. Es fühlt sich … glücklicher an.«

Liv lächelte. »Du bist glücklicher und das ist ansteckend. Die Kunden lieben es.«

John schaukelte zur Musik, Pickles bellte und freute sich über den Tanz. »Nun, was immer es ist, ich bin begeistert.«

»Ich bin froh, aber uns geht langsam der Platz für all die Geräte aus«, begann Liv. »Sogar das Hinterzimmer ist voll.«

»Also könnte man sagen wir haben ein Luxusproblem«, sagte John. »Niemals in dreißig Jahren erinnere ich mich daran, sagen zu können, dass ich zu viel Arbeit hatte. Aber mit deiner Hilfe ist es nicht zu viel sondern gerade genug.«

»Ich bin auch froh, aber ich glaube, wir haben ein neues Problem«, sagte Liv und versuchte auf Zehenspitzen zu erkennen, was auf der Rückseite des Regals lag. »Ich kann nichts mehr finden. Es liegt einfach zu viel hier und alles ist zusammengepfercht.«

»Glaubst du, dass wir ein besseres Organisationssystem brauchen?«, fragte John, seine Stimmung immer noch unverändert gut.

»Ich glaube, dass wir den Laden erweitern müssen«, erklärte Liv.

John erstarrte. »Aber der Waschsalon auf der einen Seite ist schon seit Ewigkeiten da. Und das Feinkostgeschäft auf der anderen Seite, na ja, ich liebe die Thomasons. Und ich kann mir im Traum nicht vorstellen umzuziehen.«

Liv hielt ihren Finger hoch. »Nein, ich meine eine magische Expansion. Es gibt Zaubersprüche, die zu Magie fähige Wesen, insbesondere die Riesen, verwenden, um mehr in weniger zu stecken, wie das Buch, das Rory mir geschenkt hat.« Sie wies auf Mysteriöse Kreaturen hin, das auf der Werkbank lag. Es war fast immer an ihrer Seite. »Riesen sind nicht darauf aus, die Dinge besser aussehen zu lassen als sie sind, wie es Magier mit ihren Häusern tun, aber ein einfacher Renovierungszauber könnte seinen Zweck erfüllen.«

»Weißt du, wie man so etwas macht?«, fragte John erstaunt.

Liv sackte zusammen. »Leider nicht, aber ich werde es lernen, wenn du der Änderung zustimmst.«

John dachte einen Moment lang nach. »Es wäre schön, hier mehr Platz im Regal zu haben, aber du bist bereits mit mehreren Jobs, wie dem Aufspüren von Gespenstern oder was immer sie sind, belastet.«

»Dämonen«, korrigierte Liv mit einem Kichern.

John zog eine Grimasse. »Ich mag die Vorstellung immer noch nicht, dass man so schreckliche Dinge jagen muss. Ich weiß nicht genau was sie sind, nur, was die sterbliche Fiktion über sie sagt und das ist nicht gut.«

Liv nickte. »Ich bin mir sicher, dass sie im wirklichen Leben viel schlimmer sind als in den Büchern, aber keine Sorge, Bellator beschützt mich.«

»Dafür bin ich dankbar«, sagte John. »Sagtest du nicht, dass das Haus der Sieben einen dieser Zaubersprüche benutzt, um seine Größe zu verbergen?«

»Ja, der Eingang dazu in Santa Monica sieht aus wie ein heruntergekommener, zweistöckiger Wahrsagerladen«, erklärte Liv.

»Und das eigentliche Gebäude?«, fragte John.

»Es sind sieben Stockwerke und es ist ziemlich umfangreich«, sagte Liv, wobei ihr Herz schon beim Gedanken an das Gebäude zu rasen begann. »Und es gibt ein großes Gelände mit einem riesigen Garten. Die Bibliothek nimmt mindestens ein ganzes Stockwerk ein, obwohl sie die meiste Zeit drei Stockwerke hat.«

»Die meiste Zeit?«, fragte John stirnrunzelnd.

»Nun, sie ändert sich je nach ... Ich bin mir eigentlich gar nicht sicher, welche Faktoren die Bibliothek beeinflussen«, erklärte Liv. »Meine Eltern sagten immer, dass sie lebendiger sei als der Garten. Wenn man nicht aufpasst, kann man sich dort leicht verlaufen. Offenbar gibt es dort immer noch einen Magier, der vor über einem Jahrzehnt auf der Suche nach einem Buch über Drachen war und seitdem hat ihn niemand mehr gesehen.«

John lachte. »Was für ein unglaublicher Ort. Ich verstehe nicht, warum du dich entschieden hast, in dieser schäbigen Wohnung statt im Haus der Sieben zu wohnen.«

Liv schoss ihm einen beleidigenden Blick zu. »Nimm das sofort zurück, John Carraway. Meine Wohnung ist nicht schäbig. Sie ist fantastisch und perfekt für mich und ich habe sie in weniger als zehn Minuten sauber.«

»Man könnte sie sogar in weniger als zehn Sekunden reinigen, wenn man Magie anwenden würde«, korrigierte John.

Sie lachte jetzt. »Das ist wahr, aber ich versuche, bescheiden zu bleiben.«

»Und ich bin froh, dass dir deine Wohnung immer noch gefällt«, sagte John. »Wenn du den Laden renovieren willst, werde ich nicht ablehnen. Das Geschäft ist großartig und ich will den Schwung nicht verlieren.«

Liv legte den Finger auf die Lippen und dachte darüber nach, wie sie einen Expansionszauber anwenden könnte. Sie wollte das nicht falsch angehen, sonst könnte sie ein Loch in die Wand sprengen oder ein ganzes Regal mit Geräten verschwinden lassen.

Die Eingangstür des Ladens ertönte, als Clark eintrat. Er trug seinen üblichen, übermäßig gestärkten Nadelstreifenanzug und seinen langen Drachenhautumhang. Heute hatte er einen Stock mit einem silbernen Löwenkopf dabei und schaute irritiert.

»Hey, der alte Mann am Ende des Blocks hat gerade angerufen und gesagt, er will seinen Stock zurückhaben«, scherzte Liv.

Ihr Bruder lachte – wie erwartet – nicht. »Du hast Sophia aus dem Haus geholt!«, sagte er in einem vorwurfsvollen Ton.

Liv schreckte zurück, sie hatte diesen Ausbruch nicht erwartet. »Das habe ich, aber nur, um zu Rory zu gehen.«

John, der wahrscheinlich spürte, dass es gleich heiß hergehen würde, verhielt sich, als ob er etwas suchte und zwar etwas, das sich zweifellos im hinteren Teil des Ladens befand.

»Das ist ja noch schlimmer«, schrie Clark fast, um seine Wut zu kontrollieren. »In das Haus eines Riesen. Dorthin hast du unsere kleine Schwester gebracht. Ist dir klar, dass die Riesen uns hassen?«

»Nicht Rory«, argumentierte Liv. »Nun, er hasst uns jedenfalls weniger als die anderen Riesen.«

»Das macht nichts«, schimpfte Clark, seine Wangen waren vor Wut rot gerötet. »Sophia ist jung, aber sie hat ihre Magie. Es ist nicht sicher für sie, das Haus zu verlassen.«

»Das ist kein Leben für sie«, konterte Liv. »Du weißt, dass Mama und Papa es nie gutgeheißen hätten, sie einzusperren.«

Clark seufzte. »Mom und Dad sind nicht hier. Sie sind tot und wir sind diejenigen, die sich jetzt um Sophia kümmern sollten. Nun, eigentlich war das meine Aufgabe, weil du uns im Stich gelassen hast.«

Jetzt kam alles heraus. Liv stand auf und fühlte, wie die Wut in ihr vibrierte. »Ich habe dich nicht im Stich gelassen. Ich bin gegangen, weil ich es nicht ertragen konnte, im Haus der Sieben zu sein. Überall, wo ich hinsah, erinnerte es mich an sie. Außerdem habe ich immer gesagt, dass mit ihrem Tod etwas nicht stimmt und es hat niemand auf mich gehört. Ich konnte es nicht mehr ertragen, also ja, ich bin gegangen, aber ich habe meine Familie nicht im Stich gelassen. Was habe ich getan, als du mich brauchtest?«

Clark kochte einen Moment lang, seine Augen funkelten vor Stress. »Du kamst zurück, aber das entschuldigt nicht, dass du überhaupt gegangen bist. Und ich habe die Aufgabe erhalten, mich um Sophia zu kümmern und sie soll das Haus nicht wieder verlassen. Ich hätte sie nicht einmal zur Party mitbringen dürfen.«

»Clark, sie mag jung sein, aber sie ist nicht unfähig …«

»Das weiß ich, Liv«, schnitt er ihr das Wort ab. »Deshalb muss sie geschützt werden. Wenn jemand wüsste, wozu sie fähig ist … Nun, ich will gar nicht darüber nachdenken. Sie könnten versuchen, sie uns wegzunehmen.«

»Das würde ich niemals zulassen«, schnappte Liv. »Es gibt nur wenige Menschen, für die ich mein Leben gäbe, aber dieses kleine Mädchen steht ganz oben auf der Liste.«

Clark lachte trocken. »Die Liste ist eigentlich ziemlich lang mittlerweile. Wen glaubst du hier täuschen zu wollen? Und das ist ein weiterer ausgezeichneter Punkt. Du bist eine Kriegerin mit einer Menge an Feinden. Sophia ist nicht sicher, wenn sie das Haus mit dir verlässt.«

»Bei mir ist sie viel sicherer als bei dir. Du wüsstest nicht einmal, wie man gegen eine hungrige Kakerlake kämpft«, spuckte Liv.

»Das wüsste ich doch«, feuerte Clark zurück.

»Und sie ist auch meine Schwester. Sie muss die Welt sehen und nicht nur in Büchern lesen. Weil sie so mächtig ist, ist es umso wichtiger, dass wir sie ausbilden und den Dingen aussetzen.«

»Liv, ich verstehe, was du meinst«, sagte Clark und schien sich etwas zu beruhigen. »Glaubst du, es gefällt mir, sie einzusperren? Ich bin jetzt so sehr mit dem Rat beschäftigt, dass ich nicht mehr mit ihr rausgehen kann. Und bevor ich ernannt wurde, war ich mit dem Studium beschäftigt. Ich wünschte, es bliebe mehr Zeit. Dass die Welt ein besserer Ort wäre. Dass sie wie andere Kinder draußen rennen und spielen könnte. Aber Sophia ist nicht normal. Sie ist außergewöhnlich und das bedeutet, dass sie geschützt werden muss.«

»Ich stimme zu und der beste Weg, sie zu schützen, ist, sie zu unterrichten«, erklärte Liv.

»Liv …«

»Hörst du auf, meinen Namen zu sagen? Du sagst ihn immer nur, wenn du wütend auf mich bist, was mich dazu bringt, meinen Namen zu hassen.«

Clark lachte tatsächlich darüber. »Ja, du hast recht. Entschuldigung. Es ist eine Angewohnheit von mir.«

»Ich verstehe, dass du willst, dass Sophia in Sicherheit ist und ich weiß, dass die Verantwortung auf dich gefallen ist, weil ich weg war. Aber jetzt bin ich wieder da und du musst sie nicht allein aufziehen. Wir müssen nicht in allen Punkten einer Meinung sein, aber bitte lass mich daran teilhaben. Schließ mich nicht aus, nur weil du mit meinen Ideen nicht einverstanden bist.«

Clark dachte einen Moment lang darüber nach. »Ich will nicht, dass du sie ohne mein Wissen aus dem Haus bringst.«

Liv nickte. »In Ordnung. Aber ich möchte, dass sie manchmal das Haus verlassen darf.«

Clark stieß einen schweren Atemzug aus. »Gut, aber wir müssen besprechen, wohin sie geht. Und sie muss jederzeit beaufsichtigt werden. Und sie darf nicht zaubern, wenn sie geht. Und ich will nicht, dass sie nach Einbruch der Dunkelheit draußen ist.«

»Steht ›sie soll keinen Spaß haben‹ auch auf dieser Liste?«

»Haha, sehr witzig«, entgegnete Clark, überhaupt nicht amüsiert.

Sie waren einen Moment lang still. Clarks Gesichtszüge wurde etwas weicher und Liv hoffte, dass er aufhören würde, sie anzustarren. Schließlich sagte er: »Ich habe dich vermisst, Liv.«

Sie lächelte. »Danke. Du hast mir auch ... irgendwie gefehlt.«

Er lachte. »Du bist die einzige, die jemals mit mir gestritten hat.«

»Das liegt daran, dass du dich immer irrst«, schoss Liv zurück.

»Tue ich nicht. Aber Ian hat sich nie genug dafür interessiert, mit mir zu streiten und Reese wusste es nicht besser. Und Mom und Dad, na ja, sie ...«

»Sie haben dich immer nur geliebt und dich mit Lob überschüttet, das du nicht verdient hattest.«

Er schüttelte den Kopf. »Das ist unterste Schublade, aber du hast recht. Sie waren immer nur unterstützend für uns. Ich bin mir ziemlich sicher, wenn du gesagt hättest, dass du mit dem Zirkus durchbrennen willst, hätten sie die Idee unterstützt.«

»Sie wären rausgestürmt und hätten mir ein Artistentrikot gekauft«, sagte Liv. Sie zeigte auf den Gehstock. »Im Ernst, was soll das, alter Mann?«

Er hielt den Stock hoch, der reich an geschnitzten Details war. »Es ist eine Waffe. Ich habe sie mitgebracht, falls ich sie benötige.«

»Benötige?«, fragte Liv.

Clark sah sich mit einem paranoiden Gesichtsausdruck um. »Wir nähern uns, nun ja, dem, was Ian und Reese uns herausfinden lassen wollten. Und du weißt, was mit ihnen passiert ist. Ich mache mir Sorgen …«

»Dass derjenige, der sowohl sie, als auch Mom und Dad ermordet hat, nun hinter uns her sein könnte?«, fragte Liv. »Ich kann garantieren, dass er oder sie es ist. Aber im Moment sind wir vorsichtig, also mache dir keine Sorgen.«

Er nickte. »Es ist nur so, dass mich diese Sache mit dem Krieg der Sterblichen und der Magier wirklich gestresst hat. Seitdem du mir das gesagt hast, habe ich ununterbrochen geforscht und ich kann nichts finden, was das unterstützt. Wie um alles in der Welt könnte ein ganzer Krieg aus der Geschichte ausgelöscht werden?«

Liv zuckte die Achseln. »Ich weiß es nicht, aber wer auch immer die Dinge vertuscht, hat sich sehr viel Mühe gegeben. Rudolf sagt, er habe die mit dem Ring verbundenen Erinnerungen verloren. Die Namen der Gründer sind in der alten Kammer versteckt, dem einzigen Ort, an dem sie sich befinden. Es gibt vieles, was wir nicht wissen und es wurde sehr sorgfältig versteckt.«

»Deshalb müssen wir vorsichtiger denn je sein«, erklärte Clark. »Das ist eine große Sache und jemand hat sich sehr bemüht, sie zu begraben.«

»Mach dir keine Sorgen«, antwortete Liv. »Wir werden es schaffen. Aber wie funktioniert dein Stock? Ist ein Schwert im Inneren versteckt?«

Clark sah ihn komisch an. »Nein, das ist nur ein magischer Stock mit verschiedenen Kräften. Er bewahrt mich weitgehend davor, mir die Hände schmutzig zu machen.«

»Denn offensichtlich würde dich das umbringen«, antworte Liv lachend.

Er schloss sich ihrem befreienden Lachen an und sah nicht mehr so angespannt aus wie zuvor. »Offensichtlich.«

Livs Augen richteten sich auf die vollgestopften Regale. »Hey, weißt du zufällig, wie man Expansionsmagie und andere Zauber, die mit der Verschönerung von Räumen zu tun haben, wirkt?«

Er glotzte sie an. »Wie heiße ich?«

»Dumpfbacke?«, schoss sie zurück.

Er streckte ihr die Zunge raus. »Und ja. Natürlich weiß ich das. Jedes Vorschulkind weiß das.«

»Du Spaßvogel«, sagte Liv. »Ich habe diesen Tag in der Schule verpasst.« Sie zeigte auf die Regale. »Würde es dir etwas ausmachen, mir bei einem Projekt zu helfen und mich gleichzeitig zu unterrichten? Ich möchte diesen Ort besser aussehen lassen.«

»Bittest du wirklich um meine Hilfe?«, fragte Clark ungläubig.

»Ja, aber sag es niemandem, sonst sterbe ich vor Scham, wenn das raus kommt.«

Er zeigte mit einem Lächeln auf die Regale. »Dein Geheimnis ist bei mir sicher, Liv.«

## Kapitel 9

Stefan fuhr mit dem Schleifstein über die Klinge seines Schwertes und erzeugte ein Geräusch, das Liv zusammenzucken ließ. Das war wahrscheinlich das Beste, da es ihre erste Reaktion verdeckte, als sie ihn in der dunklen Gasse warten sah. Er sah wie das blanke Elend aus. Seine normalerweise leuchtend blauen Augen waren stumpf und noch tiefer eingefallen als beim letzten Mal, als sie ihn gesehen hatte – was jetzt, da sie darüber nachdachte, noch gar nicht so lange her war. Sein Gesicht war stellenweise knochig und er hatte definitiv an Gewicht verloren. Schlimmer als all das war aber der verschlagene Ausdruck in seinen Augen, wie man ihn bei einem Obdachlosen erwarten würde, der mit einem ernsten inneren Zerwürfnis zu kämpfen hatte.

Liv hatte keine fröhliche Begrüßung erwartet, als sie in Stefans Richtung ging, aber sie hatte auch nicht das Knurren erwartet, das aus seiner Kehle kam. Sie griff zum Schwertknauf und war bereit, wenn nötig das Schwert zu ziehen.

Stefans Augen folgten ihrer Bewegung. Er schüttelte den Kopf, als wolle er zu sich selbst zurückkehren. »Es tut mir leid, ich …«

»Geht es dir gut?«, fragte Liv.

Er nickte, korrigierte dann aber die Bewegung in ein Kopfschütteln. »Nein. Ich glaube, du musst mich erledigen.«

Liv schluckte und wünschte sich, er würde lachen und sagen, das sei ein Witz. Sie spürte aber, dass es nicht so war.

»Du hast noch Zeit«, sagte Liv. »Und ich habe eine Spur gefunden.«

Zu ihrer Erleichterung hellte sich sein Gesicht leicht auf. »Oh?«

»Ja, ich habe vielleicht jemanden gefunden, der weiß, wo Sabatore sein könnte«, erklärte sie.

Die Hoffnung in seinen Augen verblasste. »Ich hatte gehofft, du hättest Sabatore gefunden.«

»Nun, das könnte uns einen Schritt näher bringen und ich verspreche, dass wir schnell sein werden. Willst du mit mir gehen?«, fragte Liv.

Stefan begann wieder sein Schwert zu schärfen. »Nein, ich glaube, ich bin besser dran, wenn ich Dämonen jage. Zumindest kann ich zu Diensten sein – bis ich nicht mehr ich bin.«

Livs Augen schlossen sich für einen Moment. Das war schwieriger als sie erwartet hatte. Es war nicht so, dass ihr etwas an Stefan Ludwig lag – sie wollte nur nicht, dass er starb. Am Anfang hatte sie ihm überhaupt nicht getraut, weil sie dachte, er sei ein egoistischer Krieger, der blind das tat, was der Rat befohlen hatte, aber dann hatte sie ihn kennengelernt und er war nicht wie sie es erwartet hatte. Er war zeitweise egoistisch, aber er war auch mutig und aufopferungsvoll und auf eine Weise talentiert, die sie immer wieder überraschte.

Vielleicht liegt mir also doch etwas an ihm, dachte sie sich.

»Bist du sicher, dass du weiter jagen willst?«, erkundigte sich Liv, den Blick auf seine Hände gerichtet, die zitterten, als er mit dem Stein über die Klinge fuhr.

Er nickte. »Es hilft tatsächlich. Erinnert mich daran, dass ich immer noch ein Mensch bin, auch wenn es manchmal schwierig ist, die Arbeit zu beenden, indem man sie tötet.

Aber ich denke, es ist gut für mich. Je länger ich weiter jage, desto länger verschiebe ich hoffentlich ... na ja, du weißt schon.«

»Aber du hast vorhin gesagt, dass du dich mehr den Dämonen als den Magiern verbunden fühlst«, wagte Liv zu sagen. Es hatte keinen Sinn, die Wahrheit schönzureden.

»Ja, ich weiß. Aber ich werde dich nur bremsen und unnötige Aufmerksamkeit erregen, wenn ich mit dir gehe«, erklärte Stefan. »Ich halte mich meistens einfach bedeckt. Versuche, hier und da einen Dämon zu töten, wenn ich die Energie dazu habe.«

»Okay, wie ich schon sagte, ich werde schnell sein. Lass uns gleich morgen früh ein weiteres Treffen planen.«

Er nickte und zeigte auf Bellator. »Sag mir, warum musst du dein Schwert nie schärfen? Ist das eine der Eigenschaften, weil es von Riesen gemacht ist?«

Liv schaute Bellator an und nickte. »Ja, es wird nie stumpf oder setzt Rost an. Es soll mir auch besondere Fähigkeiten im Kampf verleihen, aber ich weiß noch nicht, welche das sind. Vielleicht bin ich noch nicht eng genug mit ihm verbunden.«

Liv zog das Schwert und bot es Stefan an. »Willst du es nehmen, weil du Dämonen jagst?«

Er zog das Angebot in Betracht, schüttelte aber den Kopf, wobei ihm die sonst so stacheligen Haare über ein Auge fielen. »Nein, niemand außer dir sollte das Schwert schwingen. Aber ich weiß das Angebot zu schätzen. Und du wirst dich nie vollständig an das Schwert binden, wenn du es verleihst.«

»Es fühlte sich einfach wie der praktischste Ansatz an«, argumentierte Liv, obwohl sie sich nicht ganz sicher war, warum sie das Angebot gemacht hatte. Vielleicht aus Mitleid?

»Dein Schwert muss dein ständiger Begleiter sein«, sagte Stefan in Bezug auf seine eigene Waffe, die viel größer als Bellator war. »Es ist eine Erweiterung von dir. Sobald du das verinnerlicht hast, werden die Vorteile, die es bietet, offensichtlich.«

»Akio sagte dasselbe darüber, dass es sich um eine Verlängerung meines Armes handelt«, lieferte Liv. »Das verstehe ich jetzt, wenn ich mit Bellator kämpfe.«

Stefan stand plötzlich auf, ein Teil seiner alten Geschwindigkeit tauchte auf. Er stand plötzlich direkt vor Liv und seine Augen brannten. »Ein unerfahrener Krieger glaubt, dass er sein Schwert nur im Kampf braucht. Dein Schwert sollte jedoch viel mehr als nur eine Waffe sein. Es sollte dein Kompass sein, dein Führer, ein Hinweis, wenn du dich verirrt hast und deine Stärke, wenn du schwach bist. Wenn du dich mit diesem Schwert verbindest, wirst du feststellen, dass es für dich am wertvollsten ist, wenn du es nicht zum Kämpfen benutzt.«

Liv nickte, erstaunt darüber, wie anders Stefan in diesem Moment war. Er hing vielleicht nur noch an einem dünnen Faden an seiner Menschlichkeit fest, aber er war klarer, als sie ihn in letzter Zeit gesehen hatte. Es war, als wäre etwas in ihm aufgewühlt worden, das seine große Weisheit für einen Moment an die Oberfläche brachte.

»Okay, wir treffen uns morgen wieder hier«, sagte Liv schließlich und wich zurück.

»Ja, morgen«, bekräftigte er.

Liv öffnete ein Portal nach Ashland, Oregon und erkannte, dass bis zum Sonnenuntergang nicht mehr viel Zeit blieb.

»Und Liv?«, sagte Stefan hinter ihr.

Sie drehte sich um und warf ihm einen fragenden Blick zu.

## DIE TRIUMPHIERENDE TOCHTER

»Wenn ich morgen nicht hier bin, komm mich suchen und tue, was getan werden muss.«

Liv schluckte. Nickte. Wendete ihren Blick von seinem ab, als sie durch das Portal trat.

## Kapitel 10

Der Geruch von Regen lag frisch in der Luft, als Liv durch das Portal auf eine charmante Straße in der Innenstadt von Ashland, Oregon, trat. Die Stadt war in ein enges, von Bäumen gesäumtes Tal eingebettet und die grünen Berge gaben ihr das Gefühl, in eine kuschelige Decke eingehüllt zu sein. Der eisige Wind, der ihr ins Gesicht pfiff, widersprach dem sofort.

Liv zog sich die Kapuze über den Kopf, als sie sich auf der Straße voller Boutiquen und Cafés umsah. Überall gab es helle Farben, als hätte das Farbengeschäft einen Schlussverkauf von Signalfarben gehabt. Sie war gerade dabei, sich in ein Café zu schleichen, um nach Renswick zu fragen, als sie einen Park auf der anderen Seite eines kleinen Platzes bemerkte. Das üppige Gras und das Herbstlaub waren jedoch nicht das, was ihre Aufmerksamkeit erregte. Es waren die verschiedenen Charaktere, die Dreadlocks und Schlabberhosen trugen, von denen einige Instrumente in der Hand hielten und andere umhertanzten oder sich gegenseitig die Haare flochten.

»Bingo«, murmelte Liv vor sich hin und machte sich auf den Weg zu den Hippies auf dem Rasen. Obwohl ihre Ohren verzaubert waren, wusste Liv, dass es Elfen waren. Sie begann zu bemerken, dass sich Elfen mit einer einzigartigen Anmut bewegten. Sie waren außerdem groß und schlaksig und hatten in der Regel kantige Gesichtszüge.

Als sie sich näherte, streckte einer der Männer die Arme aus. Er hatte einen langen, mit bunten Perlen verzierten

## DIE TRIUMPHIERENDE TOCHTER

Bart. Die Gesichtsbehaarung ließ ihn viel älter aussehen, als er nach sterblichen Maßstäben war.

»Eine kostenlose Umarmung«, bot er Liv an. »Sie kosten uns nichts und geben uns so viel. Studien zeigen, dass zwanzig Sekunden die perfekte Zeit für eine Umarmung sind. Erst dann kommen die medizinischen Vorteile zum Tragen.«

»Hmmm ... nein«, lehnte Liv kopfschüttelnd ab.

Unbeeindruckt hielt er die Arme weit ausgebreitet, als ob sie jederzeit ihre Meinung ändern könnte und er für die Umarmung bereit wäre.

»Ich suche eigentlich nach jemandem und dachte, dass ihr alle mir vielleicht helfen könnt«, fuhr Liv fort und musste laut sprechen, um die Gitarrenmusik zu übertönen.

»Wir alle suchen jemanden«, sagte eine Frau, die einen ihrer Füße anhob und ihn auf der Innenseite des anderen Knies ablegte, wobei sich die Hände wie zum Gebet trafen, während sie auf einem Fuß balancierte.

»Ja, nun, ich suche nach jemand Bestimmtem und ich habe gehört, dass ihr mir vielleicht den richtigen Weg weisen könnt«, erklärte Liv.

»Es kommt nicht oft vor, dass wir einen Magier zu Besuch haben«, sagte ein Mann, der eine Gitarre in der Hand hielt und weiter die Saiten zupfte. »Nimm Platz und lasst uns unsere Einzigartigkeit feiern.«

»Ich habe eigentlich einen straffen Zeitplan«, erwiderte Liv.

Die Hippies nickten sich gegenseitig zu. »Magier sind immer in Eile und Bewegung. Niemals in der Lage, im Augenblick zu leben. Wenn du nicht aufpasst, wird das Leben an dir vorbeiziehen.«

Liv wollte ihnen sagen, dass sie im Park herumtollen und sich gegenseitig die Haare flechten konnten, weil sie und andere Zauberer die Straßen vor Dämonen und anderen Monstern schützen würden, aber sie wusste es besser, als mit einem Hippie zu argumentieren. Das Hanfsamenöl, das sie anstelle von Seife verwendeten, hatte offensichtlich die meisten ihrer Gehirnzellen abgetötet, was eine logische Unterhaltung unmöglich machte.

»Ich suche nach Renswick Shoshawnawala. Kann mir einer von euch sagen wo ich ihn finde?«

Der Kreis der Elfen verstummte plötzlich.

Der Hippie, der ihr eine Umarmung angeboten hatte, ließ seine Arme fallen und starrte sie enttäuscht an. »Renswick hat nicht gern Besuch. Er feiert die freie Liebe nicht wie wir. Es wäre besser, wenn du bei uns bleiben würdest.«

»Wir sind dabei, eine Slackline aufzustellen und uns darin zu üben, mit der unsichtbaren Kraft, die uns alle verbindet, eins zu werden«, sagte die Frau, die Yoga machte. »Warum bleibst du dafür nicht hier?«

»Eigentlich habe ich den ganzen Tag lang selbst Slacklining betrieben«, log Liv. »Da habe ich schon alles gegeben. Was ich wirklich brauche, ist ein Gespräch mit Renswick.« Liv wies auf die verschiedenen großen viktorianischen Häuser hin, die den Park umgaben. »Wohnt er in einem von diesen?« Mortimer hatte gesagt, das Haus sei beeindruckend und alle hier waren auf ihre eigene Art kühn und schön.

Der Typ mit der Gitarre schüttelte den Kopf. »Nein, Renswick wohnt genau dort.« Er wies auf ein leeres Grundstück auf einem nahe gelegenen, mit Immergrün bewachsenen Hügel.

Liv blinzelte, weil sie dachte, dass das verblassende Sonnenlicht ihr einen Streich spielte. Sie wollte gerade erklären, dass sie nichts gesehen habe, als sich ein Haus materialisierte, das eher einer Kirche ähnelte. Es war ein gotisch viktorianischer Bau mit vielen Türmen und einzigartiger Liebe zum Detail. Wasserspeier saßen an verschiedenen Stellen auf dem mit Stacheln bedeckten Dach. Das Haus war in verschiedenen Grau- und Schwarztönen gestrichen. Im gesamten Gebäude brannte nur ein Licht – im dritten Stockwerk auf der Spitze des höchsten Turms.

Liv war sich nicht sicher, warum, aber sie zitterte und fühlte eine tiefe Kälte in ihrem Inneren.

»Renswick verlässt sein Haus nicht und er erlaubt keine Besucher«, erklärte das Mädchen.

»Aber ich muss ihn sehen«, sagte Liv unerbittlich. »Es ist wirklich wichtig.«

»Wir haben versucht, ihn mit einzubeziehen, aber er sagt, dass unsere Wege leichtsinnig und reine Zeitverschwendung sind«, teilte der freiheitsliebende Hippie mit.

Liv konnte Renswick bereits besser leiden als den Rest der versammelten Elfen. »Kann einer von euch mir bitte helfen, ein Treffen mit ihm zu arrangieren?«

Sie lachten, als ob sie plötzlich von Kirschwein betrunken wären.

»Ich fürchte, wir würden deine Chancen bei Renswick nur schmälern«, sagte die Frau.

»Nun, es ist wirklich wichtig, dass ich mit ihm spreche. Habt ihr irgendwelche Vorschläge?«, fragte Liv.

Der Hippie mit der Gitarre lächelte. »Keine Sorge. Du musst nur an seinen Wachen vorbeikommen. Dann wird er dich empfangen.«

»Wachen?«, erkundigte sich Liv. »Hat er einen Hund oder so etwas?«

Die Hippies blinzelten ihr überrascht zu. »Nein, man kann die Wachen von hier aus gut sehen.«

Liv scannte das Haus und sah nichts außer dem Gebäude und den Wasserspeiern, die es schmückten. Dann dämmerte es ihr. »Warte, wollt ihr damit sagen, dass die Wasserspeier seine Wachen sind?«

Die Hippies lachten. »Natürlich sind sie das«, sagte die Frau.

»Und wie komme ich an ihnen vorbei?«, fragte Liv.

Der Typ mit der Gitarre zuckte die Achseln. »Es ist schon lange her, dass sich jemand an die Herausforderung gewagt hat. Wie war sein Name? Thorn?«

Alle nickten.

»Ja, Thorn war der letzte, der versucht hat, da reinzugehen«, erklärte die Frau.

»Und was ist mit ihm passiert?«, hakte Liv nach.

»Er schwebt mit den Vögeln.«

»Wow, Renswick hat ihn umgebracht, nur weil er an seine Tür geklopft hat?«, fragte Liv.

»Oh nein«, sagte der Typ mit den Perlen im Bart. »Er ist einfach verrückt geworden. Er verbringt die meisten Tage damit, im See zu schwimmen und neben den Enten herumzupaddeln.«

»Was hat Renswick mit ihm gemacht?«

Die Hippies schauten sich gegenseitig für eine Antwort an. Als niemand eine lieferte, richteten sie ihren Blick auf Liv und zuckten die Achseln.

In reiner Hippie-Manier waren sie nur wenig hilfreich gewesen, sodass Liv mehr Fragen als Antworten hatte. Dennoch beschloss sie, sich auf den Weg zu dem großen gotischen Haus zu machen und wünschte sich, sie wüsste, worauf sie sich einließ. Ihren Verstand zu riskieren, um mit einem exzentrischen Elf über Dämonen zu reden, schien nicht das Klügste zu sein, was sie in letzter Zeit getan hatte, aber sie durfte Stefan nicht im Stich lassen.

# DIE TRIUMPHIERENDE TOCHTER

Sie machte einen vorsichtigen Schritt in Richtung des Hauses und schaute sich die Hippies an. »Danke für eure Hilfe. Wünscht mir Glück.«

»Glück gibt es nicht, aber je nach Tierkreiszeichen musst du vielleicht einfach nur warten, bis Mars in dein achtes Haus einzieht und dich mit unerwarteten Folgen für die Probleme des Lebens verbindet«, vermittelte die Frau.

»Ja, danke«, murmelte Liv und schüttelte den Kopf. »Ich denke, ich versuche mein Glück trotzdem.«

## Kapitel 11

»Warum kann ich nie zu einem normalen Menschen geschickt werden, um Hilfe zu erhalten?«, stellte Liv ihre Frage an Plato und schaute zu dem dunklen Haus, das sich vor ihr auftürmte.

»Weil du keine Buchhalterin geworden bist«, antwortete er.

»Ich bin auch keine Magierin geworden. Die Profession hat mich sozusagen ausgewählt.« Der Griff am schmiedeeisernen Tor quietschte, als Liv es anhob. »Also, was hälst du von diesem Ort?«

»Zum einen spukt es dort«, sagte Plato und folgte ihr, als sie den Hof betrat.

Als sie auf den Park zurückblickte, bemerkte sie, dass alle Elfen sie mit Interesse beobachteten. Sie winkte ihnen sarkastisch zu und setzte ein breites aber falsches Grinsen auf.

»Ich glaube, die Hippies fanden Gefallen an dir«, bemerkte Plato, als er zurückblickte und die Gruppe Liv fröhlich zuwinkte.

»Das ist gut, denke ich. Ich brauche nicht noch mehr Feinde.«

»Ja und es geht das Gerücht um, dass, wenn man einen Hippie verärgert, man verflucht ist für die Ewigkeit gentechnisch veränderte Organismen in seiner Nahrung zu haben«, scherzte Plato.

Liv schenkte ihm ein stolzes Lächeln. »Gut gemacht.« Liv lenkte ihre Aufmerksamkeit wieder auf das Haus und drückte ihre Kapuze auf ihre Schultern. »Dort spukt es? Ich habe keine Angst vor Gespenstern.«

»Ich auch nicht«, begann Plato. »Poltergeister sind jedoch nicht so entzückend.«

Liv erstarrte. Sie hatte keine Erfahrung mit Poltergeistern. »Moment, ich dachte, die Wachen wären Wasserspeier?«

Plato zeigte mit seinem Kopf auf die Ecke des Hofes. »Ich glaube, es ist beides. Angriff!«

Ein kleiner Felsbrocken flog durch die Luft in Livs Richtung und hielt direkt auf sie zu. Sie tat das Erste, was ihr einfiel und ließ sich auf die feuchte Erde fallen, ihre Finger drückten sich in den weichen Schmutz. Der Felsbrocken flog über ihren Kopf und wendete, als er auf die andere Seite des Hofes kam. Wie ein Stier, der kurz davor war, sich aufzuladen, rotierte er und raste wieder vorwärts, um anscheinend Geschwindigkeit aufzubauen.

Liv warf Plato einen verärgerten Blick zu. »Muss schön sein, wenn man jetzt klein ist.«

»Das ist es«, stimmte er zu. »Es ist noch besser, dass ich das tun kann.« Der Lyx verschwand und Liv war alleine im Hof.

Sie seufzte, kam wieder auf die Füße und richtete ihre Hand auf den in ihre Richtung fliegenden Felsen. Er explodierte in hundert winzige Stücke und verteilte Trümmer über den ganzen Platz. Liv schützte ihr Gesicht vor dem Staub, als Applaus im Park ausbrach. Sie riskierte einen Blick, um die Hippies zu finden, die sie alle anfeuerten, nachdem sie dem verrückten Felsbrocken fast nicht entkommen wäre.

Liv schaffte im Gegenzug ein Lächeln, hielt aber ihre Aufmerksamkeit auf den Hof. Sie erwartete, dass ein weiterer Stein auf sie geschleudert würde, aber ein krachendes Geräusch über ihr erforderte ihre volle Aufmerksamkeit. Liv blickte nach oben. Die steinernen Wasserspeier sahen auf sie herab, schlugen mit ihren Flügeln, als könnten sie jeden Augenblick abheben.

Die Tür zum Haus war nur fünfzehn Meter entfernt. Liv überlegte, ob sie sich auf den Weg machen sollte, aber sie wollte nicht auf der Veranda gefangen sein, wenn sie die vier Wasserspeier, die auf sie herabblickten, nicht leicht besiegen konnte. Dann bemerkte sie Worte, die über die Vorderseite der Veranda geätzt waren. Sie blinzelte und las laut vor:

»Das, dem man sich widersetzt, bleibt bestehen.«

War das ein Rätsel oder nur Renswicks Lieblingszitat? Liv war sich nicht sicher, aber sie dachte sich, dass sie den direkten Weg auch über seine Wachen nehmen würde.

»Hey da«, sang Liv. »Ich bin nur hier, um Renswick zu sehen. Absolut keine große Sache. Ist es cool, wenn ich einfach an die Tür klopfe?«

Der nächstgelegene Wasserspeier öffnete den Mund und lehnte sich über den Rand des Daches. Liv wusste nicht, ob er etwas zur Beantwortung ihrer Frage sagen würde. Das tat er nicht.

Feuer strömte aus dem Mund des Wasserspeiers und schoss direkt auf sie. Ein zweites Mal tauchte Liv ab und machte eine Rolle, um den Flammen auszuweichen.

Die Hippies schrien aus dem Park und wechselten von Sorge zu Erleichterung, als klar wurde, dass Liv nichts passiert war.

Ein Wasserspeier hob von der Hausecke ab und kam mit seinen großen, steinernen Flügeln flatternd in ihre Richtung.

Liv glaubte nicht, dass ein drittes Mal ausweichen sie aus diesem Schlamassel herausholen würde. Als sie Bellator zog, blieb sie stehen. Der fliegende Wasserspeier beschleunigte, seine schwarzen Augen verengten sich. Liv rührte sich nicht von ihrem Platz, nahm Bellator einfach fester in die Hand. Als der Wasserspeier mit ausgestreckten Krallen an ihr vorbeiflog, schwang Liv ihr Schwert und das Metall klirrte am Stein. Unverletzt flog der Wasserspeier wieder auf das Dach des Hauses. Daneben materialisierten sich zwei weitere Wasserspeier.

Warte, was, dachte Liv. Sie vermehren sich?

»Hinter dir!«, riefen die Hippies aus dem Park.

Liv bückte und drehte sich gerade noch rechtzeitig, um einen Grabstein in die Luft steigen zu sehen, der Schlammbrocken aufwirbelte, als er vom Boden abhob. Ein Schwert gegen einen riesigen Grabstein zu schwingen, schien eine dumme Idee zu sein, also tat Liv das einzige, was ihr noch einfiel. Sie lief weg.

Sie schoss auf die Seite des Hofes, der überwuchert und mit vielen anderen Steinen gefüllt war. Nachdem sie über mehrere Platten gesprungen war, wurde ihr klar, dass dies ein Friedhof sein musste.

Ekelhaft, dachte sie. Wer baut sein Haus auf einem Friedhof? Und dann kam ihr ein anderer Gedanke. Was, wenn das Haus zuerst da war und die Gräber neu hinzugekommen waren? Was wäre, wenn es Menschen waren, die versucht hatten, an den Wachen vorbeizukommen und gescheitert waren?

Liv hörte, wie sich hinter ihr etwas schnell bewegte und blickte über ihre Schulter, um nicht nur den Grabstein, sondern auch zwei Wasserspeier zu sehen, die in ihre Richtung rasten. Sie überlegte, ob sie den gleichen Zauber wie auf dem Felsblock anwenden sollte, aber es fühlte sich nicht richtig an, einen Grabstein in Stücke zu sprengen.

In ihren Händen fühlte sie das Ziehen von Bellator. Zuerst dachte sie, es sei ein Trick ihrer Fantasie, aber dann geschah es wieder, diesmal noch stärker, zog sie fast von den Füßen und Liv bemerkte erst jetzt, dass ein Mausoleum neben ihr stand. Zu ihrer Überraschung war das schmiedeeiserne Tor halb geöffnet, brennende Kerzen erhellten den Eingang von der anderen Seite. Liv sprang in das Gebäude und drückte ihren Rücken gegen die Wand. Die Geräusche der Bewegung verklangen.

Liv hielt ihr Schwert Bellator wie einen Spiegel vor sich und versuchte zu erkennen, was draußen vor sich ging. Der Grabstein war in der Luft stehen geblieben und schwankte, als würde er überlegen, was als Nächstes zu tun sei – oder besser gesagt, der Poltergeist, der ihn kontrollierte, überlegte.

Die Wasserspeier waren auf dem Gras gelandet und marschierten vor dem Mausoleum hin und her.

*Sie können oder wollen nicht hierher kommen*, erkannte Liv.

Sie ging von der Wand weg, wobei sie darauf achtete, von der Tür Abstand zu halten. War es, weil dies ein Grab war, das sie nicht zu betreten wagten? Oder gab es an diesem etwas Besonderes?

Liv ging vorsichtig zu dem Steinsarg in der Mitte des kleinen Grabes und suchte nach einem Namen. Sie wischte mit den Fingerspitzen über die Spinnweben, die die Seite des Sarges bedeckten und bemerkte, wie viele Buchstaben sich dort befanden. Bevor sie es ganz säubern konnte, wusste sie bereits, was dort stand: Shoshawnawalla

Liv fragte sich einen Moment lang, ob Renswick wohl ein Vampir war und er hier seine Tage verbrachte. Das abnehmende Sonnenlicht bedeutete, dass er, wenn er ein

Vampir war, bald aufstehen sollte. Sie war sich nicht sicher, ob ihr wohl dabei war.

Dann bemerkte sie die eingravierten Worte auf der Vorderseite des Sarges. Da stand: Delilah, möge der Frieden, der dir auf der Erde entgangen ist, dich im Jenseits finden.

Delilah Shoshawnawalla? Liv wunderte sich. War das die Mutter von Renswick? Großmutter? Oder …

Bellator zuckte in Livs Hand, die Spitze richtete sich plötzlich nach oben. Sie beäugte das Schwert, neugierig wegen seines neuen und seltsamen Verhaltens. War es das, was Stefan meinte, als er sagte, Schwerter seien nicht nur für den Kampf, sondern auch für andere Dinge nützlich? Es schien für sie wie ein Kompass zu wirken, aber sie verstand nicht, wie und weshalb. Es hatte sie jedoch in Sicherheit gebracht, indem es sie von dem fliegenden Grabstein wegführte, gefolgt von den steinernen Wasserspeiern.

Ihr Blick flog dorthin, wohin die Spitze von Bellator zeigte. Über der Tür standen die gleichen Worte wie über der Veranda: Das, dem man sich widersetzt, bleibt bestehen.

Was bedeutete das? Liv wunderte sich. Sie wusste, was es bedeutet. Wenn man etwas ablehnt, bringt man es zu sich selbst. Aber was bedeutete das im Zusammenhang mit dieser Situation?

Plato erschien neben ihr und gähnte, als wäre er nicht gerade in ein Mausoleum gesprungen, während die Wasserspeier sie draußen verfolgten.

»Wo warst du?«, fragte Liv und schaute nach oben, als etwas auf dem Dach aufschlug.

»Ich habe ein wenig Scrapbooking über unsere vergangenen Abenteuer gemacht«, antwortete er sofort.

Ein Wasserspeier hämmerte an die Seite des Gebäudes und ließ Staub und Schmutz von oben herabregnen. Liv bedeckte ihre Augen, um sich vor dem Staub zu schützen. »Hast du das Album mit den nach Rosen duftenden Seiten, die ich dir besorgt habe, benutzt?«

Er lächelte. »Ja, aber mir ist aufgefallen, dass wir nicht sehr viele Selfies von uns beiden haben, um da was tolles draus zu basteln.«

»Viele?«, fragte Liv, als der Boden unter ihr zitterte. Die Wasserspeier waren nicht glücklich mit der Situation – das war klar. Sie kamen nicht rein, aber etwas sagte ihr, dass sie hofften, sie zu verscheuchen.

»Wir haben eigentlich keine«, korrigierte Plato.

»Willst du vielleicht, dass ich jetzt eine Pause einlege und ein Selfie von uns mache?«, fragte Liv und sah sich um, als die Wasserspeier begannen, das Gebäude zu umkreisen. Sie hatte nicht in die Falle gehen wollen, aber genau das war passiert.

»Ich glaube nicht, dass die Beleuchtung für Fotos hier drin ganz richtig ist«, sagte Plato. »Nicht dass dieser Umstand jemals jemanden davon abgehalten hätte, ein Selfie zu machen.«

»Genau das ist der Grund, warum wir das hier drin nicht tun sollten«, scherzte Liv.

»Nun und außerdem tauche ich nicht auf Film- oder Kameraaufnahmen auf«, erklärte Plato beiläufig.

»Natürlich nicht«, antwortete Liv trocken. »Also, seltsame Katze, hast du irgendwelche glänzenden Ideen, wie ich hier rauskommen kann?«

»Teleportieren?«

Liv schüttelte den Kopf. »Nein. Ich bin den ganzen Weg gekommen, um mit diesem Experten für Dämonen zu sprechen. Wenn ich jetzt verschwinde, ist Stefan noch viel weiter von einer Lösung entfernt.«

»Und wenn du das nicht tust, bist du der Dame in dieser Box viel näher.«

Liv schürzte ihre Lippen. »Zeige etwas Respekt.«

»Was geschah, als du versuchtest, die Wasserspeier zu bekämpfen?«, fragte Plato.

»Eigentlich nichts«, sagte Liv und drehte sich um, als die Rückwand wackelte.

»Denk nach, Liv«, ermutigte Plato sie und ließ sie innehalten. Sie schaute auf den Kater hinunter und erkannte, dass er die Antwort wusste, aber versuchte, sie zu ihr zu führen.

»Würdest du mir einfach sagen, was die Antwort auf dieses Rätsel ist?«

Er schüttelte den Kopf. »Ich kann nicht.«

»Bist du an ein Geheimhaltungsgesetz gebunden, das nur für Lynxe gilt?«, scherzte sie.

»Genau«, antwortete er sofort mit ernstem Ton.

»Das war ein Scherz. Das kann nicht wirklich stimmen ... oder?«

Er zog als Antwort nur eine Augenbraue hoch.

»Okay, gut. Du verbirgst die Wahrheit. Das ist deine Sache.« Liv klopfte sich aufs Bein und versuchte, bei dem konstanten Klopfen um das Gebäude herum zu denken. »Als ich also vor dem Feuer des Wasserspeiers weglief, griff mich ein anderer an. Und dann ...« Der Boden vibrierte wieder unter ihren Füßen, was den Deckel des Sarges zum Rütteln brachte. »Und als ich versuchte, gegen den Wasserspeier zu kämpfen, hat es nicht funktioniert und er hat sich vervielfacht. Als ich dann rannte ...« Livs Augen wanderten zurück bis zu dem Satz über der Tür. »Willst du damit sagen, je länger ich mich gegen diese Wasserspeier zur Wehr setze, desto mehr werden sie mich verfolgen? Wenn ich sie bekämpfe, werden sie nur noch schlimmer, sie vermehren sich und wer weiß, was noch?«

»Ich glaube nicht, dass ich etwas gesagt habe«, sagte Plato mit einem Lächeln in der Stimme.

»Das wolltest du doch andeuten, oder nicht?«

»Was glaubst du, was das bedeutet?«, fragte Plato.

»Nun, die Wasserspeier sollen das Haus schützen«, begann Liv langsam und versuchte, alles zusammenzufügen, trotz der vielen Ablenkungen um das Mausoleum herum. »Wenn jemand dem Eigentümer des Hauses Schaden zufügen wollte, würde er mit Sicherheit versuchen, gegen die Wachen zu kämpfen.«

»Das leuchtet mir ein«, sagte Plato, ein leitender Ton in seiner Stimme.

»Wenn jemand dem Besitzer allerdings nichts Böses will, dann würde er sich nicht wehren, weil er keine bösen Absichten hat«, so Liv.

Die vielen Geräusche außerhalb des Gebäudes lösten sich auf und ein seltsames Flattergeräusch erfüllte die Luft. Liv erstarrte und wartete auf mehr.

»Also muss ich da rausgehen und die Wasserspeier ignorieren?«, fragte Liv, obwohl sie wusste, dass Plato ihr nicht antworten würde. »Wenn ich mich ihnen widersetze, bleiben sie bestehen, aber wenn ich sie ignoriere, gehen sie weg und erlauben mir den Eintritt.«

»Oder sie könnten dir die Haare ausreißen und dich in mindestens zwei Teile zerbrechen«, bot Plato hilfreich an.

»Danke für den Vertrauensvorschuss«, sagte Liv mit einem morbiden Lachen. »Ich verstehe, wie das diesen Hippie in den Wahnsinn getrieben hat. Wenn alles, was er tat, es nur noch schlimmer machte, dann war er sicher außer sich vor Frustration.«

»Es ist eine gute Lektion fürs Leben«, sagte Plato. »Worauf wir uns konzentrieren, davon ziehen wir tendenziell mehr an.«

»Wie funktioniert das bei der Bekämpfung von Dämonen und was nicht alles?«, fragte Liv.

»Nun, ich habe niemals gesagt, dass es total idiotensicher ist. Es geht mehr um die Natur unserer Gedanken im Allgemeinen.«

Liv schürzte ihre Lippen. »Ich habe dich nie für den Pop-Psychologie-Typen gehalten.«

»Nun, dann musst du noch viel lernen. Ich verbrachte einen Großteil der achtziger Jahre damit, Begriffe wie ›harte Liebe‹ zu prägen.«

»Ich bin nicht überrascht«, sagte Liv lachend. »Du bist der König der harten Liebe.«

Das Gebiet außerhalb des Mausoleums war nun ruhig, alle Wasserspeier schienen wieder auf ihren Ausgangspunkt zu gehen. »Was ist mit dem Poltergeist? Wird er mich in Ruhe lassen, wenn ich ihn ignoriere?«

Plato neigte seinen Kopf zur Seite und warf ihr einen Blick zu, der sagte: »Was denkst du?«

Sie nickte und gab sich selbst die Antwort. »Ja, etwas sagt mir, dass der Poltergeist nach seinen eigenen Gesetzen funktioniert, die mehr mit Angst und weniger mit Schutz zu tun haben.«

Liv machte einen Schritt in Richtung Eingang und steckte Bellator wieder in die Scheide. »Okay, also muss ich einfach da rausgehen und die Wasserspeier ignorieren, egal, was sie auf mich werfen. Ich kann das. Es ist nur die Macht des Geistes über die Materie, richtig?«

»Das ist Magie, liebe Liv«, antwortete Plato. »Nimm deinen Verstand da raus und der Bann wird gebrochen.«

Liv bot ihm ein Lächeln an. »Siehst du, du kannst hilfreich sein, wenn du es willst.«

Er schüttelte den Kopf. »Wenn du das jemandem erzählst, werde ich es vehement abstreiten.«

»Du sprichst mit niemandem sonst, also netter Versuch.« Liv zwinkerte ihm zu.

»Touché«, antwortete Plato und verschwand sofort.

## Kapitel 12

Die Sonne war untergegangen, als Liv aus dem Mausoleum trat. Der Schein des Mondes, der durch die Bäume floss, bot ihr ausreichend Licht, um den Weg um die Grabsteine zu bewältigen. Sie hielt ihren Blick nach oben gerichtet und lauschte auch auf Geräusche von zu ihr schwirrenden Felsbrocken.

Liv schaffte es ohne einen einzigen Zwischenfall bis zur Vorderseite des Hofes. Möglicherweise von dem seltsamen Optimismus der Hippies angesteckt, begann sie zu glauben, dass alle Hindernisse aus dem Weg geräumt worden waren und sie den Test bestanden hatte. Sie müsste nur zu den Doppeltüren schlendern und anklopfen.

Ein Zweig brach unter Livs Stiefel und sie erstarrte. Als sie das Geräusch von Unkraut und Gras hörte, das hinter ihrem Rücken brach, riskierte sie einen Blick hinter sich und sah einen weiteren Stein in ihre Richtung rauschen. Dieser war ein Engel mit um den Körper gefalteten Flügeln. Ohne zu zögern richtete Liv ihre Hand auf die Statue, sandte einen Energieimpuls in ihre Richtung und zerbrach sie in Stücke.

Sie wagte es, den unsichtbaren Poltergeist anzusprechen. »Im Ernst, lass mich mal einfach fünf Sekunden in Ruhe. Lass mich mit den verdammten Wasserspeiern fertig werden und dann können wir es zu einem fairen Kampf kommen lassen. Ich werde gegen dich kämpfen, bis wir alles in diesem Hof zerstört haben, aber eins nach dem anderen.«

Hinter ihr hallte das Geräusch von reißendem Gras wider. Liv drehte sich um und erwartete, einen weiteren Stein in der Luft schweben zu sehen. Stattdessen stieg ein Bündel von Unkraut und traurigem Löwenzahn auf, wobei Erde an den Wurzeln festhing. Es flog herüber, bis es auf gleicher Höhe mit dem Gesicht von Liv war.

»Ist das deine Art, einen momentanen Waffenstillstand zu vereinbaren?«, fragte sie, als sie sich umschaute. Als es keine Antwort gab, schlang sie ihre Hand um den Strauß und täuschte ein Lächeln vor. »Danke.«

Sie steckte den Strauß in die Tasche ihres Umhangs und dachte, wie seltsam ihr Leben doch war.

Das Scharren von Steinen hoch oben auf dem Dach weckte ihre Aufmerksamkeit. Es war an der Zeit, Platos Theorie zu testen. Es war nicht so, dass sie an dem Kater zweifelte, aber wenn sie untätig zusah, wie wütende Wasserspeier sie angriffen, würde ihr das einiges an Vertrauen abverlangen. Die sechs Bestien saßen am Rande des Daches und starrten sie mit einem Grad an Bedrohung an, den sie selten zuvor gesehen hatte. Es war, als hätte sie ihr Mittagessen gestohlen und dann in den Abfluss geworfen, um es anschließend zu häckseln.

Livs Magen rumpelte. Nun war sie hungrig? Was für ein schrecklicher Zeitpunkt, dachte sie. *Wenn ich das überstehe, kaufe ich mir einen Burger in der Größe meines Gesichts.*

Wie zuvor öffnete der Wasserspeier an der nächstgelegenen Ecke des Daches seinen Mund. Mehr als alles andere wollte Liv ihre Augen schließen. Eigentlich wollte sie mehr als das, sie wollte laufen oder teleportieren. *Tue alles, bleibe aber unbeweglich.*

Stattdessen ließ sie ihre Hände locker an der Seite hängen und starrte mit unbewegten Augen auf den Wasserspeier.

# DIE TRIUMPHIERENDE TOCHTER

Ein ordentlicher Strom orangenen Feuers schoss aus seinem Mund direkt auf sie zu. Sie spürte die Hitze, als es sich näherte und dachte einen Moment lang, dass Plato sich geirrt hatte. Wie würde es aussehen, wenn das Haus herausfinden würde, dass sie kampflos gestorben war? Wie würde es aussehen, wenn sie im Haus eines fremden Elfs gestorben wäre? Ihr Leben flog vor ihren Augen vorbei, aber auf ganz falsche Weise.

Die Hippies, die sich noch im Park befanden, schrien verschiedene Ratschläge, während sie diese Szene im Mondschein beobachteten. »Vorsicht!« »Nein!« »Beweg dich.«

Für Liv geschah alles in Zeitlupe. Ihr Gesicht erwärmte sich, dann war es brennend heiß. Das Feuer war nah. Brannte auf den Augen. War im Begriff, sie zu verschlingen.

Und dann war es weg.

Sie blinzelte und versuchte zu verstehen, was passiert war. Der Wasserspeier saß immer noch dort, sein Mund war offen, aber das Feuer war verschwunden. Sie blickte auf ihren Umhang hinunter und erwartete, ihn verbrannt vorzufinden. Er war heil. Sie war nirgendwo verbrannt, obwohl die Restwärme trotz des kalten Nebels, der sich über den Rasen zog, noch immer um ihr Gesicht wehte.

Die Hippies machten gedämpfte Geräusche der Erleichterung in ihrem Rücken, aber sie wagte nicht, sich umzudrehen, um sie anzusehen. Stattdessen hielt sie ihre Augen auf die Wasserspeier gerichtet. Sie waren aus der Formation getreten und krochen auf dem Dach herum, scheinbar auf Patrouille, wobei ihre Augen alle paar Sekunden zu ihr huschten.

Ohne Vorwarnung raste einer vom Dach, seine steinernen Flügel schlugen, während er in der Luft kreiste. Liv hatte diese Bewegung schon einmal gesehen und wusste, was als

Nächstes geschehen sollte. Ihre Finger legten sich um Bellator, aber sie hinderte sich selbst daran, die Waffe zu ziehen. Stattdessen hielt sie ihr Kinn hoch und zuckte auch dann nicht zusammen, als der Wasserspeier die Flugbahn änderte und direkt auf sie zukam.

Wieder schrien die Hippies und klangen wie ein Haufen überdrehter Schulkinder. Liv ignorierte sie, ihre Haut schwitzte, als der Wasserspeier immer näher kam.

»Wem wir widerstehen, bleibt bestehen«, sagte sie laut und zwang sich selbst, auch im Moment vor dem Aufprall Ruhe zu bewahren.

Der Wasserspeier flog wie eine kalte Brise direkt durch sie hindurch und landete mit einem Aufprall auf dem nassen Gras hinter ihr.

Verzweifelt wollte Liv sich umdrehen und sehen, was er tat, aber sie wusste es besser, als den anderen fünf Wasserspeiern, die sie so intensiv beobachteten, den Rücken zuzuwenden. Bislang hatte sie den Test bestanden. Plato hatte recht. Dies war ›Geist über Magie‹.

Die Wasserspeier drängten sich auf dem Dach zusammen und sahen aus wie eine Footballmannschaft, die sich für ihren nächsten Spielzug entschied, dann begannen sie sich einer nach dem anderen aufzulösen und verschwanden in der Nachtluft.

Liv dachte, sie hätte es endlich geschafft, als die letzte Steinfigur verschwunden war. Sie wackelte mit den Zehen in ihren Stiefeln, bereit, sich zur Tür zu begeben, als etwas Schwarzes, das viel größer war als die Wasserspeier, vom Dach hochschoss. Liv blinzelte und versuchte, die Form der Figur genauer zu erkennen, wobei sie sich nicht sicher war, ob es sich um eine Bestie oder ein sich kräuselndes Stück Stoff handelte. Es war etwas völlig anderes als die Wasserspeier. Es bewegte sich überhaupt nicht wie ein Monster.

## DIE TRIUMPHIERENDE TOCHTER

Sie erkannte, was es war, als es ins Licht trat. Der Schemen bewegte sich wie ein Mann.

Es war Adler Sinclair.

## Kapitel 13

Liv traute ihren Augen kaum, als sie auf den blassen Zauberer starrte, der auf dem Dach im dritten Stock stand und einen Stab in seinen knochigen Händen hielt. Sein langer weißer Bart kräuselte sich im Wind und seine verräterischen Augen waren vor Wut verzerrt.

Jeder Impuls in ihr schrie, dass sie kämpfen sollte. Bellator ziehen und sich gegen die bedrohliche Kraft hoch über ihr stellen.

Adler erhob seinen Stab und murmelte Beschwörungsformeln, die Liv nicht hören konnte und sie bereitete sich auf das vor, was als Nächstes kommen würde. Obwohl sie bereits mit Feuer und einem Wasserspeier konfrontiert worden war, handelte sie gegen jeden Instinkt. Alles in ihr sagte, sie solle kämpfen. Das bekämpfen, was als Nächstes kam. Sich verteidigen.

Sie erwartete, dass ein Blitz oder ein Feuerstoß von seinem Stab ausgehen würde. Stattdessen flog der Zauberer auf den Boden, landete neben ihr und überragte sie. Liv war es gewohnt, zu Adler Sinclair aufzuschauen, aber nicht auf diese Weise.

Sie war schutzlos, unfähig, ihre Meinung zu sagen oder etwas von dem zu tun, was ihr normalerweise das Gefühl gab, gegen ihn wehrhaft zu sein.

Als er sprach, hallten seine Worte in ihrem Kopf für eine lange Zeit nach, was sich sonderbar anfühlte.

»Ich wollte dich nicht töten, aber du lässt mir keine Wahl«, sagte Adler, seine Stimme ein heiseres Flüstern.

Livs Hände zitterten an ihrer Seite. Sie wusste, was als Nächstes kam, aber das spielte keine Rolle. Es galt nichts zu tun. Sie konnte nur hilflos zusehen, wie ihr Feind sie niederschlug.

Adler hob seinen Stab an und murmelte einen einzigen Zauberspruch. Helles Licht schoss aus dem Ende seines Stabes auf Liv zu und traf sie in die Brust, was einen Schmerz direkt in ihr Innerstes schickte.

Sie hatte sich geirrt.

Das Licht würde sie umbringen.

Sie hatte untätig zugesehen und sich nicht verteidigt.

Und jetzt war sie …

Die Figur von Adler löste sich in einen Trümmerhaufen auf, wie die Reste der Statuen, die zu Staub zerfallen waren.

Klatschen weckte sie aus ihrer Träumerei. Liv wagte fast einen Blick in den Park, wo sie vermutete, dass die Hippies sie immer noch beobachten, aber sie sah eine Figur, die auf der Veranda des alten Hauses stand.

Er trug einen dreiteiligen schwarz-weißen Anzug und eine Schleife. Seine Hose schien ihm zu kurz zu sein und zeigte ein wenig von seinen reinweißen Socken. Tatsächlich sah Renswick Shoshawnawalla aus, als käme er gerade aus einem Stummfilm, nicht nur wegen der Art, wie er gekleidet war, sondern auch, weil er schwarz-weiß gekleidet war, als hätte es bei seiner Geburt noch keine Farbe auf der Welt gegeben.

Er hörte auf zu klatschen, als Liv ihn bemerkte. Sein schwarzes Haar war eng an den Kopf angelegt und sein Schnurrbart sah aus wie ein winziger Bleistift, der unter der Nase saß. In seinen Augen stand der Schalk, der sowohl neugierig als auch beunruhigend war, als ob er gerade einen Trick planen würde.

»Sehr gut gemacht, Magierin«, sagte Renswick, als er die Veranda verließ, die Hände hinter dem Rücken verschränkt. »Ich war sicher, dass Sie sich gegen Ihre persönliche Nemesis verteidigen würden, aber am Ende standen Sie tapfer da.«

Er betrachtete den Staubhaufen nachdenklich. »Wer ist er für Sie? Ihr Vater? Ein gemeiner Onkel? Der Verkäufer, der Ihnen diesen Umhang verkauft hat?«

Liv blickte auf ihren Umhang hinunter und zog eine Grimasse. »Was ist daran falsch?«

Ein Lächeln erschien auf seinen Lippen. »Oh, nichts. Er schreit nur: ›Ich bin ein verdammter Magier.‹«

»Aber ich bin ein Magier«, entgegnete Liv.

Renswick schaukelte auf den Zehenspitzen vorwärts und auf den Fersen wieder zurück. »Das sind Sie. Und Sie haben beeindruckende Anstrengungen unternommen, um meine Aufmerksamkeit zu bekommen, also haben Sie sie jetzt.« Er streckte einen Arm aus und zeigte auf sein Haus. »Möchten Sie hereinkommen? Es liegt schlechtes Wetter in der Luft und die Hippies auf dem Rasen hören nicht auf, uns anzugaffen.«

Liv warf einen Blick auf den Park, wo die Hippies sie tatsächlich ungläubig bestaunten. »Ja, das wäre großartig. Danke.«

Livs Augen richteten sich auf den kleinen Staubhaufen auf dem Boden hinter ihr, der angeblich der erste Wasserspeier war, der sie angegriffen hatte, dann schwenkte sie zu dem Haufen, der Adler Sinclair gewesen war.

»Woher wussten Sie, dass Sie ... na ja, dieser Mann?«, fragte Liv und zeigte auf die Stelle, an der Adler kurz zuvor gestanden hatte und zwar real und in Lebensgröße.

Renswick hielt einen Finger hoch, ein kluges Funkeln in den Augen. »Oh, ich wusste nichts. Es ist ein einfacher Sicherheitszauber, der funktioniert, indem er die schlimmsten Feinde des Eindringlings darstellt – die, die man am liebsten bekämpfen möchte. Sie haben Ihrem größten Widersacher widerstanden, als er Sie gerade niederstrecken wollte. Sehr beeindruckend – manche würden sagen dumm – aber es erfüllte die Bedingungen des Tests und deshalb sehe ich Sie nicht als schädlich für mich an.« Er zeigte mit seinem Arm wieder in Richtung des Hauses. »Sollen wir dann hereingehen?«

Liv nickte und folgte dem Elfen, als dieser vorausging.

Als sie über die Schwelle traten, streckte Renswick seine Hand aus.

Liv war durch die vielen überwältigenden Details des Foyers so abgelenkt, dass sie die Geste kaum registrierte.

»Ich nehme Ihren Umhang, Miss …«

Mit offenem Mund beäugte Liv die ausgestopfte Krähe, die auf dem Treppengeländer saß. Sie hatte eine unheimliche Ähnlichkeit mit der in der Kammer des Baumes, aber Liv fand, dass alle Krähen gleich aussähen.

An den Wänden hingen mehrere große Ölgemälde. Ähnlich wie Renswick waren sie in Schwarzweiß ausgeführt, als ob der Maler keine Farben auf seiner Palette gehabt hatte. Der Eingang war voll mit seltsamen, von der Gotik inspirierten Gegenständen, wie einer Standuhr mit vielen detaillierten Schnitzereien um das Zifferblatt, einer Garderobe ohne Mäntel und einem Schirmständer ohne Schirme.

Als sie sich wieder gefangen hatte, nickte Liv und zog ihren Umhang aus. »Miss Beaufont«, sagte sie. »Sie können mich jedoch ›Liv‹ nennen.«

Renswick hob eine scharfe schwarze Augenbraue, als er ihren Umhang nahm. »Sie sind also die Tochter von Guinevere Beaufont?«

Liv wusste, dass ihre Mutter lange Zeit Kriegerin gewesen und angeblich vielen magischen Kreaturen begegnet war und doch überraschte es sie immer wieder, wenn sie jemanden traf, der sie gekannt hatte. Es war, als ob sie durch ihr Wissen über sie und die Erinnerungen an sie irgendwie erhalten wurde, was bedeutete, dass sie irgendwie noch am Leben war.

»Sie kannten meine Mutter?«, fragte Liv.

Renswick schüttelte den Kopf. »Ich habe von ihr gehört. Wissen Sie, wie oft gesagt wird, dass der Ruf einer Person vorauseilt?«

Liv nickte.

»Nun, dieser Satz wurde für Leute wie Ihre Mutter erfunden, nach dem was ich gehört habe«, sagte der Elf, hängte nachdenklich ihren Umhang auf und führte sie einen langen Flur hinunter.

Der Korridor war mit weiteren Schwarz-Weiß-Gemälden gefüllt, die eine Elfenfrau in viktorianischen Kleidern zeigten oder über eine Weide reitend oder neben einem Mann stehend, der genau wie Renswick aussah.

»Was sagte der Ruf meiner Mutter über sie?«, wagte Liv zu fragen.

»Dass sie tödlich und rücksichtslos war und im Mondlicht absolut atemberaubend«, erzählte Renswick, als er vor Liv abbog und sie in ein elegantes Wohnzimmer führte. Er lächelte ein wenig. »Und das haben ihre Feinde gesagt. Diejenigen, die sie mochten sagten, sie sei mutig, gerecht und unglaublich schön.«

Liv zwang sich dazu, sich im Wohnzimmer umzusehen und fühlte, wie ein zarter Schmerz in ihrer Magengrube ausbrach. Es gab keine Farbe. Die Stühle waren schwarz, die Marmorböden weiß und die Wände eine Mischung aus beidem.

»Da es schon spät ist und Sie im Dienst sind, stört es Sie, wenn ich Ihnen nichts anbiete?«, fragte Renswick und deutete an, dass sie Platz nehmen solle. »Ich habe verschiedene Bourbons, aber ich glaube, Krieger ziehen es vor, einen klaren Kopf zu behalten, ist das richtig?«

Liv nickte und bemerkte einen Dekanter, der an einem Seitenfenster stand. »Das ist okay, Mister Shoshawnawalla. Ich werde nicht viel von Ihrer Zeit in Anspruch nehmen.«

»Bitte nenne mich Renswick, genug der Förmlichkeiten«, bot er an. »Und du hast meine Tests bestanden, also bist du nach meinen eigenen Regeln willkommen, solange du willst.« Er lachte und nahm auf einem der Stühle Platz. »Eigentlich bist du die Erste, die seit sehr, sehr langer Zeit durch meine Sicherheitskontrolle gekommen ist. Es ist schon eine Weile her, dass ich einen Gast hatte, der nicht tot endete.«

Liv versuchte, mit ihm zu lachen, aber es kam eher wie ein scharfer Husten heraus. »Richtig, ja, das war ein ziemlich knorriges Sicherheitssystem. Möchtest du das erklären?«

»Ich mag keine Besucher«, sagte Renswick einfach.

»Das habe ich gespürt, aber du hast dir da ein ziemlich ausgeklügeltes System ausgedacht.«

»Ich dachte einfach, dass Feinde oder sich selbst erhaltende Hippies gegen meine Hindernisse kämpfen werden«, erklärte Renswick. »Aber die Tapferen und Gerechten werden mit Vernunft ausharren. Oh, es ist das beste Geschenk, das nur die Besten haben.«

»Diese Gedanken ergeben Sinn. Ich bin einfach dankbar, dass ich es herausgefunden habe, bevor der Poltergeist mich fertig gemacht hat«, freute sich Liv.

Renswick klatschte mit einem Grinsen in die Hände. »Oh, Todd ist einfach wunderbar, nicht wahr? Er hasst auch die Lebenden. Zuerst brauchte ich kein Sicherheitssystem, aber dann machte er Urlaub und ich musste für mich selbst sorgen. Damals beschloss ich, dass ich etwas brauchte, das rund um die Uhr verfügbar war.«

»Todd?«, fragte Liv. »Das ist sein Name? Ich glaube, wir haben einen Waffenstillstand geschlossen.«

Renswick kicherte finster. »Oh, das ist süß. Ich möchte nicht du sein, wenn du hier weggehst.«

»Hmmm … kann ich mich hier ungesehen rausschleichen?«

Er schüttelte den Kopf. »Ich fürchte, das kannst du nicht, aber ich habe einen Helm, falls du ihn dir ausleihen möchtest. Ich werde verlangen, dass du ihn zurückgibst, was sich wahrscheinlich nicht lohnt, da du ihn brauchen wirst, um Todd ein zweites Mal zu entkommen.«

Liv starrte den verzierten Couchtisch an, in Anbetracht dieser seltsamen Situation. »Ich denke, ich komme klar, aber danke.«

»Weißt du was, nur dieses eine Mal werde ich ihn von dir wegrufen«, sagte Renswick mit einem aufrichtigen Lächeln. »Du scheinst alle Hände voll zu tun zu haben und du hast es immerhin geschafft, auch die Wasserspeier zu überwinden.«

»Danke«, sagte Liv.

»Du bist also hergekommen, um nach einem Rauschmittel zu fragen? Ein Depour? Ein Trixie-Mixie?«

Livs Stirn zog sich verwirrt zusammen. »Nein, aber was ist ein Trixie-Mixie?«

Renswick wedelte mit dem Finger. »Wenn du es nicht weißt, kann ich es dir nicht sagen.«

»Richtig«, sagte Liv und fragte sich, ob sie aus Versehen in eine Irrenanstalt gewandert war. »Ich bin hier, weil ich gehört habe, dass du ein Experte für Dämonen bist.«

Das angenehme Lächeln auf Renswicks Gesicht verschwand. »Oh, ich hätte es wissen müssen.« Er stand abrupt auf und klatschte mit der Hand an seine Hosennaht. »Bitte folge mir.«

Der Elf verschwand durch die Wohnzimmertür.

Liv stand auf und lief ihm nach. »Wo gehen wir hin?«

»Nun, ich hatte den Eindruck, dass du mir nur höflich Gesellschaft leisten wolltest, aber ich weiß nun, dass dies eine falsche Annahme war.«

»Moment, dachtest du, ich bin hergekommen, um nach Baumzwergen und so etwas zu fragen?«, erkundigte sich Liv und folgte ihm eine Treppe hinauf, die weiter zu gehen schien, obwohl sie sich sicher war, dass sie zwei Stockwerke hinaufgegangen waren und noch mehr Stufen in Sichtweite erschienen.

»Natürlich«, sagte er. »Die meisten Krieger, die mir einen Besuch abgestattet haben, interessieren sich nur für das Triviale.«

»Und es überrascht dich, dass ich nach Dämonen frage?«, fragte sie.

Er schaute über die Schulter, seine Hand glitt über das Treppengeländer. »Ich bin überrascht, aber nicht erstaunt. Ich habe vermutet, dass dieser Tag bald kommen würde. Wer hat dir das gesagt, die Zwerge? Der Zentaur? Bitte sage mir, dass die Blutkinder nicht plaudern?«

»Es waren die Brownies«, gab sie zu und fragte sich verwundert, was Blutkinder seien. Ich lerne jeden Tag mehr.

Er hielt inne und warf ihr einen stolzen Blick zu. »Brownies? Du hast die Informationen von einem Brownie bekommen? Oh, Miss Beaufont, du machst etwas richtig, nicht wahr?«

»Oder etwas sehr falsch«, antwortete sie.

Renswick hielt nach gefühlten fünf Stockwerken an und wies ihr den Weg in den einzigen Raum auf der Etage. »Bitte gehe rein und mach es dir nicht bequem.«

Liv tat, was ihr gesagt wurde, obwohl sie die Fliesen auf dem Boden klebrig fand, was jeden Schritt schwieriger machte als den letzten.

Als sie den offenen Raum betrat, war sie überrascht, das erste Fleckchen Farbe im Haus vorzufinden – schwarz, weiß und zu viel rot. Beim Anblick der vielen Dämonen im Raum hätte sie Bellator fast herausgerissen, bis sie erkannte, dass es sich um Taxidermien handelte, wie Tierpräparate in einem Zoo.

Liv zitterte bei dem Anblick. Es war eine Bibliothek und so viel mehr. Es gab viele Dämonen mit Hörnern, die um den Raum herum aufgestellt waren, sowie viele Vitrinen , in denen verschiedene Artefakte ausgestellt wurden. Mit weit geöffnetem Mund starrte sie auf die Fremdartigkeit und wartete darauf, dass Renswick sprechen würde. Er schien ihre Reaktion auf den Raum zu genießen.

»Ich habe den größten Teil eines Jahrhunderts gebraucht, um dies zu konstruieren«, bot er nach langem Schweigen an.

»Warum?«, fragte sie einfach als Antwort.

Er zuckte die Achseln und ging in den Raum und ließ seinen Blick über die vielen Bücher an der Wand gleiten. »Warum studiert jemand den Teufel?«

»Weil er korrupt ist?«, bot Liv an.

Er kicherte und hielt einen einzigen Finger in die Luft. »Oder er will die Welt von Korruption befreien.«

## DIE TRIUMPHIERENDE TOCHTER

Das klang ähnlich wie das, was Mortimer gesagt hatte, als sie ihn fragte.

»Die Krähe in der Kammer des Baumes dient einem sehr wichtigen Zweck«, sagte er.

Liv blinzelte und fragte sich, woher er davon wusste. Niemand außer den Mitgliedern des Hauses sollte von der Krähe wissen und im Grunde nur die Repräsentanten der Sieben.

»Ja, ich weiß«, sagte er, als ob sie sich beschwert hätte und ein Lächeln erschien auf seinem Gesicht. »Siehst du, die meisten betrachten den Tiger als den wichtigsten Teil, weil er das Gute repräsentiert. Aber was passiert, wenn man das Böse ignoriert?«

Liv antwortete nicht, weil sie keine Antwort parat hatte.

»Wenn man das Böse ignoriert, öffnet man sich ihm gegenüber«, antwortete er für sie. Renswick streckte die Arme weit aus. »Ich habe das ganze Leben eines Sterblichen damit verbracht, Dämonen zu katalogisieren, weil ich nicht für sie empfänglich sein wollte. Das nennt man ständige Wachsamkeit. Das nennt man ›Die Krähe bewachen, anstatt den Tiger zu hüten‹.«

Liv dachte zurück an das Mausoleum und versuchte, alles was sie gelernt und gesehen hatte, zusammenzufügen. »Ihre Frau Delilah – wurde sie von einem Dämon getötet?«

Renswicks Arme klatschten auf seine Brust, Zorn war auf seinem Gesicht zu sehen. »Wo ist Todd, wenn ich ihn brauche?«

Livs Hand fiel auf Bellator, aber sie widersetzte sich dem Drang, die Waffe zu ziehen. Stattdessen schöpfte sie aus einer seltsamen Stärke und Kühnheit, von der sie nicht einmal wusste, dass sie sie hatte. »Delilah? Bitte sag es mir.«

Renswick atmete auf und brach auf einer langen schwarzen Couch zusammen. »Du hast recht. Sie wurde von einem Dämon gebissen.«

Liv wusste nicht, was sie sagen sollte, als der Schmerz das Gesicht des Elfen neu formte und ihn anders aussehen ließ als zuvor.

»Ich habe dieses Informationssammlung erstellt, um sie zu retten«, erklärte er und zeigte zu den vielen Büchern im Raum.

»Und als sie das hier nicht gerettet hat?«, fragte Liv, da sie wusste, dass es nicht funktioniert hatte.

Er kicherte wieder, aber es konnte nur Galgenhumor sein. »Dann habe ich einfach weitergemacht und geglaubt, dass ich vielleicht eines Tages jemand anderen retten könnte.«

Ein kalter Schauer lief ihr über die Arme. Seine Frau war also durch den Biss eines Dämons gestorben. »Was ist mit ihr passiert? Hast du sie daran gehindert, einer von ihnen zu werden?«

Er nickte, seine Augen waren weit entfernt. »Du fragst dich, warum ich nicht so verspielt bin wie die da.« Renswick deutete auf das Fenster in seinem Rücken, das den Park überblickte, in dem sich die Hippies versammelten. »Sie wissen nicht, wie es ist, seiner Frau den Kopf abzuhacken. Dann endet die Vernunft und der Rest beginnt. Danach war ich nicht mehr derselbe. Wie hätte ich das auch sein sollen?«

Liv wusste nicht, was sie sagen sollte. Sein Schmerz war spürbar und doch respektierte sie diesen Mann mehr als die meisten anderen, die sie kennengelernt hatte. »Aber du hast es geschafft. Du hast deine Frau daran gehindert, ein Dämon zu werden. Das war eine edle Tat und ich bin sicher, dass dies einer ihrer letzten Wünsche war.«

## DIE TRIUMPHIERENDE TOCHTER

Er lachte kalt. »Ihre letzter Wunsch war, mich zu töten, aber ich habe den Virus gestoppt, bevor sie diese Mission beenden konnte.«

Liv sah sich den Raum um sie herum an und erkannte jetzt, was genau er war. Es war eine Möglichkeit, das Virus zu stoppen. Eine Möglichkeit, Dämonen zu stoppen und andere davor zu bewahren, ihre Angehörigen zu verlieren. Stefan war das nicht für sie, aber sie war trotzdem dankbar, dass jemand dies zu seiner Lebensaufgabe gemacht hatte.

»Renswick«, begann Liv vorsichtig. »Ein Dämon hat einen Freund von mir gebissen. Er ist ein Mitkrieger. Wir versuchen, die Dämonenpopulation zu kontrollieren, damit das, was mit Delilah geschehen ist, nicht auch anderen passiert. Kannst du mir helfen, einen Dämon namens Sabatore zu finden?«

Renswick, der begonnen hatte, auf und ab zu gehen, hielt an. Er drehte sich zu Liv um und erst da bemerkte sie, dass seine Augen nun schwarz waren, seine Pupillen waren größtenteils verborgen. »Sagtest du Sabatore?«

Sie schluckte. Nickte. »Ja, hast du von ihm gehört?«

Er schloss die Augen und streckte die Arme aus, als würde er schweben. Er lachte, aber diesmal war es ein lautes, hohes Geräusch. »Bitte sage mir, dass das ein Witz ist.«

Liv blinzelte ihm zu. »Warte, nein. Ich meine es ernst. Kennst du Sabatore?«

Er nickte und öffnete seine Augen. Der Blick, den er ihr zuwarf, vermittelte ihr eine andere Ebene des Wahnsinns. »Sabatore war auch der Dämon, der Delilah gebissen hat.«

## Kapitel 14

Wie standen die Chancen dafür? Liv hatte einige Wochen lang Dämonen gejagt und war erstaunt darüber, wie viele es auf der Welt gab. Dass Renswicks Frau und Stefan vom selben Dämon gebissen wurden, war so, als ob sie zufällig miteinander verwandt wären.

»Ich weiß, es ist schwer zu glauben«, sagte Renswick, als er den Ausdruck auf ihrem Gesicht bemerkte. Er schaute sich in der Bibliothek um. »Ich habe einige Zeit damit verbracht, Dämonen zu verstehen und habe festgestellt, dass Sabatore ganz anders ist als die meisten anderen. Sie alle haben das Ziel, Chaos und Negativität zu verbreiten. Wenn sie konfrontiert werden, greifen sie ein magisches Wesen zur Verteidigung an. Aber Sabatore führt einen Rachefeldzug gegen uns. Er sucht Magier und Elfen auf, beißt sie oder ›küsst‹ sie, wie die Dämonen es gerne nennen.«

»Er versucht absichtlich, das Virus zu verbreiten?«, fragte Liv keuchend.

Renswick nickte. »Ja. Er will so viele Sterbliche wie möglich umwandeln.«

»Und das ist anders als bei anderen Dämonen?«, hakte Liv nach.

»Die meisten kümmern sich nicht so sehr um die Verbreitung ihres Virus. Schau, Dämonen ernähren sich von negativen Emotionen, weshalb sie diese gerne bei unschuldigen Sterblichen erzeugen. Sabatore profitiert sehr wenig davon, wenn er Magier und Elfen infiziert. Es ist nicht nur eine lästige Pflicht für ihn, sie aufzuspüren, da sie nicht so weit verbreitet sind wie die Sterblichen, sondern es hält ihn auch von der Aufgabe ab, die ihn ernähren würde.«

»Warum tut er es dann?«, fragte Liv, obwohl die Antwort offensichtlich schien.

Renswick zog ein dickes ledergebundenes Buch aus dem Regal. »Sabatore war nach allem, was ich gelernt habe, ein Magier, der aus seinem Stamm verstoßen wurde. Verloren und allein suchte er nach Dämonen und bettelte sie an, ihn zu küssen. Als einer das tat, ging er auf seine Familie los und hat sie alle umgewandelt. Sabatore hat das Virus im Alleingang an mehr Magier und Elfen übertragen als jeder andere Dämon.«

»Das ist also seine Rache«, sagte Liv mit einer Grimasse. »Das ist krank. Wie kann man das den eigenen Leuten antun wollen?«

Renswick nickte. Er blätterte das Buch durch und leckte sich die Finger zum Befeuchten, während er die Seiten umblätterte. »Und was merkwürdig beeindruckend an ihm ist, ist, dass er noch immer viel von seiner Persönlichkeit hat und immer noch von den gleichen Motiven angetrieben wird, die er als Magier hatte. Meine Forschung hat gezeigt, dass der dämonische Instinkt gewöhnlich die Oberhand gewinnt und sie auf das Ziel der Verbreitung des Bösen lenkt. Das scheint jedoch auf Sabatore nicht zuzutreffen.«

»Ist das, weil er bereit war, den Weg eines Dämons freiwillig zu gehen?«, folgerte Liv.

Renswicks Gesicht strahlte mit einem Lächeln. »Sehr gut, Kriegerin Beaufont. Es freut mich zu sehen, dass du nicht nur schön bist und den Kopf nicht nur dafür hast, damit es nicht in den Hals regnet.«

Liv grinste. »Ich kann auch tödlich zuschlagen.«

Er kicherte. »Oh, ich weiß, dass du Kraft hast. Ich sah, wie du mit deinem Schwert auf meinen Wasserspeier eingedroschen hast.«

Sie verbeugte sich mit einem Grinsen. »Vielen Dank.«

»Und ja, es scheint, dass Sabatore, weil er die dämonischen Wege eingeschlagen hat, anstatt sich wie die meisten anderen dagegen zu wehren, immer noch Kontrolle darüber hat.«

»Er verschmolz mit dem Dämon, anstatt ihn übernehmen zu lassen«, mutmaßte Liv und erkannte, wie seltsam diese Situation war. »Stefan kann nicht von einem normalen Dämon gebissen worden sein. Nein, er musste den Schlimmsten von allen bekommen.«

Renswick warf ihr einen mitleidvollen Blick zu. »Ja, von allen Dämonen, die man für das Überleben seines Freundes ausschalten könnte, ist Sabatore der absolut schlimmste.«

»Wir machen einen großen Schritt im Haus der Sieben und mit groß meine ich schrecklich falsch«, scherzte Liv mit Galgenhumor, weil sie nicht herausfinden konnte, wie sie sonst auf diese neuen Informationen reagieren sollte. Sie konnte die Hoffnung nicht verlieren, aber das war nicht das, was sie erwartet hatte.

Mit dem Kopf deutete er zu den Bücherregalen. »Wie du dir vorstellen kannst, haben Delilah und ich ausgiebig über Dämonen recherchiert und versucht, so viel wie möglich über Sabatore herauszufinden und dabei diese Bibliothek aufgebaut.«

»Aber am Ende hast du Sabatore nicht rechtzeitig gefangen«, vermutete Liv.

»Das ist richtig«, sagte er düster. »Wir waren immer einen Schritt hinter ihm. Meine süße Frau wandelte sich, bevor wir das Gegenmittel bekamen und als sie schließlich starb, ging mein Wunsch mit ihr, den Dämon zu töten, der ihr das Leben nahm.«

»Aber Sabatore ist immer noch da draußen und tut anderen das an, was er Delilah und Stefan angetan hat«, meinte Liv. »Willst du ihm nicht das Handwerk legen?«

Renswick seufzte schwer, die Niederlage im Gesicht. »Nein, ich bin kein tapferer Krieger wie du. Ich war nicht dazu bestimmt, die Dinge zu tun, die du tust. Delilah und ich lebten hier ein ruhiges Leben, genossen die Bergluft und unsere Bücher. Als sie durch meine Hände starb, zog ich mich noch weiter zurück und lebte das Leben, das du jetzt siehst.«

Liv schaute sich in dem schwarz-weiß-roten Raum um. »Als sie starb, hast du die Farbe aus deinem Leben gelöscht, nicht wahr?«

Er nickte. »Außer in diesem Raum, der mich daran erinnert, mich nie von zu Hause wegzuwagen. Ich weiß, dass ich noch viele Jahre als Elf leben muss und ich habe akzeptiert, dass sie einsam sein werden, aber zumindest werde ich sicher sein.«

»Du studierst also Dämonen und dokumentierst sie, aber du wirst nichts tun, um die Welt von ihnen zu befreien?«, fasst Liv zusammen, die Hitze brannte plötzlich in ihrer Brust.

Zu ihrer Überraschung lächelte Renswick. »Einige sollen studieren und einige sollen kämpfen. Du, meine junge Dame, kannst Sabatore nicht ohne mich töten, also wage ich zu behaupten, dass ich meine Hälfte der Arbeit tue.«

»Du weißt, wo Sabatore ist?«, fragte Liv ungläubig.

»Das habe ich damals nicht, als Delilah starb. Er wusste, dass wir ihn verfolgten«, erklärte Renswick. »Seitdem bin ich jedoch auf neue Spuren gestoßen. Kürzlich erfuhr ich von einem Dämon, der seiner Beschreibung entsprach. Viele Sterbliche berichteten von Vampiren in dieser Gegend und es klang sehr ähnlich wie die Aktivität, die passiert, wenn Sabatore Magier und Elfen küsst.«

»Wo ist er?«, fragte Liv und schwenkte ihren Kopf, um die Zeitungsseite zu sehen, die Renswick ausgebreitet hatte.

Er tippte mit dem Finger auf die Seite. »Louisiana. Seit letzter Woche ist Sabatore meiner Meinung nach in New Orleans.«

Liv zwang sich, sich nicht aufzuregen. »Bist du sicher, dass er noch da ist?«

Er dachte einen Moment lang nach. »Es ist schwer, das mit Sicherheit zu wissen, aber er macht normalerweise erst weiter, wenn er so viele magische Kreaturen geküsst hat, wie er finden kann. Wie du vielleicht vermutest, gibt es im französischen Viertel, wo die Aktivität gemeldet wurde, ziemlich viele.«

Liv zitterte innerlich, als sie daran dachte, wie viele Zauberer und Elfen Sabatore zum Opfer gefallen waren und das Gleiche wie Stefan durchgemacht hatten. »Danke. Das war wirklich hilfreich.«

Renswick runzelte die Stirn. »Ich habe dir nicht annähernd genug geholfen. Wie ich bereits erwähnt habe, bin ich ein Feigling, der sich hier drin versteckt und von dir erwartet, dass du die Probleme der Welt mit deinem Schwert und deinem Mut löst.«

Liv schenkte ihm ein beruhigendes Lächeln. »Und wie du sagtest, haben wir alle unsere Rollen. Wenn er in New Orleans ist, hast du uns eine Menge Zeit und Ärger erspart.«

»Wenn du erst einmal das Blut von Sabatore hast«, sagte Renswick und faltete die Zeitung wieder zusammen, »wenn du es hierher bringst, stelle ich das Gegenmittel für deinen Freund her. Ich habe die Formel sehr lange studiert, in der Hoffnung, sie eines Tages bei Delilah anwenden zu können.«

Liv nickte. »Danke. Das wäre wirklich hilfreich. Ich wünschte nur, wir hätten das gewusst und ihn vor ihrem Tod erwischt.«

Renswick legte die Zeitung auf einen Tisch und schaute sich um. »Ich bedauere ihren Tod mehr als alles andere auf der Welt, aber ich habe mich damit abgefunden. Wenn du Sabatore stoppst, bekomme ich vielleicht endlich den ersehnten Abschluss.«

Das gab Liv die Hoffnung, dass es noch einen Weg gab, den vor ihr stehenden Mann zu retten. Vielleicht könnten mehr als nur Stefan von Sabatores Tod profitieren.

»Renswick, mein Freund sieht nicht gut aus. Er sagt, es wird immer schwieriger, die Stimme des Dämons in sich zu kontrollieren und seine Energie lässt nach.« Liv atmete tief durch, überrascht von dem Bedauern in ihrer Stimme. »Was glaubst du, wie lange er noch hat?«

Renswick ging zur Tür und leitete Liv hinaus. »Es ist schwer zu sagen. Ich habe jedoch gelernt, dass der Kampf gegen den Dämon in der Person unglaublich schwierig und schmerzhaft ist. In dem Moment, als meine süße Delilah sich gewandelt hat, hat sie den Kampf aufgegeben. Verstehe mich nicht falsch – sie war hart, härter als die meisten, aber selbst die Stärksten können nur endlich lange kämpfen. Wenn dein Freund entscheidet, dass er sich nicht mehr mit dem Dämon befassen will, dann wird er sich wandeln und es wird keine Rettung mehr für ihn geben.«

# Kapitel 15

Stefan kauerte an der Ziegelmauer in der Gasse und wirkte eher wie ein obdachloser Drogenabhängiger als ein Krieger aus dem Haus der Sieben.

Liv näherte sich ihm vorsichtig, ihre Hand auf Bellators Griff. Sie konnte sein Gesicht nicht sehen und wusste nicht, ob er sich tatsächlich gewandelt hatte oder ob er es noch war. Renswicks Worte waren noch frisch in ihrem Kopf und jede Sekunde fachte die Angst weiter an. Sie konnte sich nicht vorstellen, was er getan hatte – die Klinge seines Schwertes durch den Hals seiner Frau zu schwingen. Sie konnte ihm nicht verübeln, dass er jetzt ein Einsiedler war. Dieser Mann hatte mehr Dämonen in seinem Schrank als die meisten anderen. Sie lachte nicht über das schreckliche Wortspiel.

»Stefan?«, fragte sie und hielt dabei einen Sicherheitsabstand zu ihm ein, als kratziger Atem aus seinem Mund kam.

Als er aufblickte, wo sein Kopf auf seinen Unterarmen lag, schien das Morgenlicht auf seine blasse Haut. Er war immer noch er, aber nur knapp.

»Ich glaube, ich kann nicht mehr«, sagte er mit aufgesprungenen Lippen.

Liv schüttelte den Kopf, nahm die Hand von Bellator und zog ihn auf seine Füße. »Doch, du kannst, denn du bist Stefan Ludwig. Du bist ein Dämonenjäger und hast noch viele andere zu töten, aber erst wenn wir Sabatore ausgelöscht haben.«

Sein Körper sackte unter ihrem Arm durch. »Liv, es ist zu schwer. Ich bin so müde und es ist nutzlos. Niemand fängt jemals den Dämon, der ihn gebissen hat. Es ist sinnlos.«

Liv packte ihn mit einer Heftigkeit, die selbst sie überraschte. Stefans Augen wurden von der Handlung geweitet und er stand aufrecht. Sie konnte ihm nicht sagen, dass der Moment, in dem er aufgeben würde, sein letzter wäre. Stefan wusste das bereits auf einer gewissen Ebene, glaubte sie. Es wäre eine Erleichterung, sich dem Dämon zu ergeben und sie konnte an seinem Blick erkennen, dass er erschöpft und kampfesmüde war.

»Weißt du was? Niemand fängt angeblich jemals den Dämon, der ihn gebissen hat, aber diese Leute sind auch nicht du«, begann sie. »Du bist derjenige, der sich dem Rat entgegenstellte und den nicht registrierten Magiern Gnade erweist. Deine Großeltern befreiten ein ganzes Dorf von magischen Kreaturen, die Sklaven von Magiern waren. Du bist ein Champion und das wird nicht das Ende von Stefan Ludwig sein. Dies ist nur ein Teil deiner Geschichte. Eines Tages werden wir darüber lachen, aber zuerst müssen wir Sabatore erschlagen.«

Stefan schien Schwierigkeiten beim Schlucken zu haben, als er ihre Worte aufnahm. »Ja, lass uns gleich damit anfangen. Aber zuerst müssen wir wissen, wo wir suchen müssen. Hast du irgendwelche Hinweise bekommen?«

»Wenn du mit Hinweise meinst, ob ich genau weiß, wo wir suchen müssen, dann ja«, sagte Liv und öffnete ein Portal zum French Quarter, dem berühmten französischen Viertel in New Orleans.

\* \* \*

»Nein. Einfach nein, Liv«, argumentierte Stefan, als sie sich in einer Gasse, ähnlich der, die sie verlassen hatten, in die Schatten drückten, aber diese lag in New Orleans.

»Es ist ein guter Plan«, sagte sie. Er wurde munterer, als sie ihm gesagt hatte, wo Sabatore war, brach dann aber wieder zusammen, als sie den Plan beschrieb.

»Es ist zu gefährlich«, sagte Stefan.

»Und doch ist es ein brillanter Plan, über den man nicht diskutieren muss.«

»Ich werde es nicht erlauben.«

»Dann werde ich es allein tun«, sagte sie. »Ich soll Dämonen jagen und er klingt wie die Mutter des Verderbens und das muss endlich ein Ende haben.«

Stefan lachte kalt. »Es ergibt Sinn, dass er derjenige ist, der das Virus so schnell verbreitet.«

»Okay, dann ist es abgemacht.« Liv ging in das morgendliche Sonnenlicht, weg von der belebten Durchgangsstraße, auf der Touristen zu einer weniger stark befahrenen Straße schlenderten.

Stefan griff nach ihr, aber sie war zu schnell. »Liv, tu das nicht.«

Sie drehte sich um und ging rückwärts. »Ich tue es und die einzige Person, die mich retten kann, bist du. Also gib nicht auf, Stefan.«

Er warf ihr einen Blick zu, der sie hätte töten können. »Bitte«, bettelte er. »Bitte tue das nicht.«

Liv blieb stehen. »Wenn ich an deiner Stelle wäre, was würdest du tun?«

Er biss sich auf die Unterlippe. »Ich würde das, was wir über Sabatore wissen, zu unserem Vorteil nutzen, damit wir ihn aus der Reserve locken und ihn fertig machen. Dann würde ich dir helfen, dich selbst zu retten, in der Hoffnung, dass du mir eines Tages für meine mutigen Taten danken würdest, aber ich erwarte nicht, dass du das tust. Ich sehne mich einfach nach dieser Möglichkeit.«

»Es ist dir zu Kopf gestiegen«, scherzte sie. »Du fängst an zu halluzinieren, indem du schlechte Geschichten erzählst.«

»Und in dieser Fantasie, in der du mir dankst, würdest du ein Baumwoll-Sommerkleid tragen«, fuhr er fort.

»Ja, es könnte wirklich zu spät sein, dich zu retten«, bemerkte sie. »Du bist völlig verrückt geworden.«

Stefan schaffte es, ihr ein schiefes Lächeln zu schenken. »Ich glaube, gelbe Gänseblümchen im Haar würden dir gut stehen.«

»Seit wann missbilligen alle die Art und Weise, wie ich mich kleide?«, fragte Liv.

»Wir haben immer hinter deinem Rücken darüber geredet, aber vor Kurzem beschlossen, eine Intervention zu starten.«

Liv schüttelte den Kopf. »Es gibt viel größere Probleme in der Welt.«

»Ja, wie die Tatsache, dass die beste Kriegerin, die das Haus der Sieben hat, dabei ist, sich zum Köder für den bösartigsten Dämon dieser Welt zu machen«, schoss Stefan bitter zurück.

Liv schenkte ihm ein verschwörerisches Lächeln. »Ich weiß nicht, was das mit der Kriegerin ist, aber ich bin einverstanden, dass man mich zum Ködern verwendet, also sorge dafür, dass ich nicht geküsst werde, Stefan. Rette meinen Arsch, bevor es zu spät ist.« Sie drehte sich um und eilte zum verlassenen Durchgang auf der anderen Seite der eng zusammen stehenden Gebäude. Und hoffen wir, dass wir auch deinen Arsch retten, bevor es zu spät ist, dachte sie und fühlte, wie ein kalter Wind über ihre Wangen strich, als sie in einen leeren Innenhof ging.

## Kapitel 16

**V**erhalte dich einfach lässig, redete sich Liv ein, als sie durch die menschenleere Passage schlenderte. Der Klang von Jazz und der Geruch von gebratenem Essen lag stark in der Luft, eine trügerische Kombination, die die nackte Realität der Situation auszulöschen suchte. Dies war kein Urlaub im französischen Viertel. Es handelte sich um ein Himmelfahrtskommando, das entweder den Tod eines Dämons oder den Tod von Stefan Ludwig zur Folge hatte. Und wenn die Dinge völlig zum Teufel gehen würden, wäre es auch Livs Ende. Sie versuchte jedoch, nicht daran zu denken.

Sie überlegte sich zu pfeifen, als ob sie keine Sorgen hätte, aber das erschien ihr einfach nur dumm. Als sie zu dem Abschnitt der Straße kam, in dem Sabatore laut Renswick mehrere Magier und Elfen angegriffen hatte, tat Liv so, als hätte sie sich verlaufen.

Sie hielt inne und schaute sich um, als ob sie versuchte sich zu orientieren. Bellator ruhte auf ihrer Hüfte unter ihrem Umhang, aber sie würde nur darauf zurückgreifen, wenn es unbedingt nötig wäre. Hoffentlich würde es nicht dazu kommen. Stefan musste sie retten. Sie hatte erwogen, Sabatore selbst abzuschlachten, aber es musste Stefan sein, der ihn tötete. Dieser Dämon hatte ihn durch die Hölle gehen lassen und er verdiente es, derjenige zu sein, der ihn hinrichten würde um die Welt von seiner abstrusen Art des Bösen zu befreien.

## DIE TRIUMPHIERENDE TOCHTER

Liv hoffte nur, dass Stefan es schaffen würde. Dass er stark genug war. Dass er der Herausforderung gewachsen war. Alles beruhte auf ihrem Glauben an ihn.

Liv atmete tief durch, sah nach oben und versuchte, den Eindruck zu erwecken, als wüsste sie nicht, in welche Richtung sie gehen sollte, als sei da ein riesiger Kompass in den Himmel gemalt. Die Verlorenen waren leichte Ziele. Je verlorener sie erschien, desto weniger würde Sabatore mit dem darauffolgenden Arschtritt rechnen.

Vielleicht hätte Liv, wenn sie nicht damit gerechnet hätte, die Schritte auf dem Balkon am Gebäude hinter ihr nicht gehört. Bevor sie anfing, Dämonen zu jagen, hatte sie nie erwartet, dass sie sie am helllichten Tag herumspazieren sehen würde. Seitdem hatte sie gelernt, dass sie das Licht bevorzugten, wenn die Verlorenen und Einsamen sie am wenigsten erwarteten. Die Menschen waren nachts auf der Hut, aus Angst vor dem, was im Schatten lauerte, aber bei Tageslicht waren die wenigsten vorsichtig.

Das Geräusch von zwei Füßen, die auf den Ziegelsteinen der Gasse landeten, machte Liv nicht nervös. Sie hatte damit gerechnet, sie erwartete den großen Auftritt. Auch hier war es so ruhig, dass sie, wenn sie es nicht erwartet hätte, weder die Landung des Dämons hinter ihrem Rücken noch das Rascheln seiner Jacke bemerkt hätte, als er sich aufrichtete.

Sie zwang sich dazu, ihre Hand nicht auf Bellator zu legen. Sich nicht zu verteidigen, war gegen ihren eigenen Instinkt – und das, was sie als Nächstes tat, war es auch.

Liv schlug sich die Hand an den Kopf und schien völlig ratlos über ihre ausweglose Lage zu sein. »Oh, du dummes Blondchen. Wie konntest du dich wieder einmal verlaufen«, sagte sie zu sich selbst.

Der Geruch eines ekelhaften Dämons wehte ihr in die Nase und ersetzte die anderen, besseren Gerüche des Französischen Viertels auf der Straße. Die meisten wussten nicht, wie ein Dämon riecht, nicht einmal Magier. Das lag daran, dass man, wenn man einem Dämon begegnete, die Begegnung wahrscheinlich nicht überlebte. Man dachte lediglich, dass der Geruch das Abwasser im Untergrund oder ein totes Tier sei, das in der Nähe verrottete. Liv war jedoch von einem der besten lebenden Dämonenjäger ausgebildet worden und sie kannte diesen Geruch gut. Er bedeutete, dass der Tod nahte. Aber nicht für sie. Nicht heute.

Die Hände, die um sie herumgriffen und ihre Arme an die Seite pressten, waren die stärksten, die sie je gefühlt hatte. Als sie nach unten schaute, sah sie glatte, rote Haut, ein verräterisches Zeichen eines Dämons. »Zeit zu sterben, Blondie«, flüsterte ihr eine Stimme, die sie an ihre schlimmsten Albträume erinnerte, ins Ohr. Diese schrecklichen Träume schienen sich in ihrem Kopf im Schnellvorlauf abzuspulen und erfüllten sie mit den schrecklichsten Emotionen, die sie jemals empfunden hatte.

Sie tat so, als ob sie sich mit halber Kraft wehren würde. Sie müsste jedoch all ihre Macht einsetzen, um diesen Dämon zu bekämpfen. Liv wollte sich zu Boden fallen lassen und durch die Hebelwirkung versuchen, Sabatore über ihren Kopf zu wuchten. Er lachte ihr allerdings ins Ohr und hielt sie aufrecht. Er war sehr stark. Wenn Stefan nicht durchkam, wäre das ihr Ende.

Sabatore drückte sie an seine Brust, ja erdrückte sie fast, griff dann nach ihrer Hand und schwang sie herum, als ob sie einen seltsamen Tanz tanzten.

Und dann sah sie ihn. Liv hatte in den letzten Wochen Dutzende von Dämonen gesehen. Doch in ihrem ganzen

Leben hatte sie noch nie etwas so Abscheuliches gesehen wie die Bestie, die vor ihr stand.

Zwei spiralförmige Hörner sprossen aus seinem kahlen, roten Kopf und seine schwarzen Augen blinzelten ihr mit einer unheimlichen Hitze entgegen, der sie noch nie zuvor begegnet war. Narben im Gesicht, lange Streifen, die über sein Kinn und entlang seiner Wangenknochen verliefen, waren das Ergebnis seiner vielen, brutalen Kämpfe. Als Sabatore die Nasenlöcher aufblähte, entblößte er auch eine Reihe scharfer, spitzer Zähne.

»Meine Fresse, bist du hässlich«, sagte sie und versuchte, ihre Hand aus seinem Griff zu reißen, was ihr aber nicht gelang.

»Und du wirst eines Tages genau so schrecklich aussehen wie ich, Magierin«, erklärte er und zwang sie, sich zu drehen, als ob er sie auf die Tanzfläche führen würde.

Wenn sie gegen ihn kämpfen wollte, würde sie mit der anderen Hand Bellator nach rechts ziehen müssen, aber das war nicht der Plan. Sie bezweifelte irgendwie, dass es überhaupt funktionieren könnte. Irgendetwas sagte ihr, dass Sabatore wusste, dass sie eine Waffe trug und dass er sie ihr aus den Händen schlagen würde, bevor sie sie aus der Scheide gezogen hätte.

Sabatore riss Liv zu sich heran und machte es unmöglich, den ranzigen Geruch, der von ihm ausging, zu ignorieren. Sie war gezwungen, ihm die Hand auf die Brust zu legen, um zu versuchen, den Schwung aufzuhalten. Sein heißer Atem trieb ihr auf die Wangen und brachte sie fast zum Erbrechen.

»Ich werde das mehr als sonst genießen«, sagte er mit einem Knurren, ein krankes Lächeln im Gesicht.

Liv gab vor, sich zu widersetzen. »Lass mich gehen.«

Sein Lachen klang wie Kies unter den Füßen. »Oh, nein. Du bist eine edle Magierin. Ich würde nichts lieber tun, als diese Erde von dir zu befreien.«

Liv versuchte, ihn zurückzudrängen und er zog sie einfach fester an sich, scheinbar amüsiert über ihre kraftlosen Versuche.

»Spitz die Lippen, Liebes«, sagte er und zog sie zu sich heran, sein Mund war nur wenige Zentimeter von ihrem Hals entfernt, als er sich zu ihr herunterbeugte.

Liv schloß ihre Augen und betete, dass Stefan kommen würde. In der Hoffnung, dass ihr Vertrauen in ihn nicht vergebens war.

Sabatores Mund öffnete sich weiter als es der Kiefer eigentlich zulassen durfte, einer Schlange gleich, seine messerscharfen Zähne standen in krassem Kontrast zu seiner blutroten Haut. Er senkte den Kopf weiter und war dabei, das zu liefern, was er ihr versprochen und so vielen Magiern und Elfen bereits angetan hatte, indem er die Magie in das pure Böse verwandelte und sie so von dieser Erde auslöschte. Die Verwandlung magischer Kreaturen in die Zerstörung der Menschheit.

Das Monster schnurrte, als ob dies eine Tat wäre, die ihm die ultimative Befriedigung brachte. Livs Puls schnellte in die Höhe und sie hielt den Atem an. Am ganzen Körper angespannt sprach sie in letzter Minute ein Gebet – ihren letzten Wunsch: *Bitte lass mich nicht sterben. Ich kann Sophia nicht im Stich lassen. Ich kann Clark nicht im Stich lassen. Familia est sempiternum.*

Sie schloss die Augen.

## Kapitel 17

Livs Füße hoben vom Boden ab. Sie dachte, Sabatore hätte sie angehoben, aber dann ließ dieser einen kehligen Schrei los. Als sie ihren Nacken verrenkte um nach hinten zu sehen, merkte sie, dass auch ihn etwas angehoben hatte.

Er ließ sie los und warf sie ziemlich unelegant auf die Pflastersteine. Sie drehte sich sofort um und begann, auf Händen und Füßen rückwärts zu laufen. Was sie dann sah, konnte sie zunächst kaum fassen.

Stefan hob Sabatore am Rücken seiner Jacke auf, warf ihn in die Luft und schleuderte ihn über den halben Hof.

Der Mann, den sie in den letzten Wochen als Freund kennengelernt hatte, hatte ein rotes Gesicht und seine blauen Augen waren dunkel geworden. Sie blinzelte und hoffte, dass das, was sie zu sehen glaubte, falsch war. Zum ersten Mal überhaupt sah er mehr wie ein Dämon als er selbst aus und das Knurren, das aus seinem Mund entwich, klang genau wie das eines randalierenden Dämons.

Sabatore sprang auf die Füße und ließ ein ähnlich klingendes Knurren ertönen. Die beiden standen sich gegenüber und starrten sich mit einer Hitze an, die von ihrem persönlichen Rachefeldzug sprach.

Liv wich zurück, mit der Hand auf Bellator. Sie hatte sich geistig darauf vorbereitet Stefan zu töten, falls es nötig sein sollte, aber sie hatte nicht damit gerechnet, dass sie ihn und Sabatore am selben Tag besiegen müsste. Stefan schien kurz vor der Umwandlung zu stehen. Wie lange hatte er noch Zeit?

Seine Augen schauten sie mit einem frustrierten Knurren an. Er sah sie nicht mehr so an wie zuvor. Sein Blick war nun mörderisch. Hungrig.

»Stefan?«, fragte sie flüsternd. »Bist du okay?«

Er nickte. »Ich werde es sein. Keine Sorge, ich weiß, was ich tue.«

Keine Sorge? Sie war in einem Hof mit einem Dämon und einem Fastdämon gefangen. Sich Sorgen machen war alles, was sie derzeit tun konnte.

Stefans hitziger Blick wandte sich wieder Sabatore auf der anderen Seite des Hofes zu, der begann, sich hin und her zu bewegen.

»So, hat mich endlich eines meiner Kinder gefunden«, begann Sabatore. »Und auch noch kurz bevor es sich umwandelt. Du glaubst, dass du Zeit hast, aber wenn deine Kraft und Schnelligkeit bereits zugenommen haben, ist es zu spät.«

Stefan knirschte mit den Zähnen, seine Augen verengten sich zu Schlitzen. »Ich habe Zeit.«

Sabatore lachte, seine Stimme hallte durch den Hof und störte einen Vogelschwarm hoch auf dem Dach des zweistöckigen Hauses neben ihnen. »Du hast weniger Zeit, als du denkst. Du wirst dich umwandeln und dann wirst du deinen ersten eigenen Magier als Dämon küssen, um diesen schönen Kreislauf in Gang zu halten.« Er deutete auf Liv, die ihre Hand um Bellators Griff gelegt hatte. Sie konnte Stefan nicht erlauben, sich umzuwandeln. Mehr als alles andere wollte sie Sabatore gleich zu Beginn ausschalten und das Ganze beenden.

Sie erinnerte sich jedoch daran, dass dies nicht ihr Kampf war. Das war Stefans Aufgabe.

## DIE TRIUMPHIERENDE TOCHTER

Obwohl sie innerlich kämpfte, konnte sie nicht behaupten, dass Stefan kurz vor seinem Ende stand. Was man vorher als Hautrötung hätte sehen können, war definitiv das Zeichen des Dämonismus. Sein Gesicht war unnatürlich rot und seine Augen fast schwarz. Seine Geschwindigkeit war unglaublich, als er über den Hof sprintete, Sabatore am Kragen anhob und ihn hoch über dem Kopf hielt.

»Ich habe die Kontrolle«, sagte Stefan. »Und ich gebe dem Dämon nicht nach.«

Sabatore lachte erneut. »Man kann es nicht ewig in Schach halten. Du hast dich bereits umgewandelt. Du hast die Kräfte des Dämons und bald wird der Rest von dir sich ihm anschließen. Das ist der einzige Weg, das brennende Inferno in deinem Inneren zu beenden.«

»Das werde ich nicht!«, schrie Stefan und warf Sabatore über den Hof in die Ziegelmauer. Die brach und überschüttete das infernalische Wesen mit gebrochenen Ziegeln.

Der Dämon erhob sich wieder und schüttelte mit einem kalten Glucksen den Kopf. »Mir gefällt dein Temperament«, bemerkte Sabatore. »Es war richtig, dich umzuwandeln. Du wirst ein guter Dämon sein.«

»Das wird nie passieren«, antwortete Stefan, griff Sabatore an und stieß ihm mit aller Kraft die Faust an den Kopf. Der Dämon nutzte seinen Vorteil und fing den Schlag ab, drehte seine Faust herum und warf Stefan auf den Bürgersteig, wobei sich sein Arm unnatürlich hinter seinem Rücken krümmte.

Über ihm stehend, zog Sabatore eine Grimasse. »In all den Jahren hat mich keines meiner Kinder jemals aufgespürt. Dies ist eine Premiere. Du bist ein würdiger Gegner, aber dein Tag ist vorbei. Es ist Zeit, sich umzuwandeln.«

»Nein!«, sagte Stefan, sein Gesicht von Schmerzen gezeichnet, als Sabatore seinen Arm weiter verdrehte, bis er die Schulter auskugelte.

»Wenn du tust, was ich sage, wird es besser «, lockte Sabatore. »Der Schmerz wird verschwinden. Deine Tage werden endlich wieder einfach sein. Du musst nur nachgeben.«

Stefan spürte einen Ruck und wurde losgelassen. »Nein. Du bist ein Monster. Ich bin nicht du. Ich werde es nie sein.«

Liv sah von der Seitenlinie aus zu, unsicher, ob beide wussten, dass sie noch da war. Sie konnte nicht weggehen und doch fühlte sich ein Eingreifen falsch an, da Stefan immer noch die Kontrolle zu haben schien. Aber für wie lange?

»Ich bin das Einzige, was auf dieser Welt rein ist«, sagte Sabatore und ging zu Stefan hinüber, der versuchte, seine Schulter wieder einzurenken und dabei schmerzerfüllte Schreie von sich gab. »Dämonen sind die einzigen Kreaturen, die Sinn ergeben. Unser Ziel ist klar. Wir sind nicht durch Liebe, Blasphemie, Ablehnung oder Angst korrumpiert. Wir geben, was wir sind. Wir sind die Essenz dieser Welt. Das Böse ist der einzige Weg. Alles Gute ist eigentlich böse. Sehr bald wirst du das ebenso sehen.«

Mit einem Knacken renkte Stefan seine Schulter wieder ein und rollte sie zusammen mit seinem Hals, um zu testen, wie weit er sie ohne Schmerzen bewegen konnte. »Ich bin Stefan Ludwig. Ich bin ein Dämonenjäger. Ein Magier. Ein Krieger. Meine Aufgabe ist es, die Welt vom Bösen zu befreien und das fängt bei dir an.«

Er schlug mit seiner Faust nach Sabatore und dieses Mal traf er, warf ihn zurück gegen die gleiche Ziegelmauer und ließ mehr davon zerbröckeln.

Der Dämon lachte, als er sich unbeeindruckt erhob. »Du weißt nichts von dieser Welt.«

## DIE TRIUMPHIERENDE TOCHTER

In einer Bewegung, die Livs Augen nicht vollständig registrierten, sprang der Dämon auf seine Füße, blieb geduckt, sein Bein kam in einem Halbkreis herum und warf Stefan zu Boden. Er stampfte auf Stefans Bauch, was ihn verkrampfen ließ. Ein gequältes Stöhnen war aus seinem Mund zu vernehmen.

»Oh, ja. Es wird nicht mehr lange dauern«, sagte Sabatore. »Du wirst dich mir bald anschließen. Und bis dahin werde ich dafür sorgen, dass deine Magier-Freundin für dich bereit ist. Sie wird dein erstes Opfer sein und das ist immer das Beste.«

Sabatore ließ Stefan in Schmerzen zurück, raste auf Liv zu und kam schneller bei ihr an, als sie erwartet hatte.

»Du solltest mir gehören«, sagte er und drückte ihr grob die Haare aus dem Gesicht. »Aber das wird besser sein.«

Sie fühlte Bellator in ihrer Hand pulsieren. Es wusste, was getan werden musste. Es flehte sie an, es zu tun. Ihr Instinkt sagte ihr jedoch immer noch, dass Stefan ihn töten musste. Sie glaubte an ihn.

Stefan rannte auf den Dämon zu, sprang und flog durch die Luft. Als er direkt hinter Sabatore landete, riss er ihn von Liv weg und warf ihn erneut.

Der Dämon rutschte über die Ziegelsteine und stieß gegen einen schmiedeeisernen Stuhl und Tisch im Innenhof. Stefan sprang hoch und landete neben Sabatore. Er hob den Stuhl auf und schlug ihm damit auf den Rücken, als der versuchte aufzustehen. Der Dämon fiel wieder zu Boden. Stefan war gerade dabei, den Stuhl erneut zu schwingen, als Sabatore sein Bein packte und es unter ihm wegzog. Stefan fiel und landete ächzend neben seinem Widersacher. Sabatore kroch auf ihn, um ihm einen Schlag zu versetzen, als Stefan Schwung holte, zur Seite rollte und aufsprang.

Die beiden bewegten sich so schnell, dass Liv Schwierigkeiten hatte, genau zu sagen, was sie sich gegenseitig antaten. Sie sah, wie mehrere Schläge ausgetauscht wurden und schwarzes Blut auf den Bürgersteig spritzte. Sie wusste nicht, ob jetzt der Zeitpunkt für ein Eingreifen gekommen war. Liv wollte etwas tun, aber sie wusste nicht, wie sie Stefan helfen konnte, ohne ihm möglicherweise zu schaden. Was sie wusste war, dass dieser Kampf bald vorbei sein würde und die Gefahr für sie dann erst richtig begann. Egal ob es Stefan oder Sabatore war, der gewann, sie würde es mit einem Dämon zu tun haben.

Sabatore war aufgestanden und zog Stefan mit sich nach oben. Als ob er sich für den Gefallen von vorhin revanchieren wollte, warf auch er ihn gegen die bröckelnde Ziegelmauer. Stefan fiel fast hindurch. Er landete in einem Haufen auf dem Boden.

Oh, das ist nicht gut, dachte Liv und zog Bellator.

Über Stefan stehend, spuckte Sabatore ihn an, bevor er das Schwert des Kriegers aus der Scheide riss und es über den Hof warf.

»Du bist undankbar«, sagte Sabatore im groben Flüsterton. »Ich habe dich gerettet und so dankst du mir? Ich werde dir den Fehler deines Weges aufzeigen.« Er hob Stefan am Hals auf und zog ihn auf die Beine. »Du wirst die Zauberin küssen. Dann weißt du, dass ich recht hatte und wirst dich komplett umwandeln.«

Stefan versuchte, sich an Sabatore zu krallen, aber seine Versuche brachten ihn nicht mit dem Dämon in Kontakt, obwohl sie diesen zum Lachen brachten.

Liv verkrampfte sich, als Sabatore Stefan zu ihr zog, Blut tropfte aus seiner Nase und seinem Mund.

»Tu es oder ich werde es tun«, befahl Sabatore.

Stefan zuckte mit dem Kopf hin und her. Denn so sehr er jetzt auch wie ein Dämon aussah, er war immer noch er selbst. Liv spürte es.

Indem er seine Hände von Stefan nahm, drängte Sabatore ihn in ihre Richtung.

»Wenn ich das tue, bringe ich sie um«, sagte Sabatore. »Gegen mich kannst du nicht gewinnen. Küsse sie und es wird geschehen.«

Stefans Lippen zitterten, als er in Livs Richtung stolperte. Er war jetzt nur noch einen Meter entfernt.

Sie bereitete sich darauf vor, Bellator zu schwingen, aber ein Teil von ihr wusste, dass sie nicht schnell genug sein würde, weder um Stefan noch um Sabatore zu besiegen. Sie waren zu stark, wie Super-Dämonen. Stefan musst es von Sabatore geerbt haben. Und wenn er sich umwandeln würde, würde er noch stärker sein. Noch schlimmer.

»Es tut mir leid«, sagte Stefan, Bedauern in seinen Augen. Liv versuchte sich zu wehren, indem sie Bellator festhielt. Stefan blockte sie ab, entwand ihr das Schwert aus den Händen und packte es mit seiner freien Hand am Griff.

Liv spannte sich an und wich ungläubig zurück, als er das Schwert herumschwang und Sabatore den Kopf abtrennte. Er flog mehrere Meter weit und rollte, bis er sie mit seinen schwarzen und nun leblosen Augen anstarrte.

Stefan zog sein Taschentuch heraus und wischte das schwarze Blut von der Klinge.

Mit schöner Grazie wandte er sich an Liv und reichte ihr das Schwert. »Es tut mir leid, dass ich dein Schwert benutzt habe. Ich hoffe, es macht dir nichts aus.«

## Kapitel 18

»Geht es dir wirklich gut?«, fragte Liv Stefan zum bestimmt hundertsten Mal, als sie zu Renswicks Haus gingen. Sie hoffte wirklich, dass sie nicht noch einmal den Wasserspeier-Test bestehen musste.

Er nickte, seine dämonischen Augen warfen ihr einen Blick zu, dem sie nichts entgegenzusetzen hatte.

Er hatte Sabatore ohne ein weiteres Wort Blut abgenommen, bevor er hinter ihr durch das Portal zu Renswicks Haus eilte.

Sie wünschte sich, er hätte auf ihre Frage etwas gesagt, anstatt einfach nur zu nicken.

Als sie über die Schwelle des Hofes traten, raste ein kleiner Felsbrocken durch die Luft auf sie zu. Liv hielt ihre Hand hoch und sprengte ihn in Stücke.

»Im Ernst, Todd, nicht jetzt«, sagte Liv zum Poltergeist. »Ich weiß, ich habe gesagt, dass ich später mit dir spielen werde, aber ich bin super beschäftigt, diesen Mann davor zu retten, ein Dämon zu werden.«

Liv blickte zurück zu Stefan, aber er schien nicht amüsiert zu sein.

Stattdessen zeigte er auf das Haus. »Hier lebt der Elf, der helfen kann?«

Das war das erste Mal, dass er etwas sagte, seit er sich bei ihr dafür entschuldigt hatte, dass er ihr Schwert benutzt hatte, um Sabatore zu töten. Nun verstand sie, warum er nicht sprach. Er klang anders. Seine Stimme klang eher dämonisch.

»Ja, Renswick hat versprochen zu helfen«, sagte sie und eilte die Treppe zur Veranda hinauf, während die Wasserspeier auf dem Dach stehen blieben.

Liv klopfte mit der riesigen Metallklaue, die an der Vorderseite der Tür angebracht war. Die verstrichenen Sekunden fühlten sich wie die längsten aller Zeiten an. Für einen Moment fragte sie sich, ob Renswick tatsächlich einmal ausgegangen sei. Das wäre der denkbar schlechteste Zeitpunkt.

Ihre Angst löste sich, als er die Tür öffnete, sein Gesicht war neutral und verwandelte sich dann beim Anblick von Stefan schnell in Angst.

»Noch ist er kein Dämon«, sagte sie als Antwort auf seine vorgewölbten Augen.

»Er ist viel zu nah dran«, sagte Renswick und winkte sie ins Haus.

»Mir geht es gut«, argumentierte Stefan. »Ich habe die Kontrolle.«

Liv glaubte ihm, aber sie wusste, dass es für Renswick wie das Wiedererleben eines Albtraums war. Hatte Delilah so durchgehalten und endlich aufgegeben, als der Schmerz zu groß war? Liv konnte sich nicht einmal vorstellen, welche inneren Qualen Stefan erlebte. Es musste so gewesen sein, als ob sie versucht hatte, wach zu bleiben, während jeder Teil ihres Körpers um Schlaf bettelte. Es war, als ob man sich gegen das Essen wehrte, wenn man verhungerte und ein Festmahl vor einem stand. Es war, als beraube man sich selbst der Erleichterung, wenn eine einfache Entscheidung alles besser machen würde.

»Haben Sie es getan?«, fragte Renswick und schaute sich seine beiden Besucher an.

Sie zeigte auf Stefan. »Er hat es geschafft.«

Renswick atmete laut aus. »Sabatore ist tot?«

Stefan zog das Fläschchen mit dem Blut aus seinem Umhang und übergab es Renswick. Sie hatten das Blut aus Sabatores Körper in das Fläschchen abgefüllt, das Renswick ihr geschenkt hatte. »Er kann seine Krankheit jetzt nie wieder auf Unschuldige übertragen.«

»Ich hätte nie gedacht, dass ich diesen Tag noch erleben würde«, sagte Renswick und griff nach dem Fläschchen.

»Das habe ich eigentlich auch nicht«, sagte Stefan mit zusammengebissenen Zähnen, wobei ihm schon das Sprechen zu viel zu sein schien. »Ohne sie hier hätte ich es nicht geschafft.« Er nickte in Livs Richtung.

Renswick fuhr liebevoll mit dem Daumen über das Fläschchen mit schwarzem Blut. »Wir alle sollten eine Liv Beaufont in unserem Leben haben.«

Liv schüttelte den Kopf. »Ich habe nichts getan.«

»Du hast mich nicht aufgegeben, deshalb halte ich jetzt auch fest«, sagte Stefan.

»Bringe ihn in das erste Schlafzimmer zu deiner Rechten«, befahl Renswick und führte sie die Treppe hinauf. »Ich komme gleich mit dem Gegengift. Ich habe alles bereit und muss nur noch das hier hinzufügen.«

Als sie im Zimmer waren, zeigte Liv auf das Bett, aber Stefan bewegte sich nicht. Er starrte sie einfach nur mit einer seltsamen Verrücktheit in seinen schwarzen Augen an. »Es tut mir leid, dass du mich so sehen musst.«

Sie zog sich aus dem Schlafzimmer zurück und der Geruch, der von ihm ausging, traf sie schließlich in der Nase. Er veränderte sich. Noch mehr.

»Es ist in Ordnung«, log sie.

Er schüttelte den Kopf. »Nein, ist es nicht. Meine einzige Hoffnung ist, dass du das vergisst, wenn es vorbei ist.«

## DIE TRIUMPHIERENDE TOCHTER

»Es ist schwer zu vergessen, wenn die, die wir lieben, zu unserem schlimmsten Albtraum werden«, sagte Renswick hinter ihnen, nachdem er geräuschlos erschienen war. »Aber noch wichtiger ist, warum wollen Sie, dass jemand die Stärke vergisst, die Sie im Kampf gegen dieses Problem gezeigt haben? Sie sind ein stärkerer Mann als die meisten, Stefan Ludwig.«

Er übergab das Fläschchen an Stefan. »Trinken Sie das im Liegen. Und es tut mir leid, Ihnen das sagen zu müssen, aber was auch immer für Schmerzen Sie im Moment empfinden, sie könnten noch schlimmer werden.«

»Könnten?«, fragte Liv überrascht.

»Jemanden vom Dämonismus zu heilen ist fast noch nie passiert«, erklärte Renswick. »In der Dokumentation, die ich gelesen habe stand, dass es höllisch weh tut.«

Stefan trank das Gegengift in einer schnellen Bewegung. »Ich werde die Hölle jederzeit über die ewige Verdammnis stellen.«

✶ ✶ ✶

»Er wird nie mehr derselbe sein«, erklärte Renswick Liv, als sie vor dem offenen Fenster im Wohnzimmer auf und ab ging. Außerhalb des Fensters war der Hof voller Farbe, anders als im Haus, wo Schwarz und Weiß und verschiedene Grautöne um Livs Gunst für die Wahl einer neuen Lieblingsfarbe kämpften.

»Wird er weiterhin wie ein Dämon aussehen?«, fragte Liv.

Renswick schenkte ihr ein Glas Bourbon ein. »Nein, das sollte wohl innerhalb einer Stunde verschwunden sein. Durch die fast vollständige Verschmelzung mit dem Dämon hat er jedoch das Böse kennengelernt.«

Liv drehte sich schlagartig. »Wird er jetzt böse sein?«

Renswick schüttelte den Kopf. »Ganz im Gegenteil. Er wird vom Bösen abgestoßen werden. Höchstwahrscheinlich wird er bei Kontakt mit dem Bösen eine allergische Reaktion zeigen. Wie ich jedoch sagte, ist dies nicht gut dokumentiert, da es sich um einen seltenen Fall handelt, aber ich hoffe, dass Stefan den Versuchungen trotzen wird.«

»Er bekämpft Dämonen«, erklärte Liv. »Ich glaube nicht, dass es für ihn ein Problem sein wird, auf das Böse allergisch zu reagieren.«

Auch Renswick goss sich ein Glas ein. »Vorher ging er dem nach, was ihm zugewiesen wurde. Er wird das Böse jetzt so sehr hassen, dass es sich immer wie ein persönlicher Rachefeldzug anfühlen wird.«

»Warum ist das schlecht?«, fragte Liv und fragte sich, ob sie etwas übersah.

»Vielleicht ist es das nicht«, sagte Renswick. »Bitte denke jedoch daran, dass diese Welt ohne Gut und Böse nicht ausgeglichen ist. So ungern ich es auch zugeben möchte, das Böse dient einem Zweck. Wenn wir es vollständig auslöschen würden, wäre unser Planet nur noch grau. Es ist das Böse, das dem Guten Farbe verleiht. Das Böse hebt die heilige Kraft des Guten hervor.«

»Was soll ich also tun?«, erkundigte sich Liv, die sich jetzt irgendwie für Stefan verantwortlich fühlte.

»Du kannst vielleicht gar nichts tun«, meinte Renswick und nahm einen Schluck seines Bourbons. »Aber du kannst vielleicht dafür sorgen, dass er nicht den Verstand verliert, wenn er versucht, alles Böse in der Welt auszumerzen. Außerdem ist es eine unmögliche Aufgabe.«

## Kapitel 19

Liv konnte kaum glauben, wie normal Stefan aussah, als er vor der Tür der Reflexion stand. Seine Farbe war wieder da und seine blauen Augen funkelten in neuer Intensität. Es gab keine Anzeichen dafür, dass er von einem Dämon gebissen worden war, außer der Narbe an seinem Unterarm.

Er zog seinen Ärmel nach unten, bedeckte sie und gab ihr einen stolzen Blick. »Du starrst mich an.«

Sie schüttelte den Kopf und versuchte, ihren Unglauben zu zerstreuen. »Es ist nur, dass es noch nicht so lange her ist, und du bist so … so …«

»Normal?«, fragte er und beendete ihren Satz.

»Nein, das habe ich nicht gedacht«, antwortete sie. Sie wusste nicht, wie sie sagen sollte, dass Stefan Ludwig besser als normal aussah. In seinen Augen war ein neues Selbstvertrauen zu spüren. Auf der Rückreise von Renswick hatte sie ihn mehrmals verschwommen gesehen, als er sich bewegte. Liv vermutete, dass er auch die Superstärke beibehalten hatte. Mehrmals musste sie sich davon abhalten, ihn danach zu fragen. Sie wusste nicht, ob Stefan daran erinnert werden wollte, dass er immer noch zum Teil ein Dämon war und dies für den Rest seines langen Lebens bleiben würde, von dem Renswick dachte, dass es länger als das der meisten Magier werden könnte. Er war der beste Teil des Dämons und doch war er wieder nur ein Magier. Es widersprach der Vernunft und machte Stefan zu einem der einzigartigsten

Magier der Welt. Und niemand wusste davon. Das war die einzige Sache, die er gefordert hatte, als sie das Haus der Sieben einige Minuten zuvor betraten.

»Bitte bewahre mein Geheimnis«, hatte er gesagt, als sie durch den langen, mit der alten Sprache bedeckten Flur schritten.

»Natürlich«, hatte Liv geantwortet. Jetzt, wo sie ihn anstarrte, wollte sie ihm so viel sagen, ihm so viele Fragen stellen. Er sah nicht abgeschreckt aus, wie sie ständig mit ihren Augen über sein Gesicht fuhr.

»Bist du bereit zu berichten?«, fragte Stefan, der an der Tür der Reflexion gestikulierte.

Liv ließ ein kleines, stolzes Lächeln los. »Oh, ich kann‹s kaum erwarten.«

Stefan erwiderte das Grinsen. »Ja und ich freue mich darauf, die Erleichterung auf Hesters Gesicht zu sehen.«

Liv machte einen Schritt in Richtung der Tür der Reflexion und riss ihre Augen von Stefan weg.

»Oh und Liv?«, bemerkte er hinter ihr und zwang sie, sich umzudrehen.

»Ja?«, antwortete sie.

»Ich verdanke dir mein Leben«, sagte er ihr schlicht und einfach.

Sie schüttelte den Kopf. »Nein, du schuldest mir nichts. Freunde retten sich gegenseitig. Ich habe nur dasselbe getan, was du für mich getan hättest.«

Er ging einen Schritt näher an sie heran, seine Augen tanzten mit einer seltsamen Intensität. »Ich hatte noch nie einen Freund wie dich, jemanden, der sein Leben für meines riskieren würde.«

»Das liegt daran, dass du normalerweise Blutspritzer auf deinen Stiefeln hast, was die meisten, die gerne dein

Freund wären, vermutlich eklig finden«, entgegnete Liv lachend.

Ein Lächeln erhellte seine Augen. »Und du hast recht. Wenn du es gewesen wärst, hätte ich alles riskiert, um dich zu retten. Aber das, was mir an dir gefällt ist, dass du nicht gerettet werden musst. Du, Liv Beaufont, bist anders als alle, die ich je kennengelernt habe.«

Liv wusste nicht, was sie sagen sollte. Sie war sich übermäßig bewusst, wie nahe Stefan ihr stand. Ebenso von ihrem Herzrasen und der Art und Weise, wie ihr Atem plötzlich flach wurde.

Vielleicht spürte er ihre Nervosität. Er trat einen Schritt zurück und zeigte auf die Tür der Reflexion. »Ich denke, dass wir offiziell ›Liv-Beaufont-zu-spät-kommen‹. Das sollte den richtigen Ton für dieses Treffen mit dem Rat setzen.«

Liv lachte. »Das ist genau mein Stil.« Ein zweites Mal machte sie sich auf den Weg zur Tür der Reflexion.

»Oh und noch etwas«, sagte Stefan, als sie nur ein paar Meter von der Tür entfernt war. Liv wollte sich gerade umdrehen, aber bevor sie es konnte, raste Stefan um sie herum und nahm den Platz direkt vor der Tür ein. »Falls du dich fragst, ich habe die Schnelligkeit und Stärke des Dämons beibehalten.«

Liv schluckte. Er war sogar noch näher als zuvor. »Ich habe mich das in der Tat gefragt.«

Er nickte. »Ich weiß. Ich kann dich sozusagen lesen.«

»Ist das ein weiterer Vorteil, wenn man fast zum Dämon wird?«, fragte Liv.

Stefan grinste. »Nein, das gilt nur für dich.«

Der Rat war ruhig, als Liv ihren Platz neben Stefan in der Kammer des Baumes einnahm. Sie schienen damit beschäftigt zu sein, ihre Tablets zu überprüfen. Da sie die beiden einzigen anwesenden Krieger waren, hatte sie gedacht, dass sie sofort die Aufmerksamkeit des Rates erhalten würden, aber dies schien wieder einmal ein albernes Machtspiel zu sein.

»Du bist spät dran«, sagte Adler und schaute nicht auf.

»Wir waren damit beschäftigt, Dämonen zu töten«, antwortete Liv.

Hester blickte auf und sah ihr überrascht ins Gesicht. »Ihr seid beide hier!«

Stefan lächelte, die Hände hinter dem Rücken verschränkt, als er sich ein paar Zentimeter erhob. »Ich habe euch alle vermisst und beschlossen, dem Rat einen Besuch abzustatten.«

Sie zwinkerte ihm mit Freude in ihren Augen zu. »Ich habe dich auch vermisst, Krieger Ludwig.«

Adler seufzte, Ärger in seinem Gesicht. »Wirklich, solche Gefühle zu zeigen, ist höchst unprofessionell. Das wisst ihr beide.«

Liv warf Stefan einen Seitenblick zu. »Denke daran, dass wir keine Menschen mit Emotionen sind. Wir sind Roboter.«

Er nickte. »Verstanden, Roboter Beaufont.«

Adler rollte die Augen und schaute schließlich auf. »Der Rat ist äußerst beschäftigt mit der Überprüfung eines sich entwickelnden Falles. Gebt euren Bericht ab und zwar schnell.«

»Wir haben nicht nur über zwei Dutzend Dämonen getötet, sondern auch einem Dämon ein Ende gesetzt, der für die starke Verbreitung der Krankheit verantwortlich war«, erklärte Stefan.

Clark blickte überrascht von seinem Tablet auf, seine Aufmerksamkeit auf den Krieger gerichtet.

»Herr Ludwig, wenn du deine Zahlen aufblähst, tust du dir keinen Gefallen«, sagte Adler.

Liv schaute Stefan an. »Er hat recht. Diese Zahl liegt weit daneben.«

Stefan stimmte mit einem Nicken zu. »Ja, ich habe dieses Nest in Texas völlig vergessen. Eigentlich waren es drei Dutzend.«

»Das ist unglaublich«, sagte Raina und schenkte ihnen ein breites Lächeln. »Gute Arbeit, ihr beiden.«

»Ja, es scheint, dass ihr beide ein gutes Team seid«, sagte Hester.

Stefan lächelte Liv an. »Ja, wir haben eine harmonierende Dynamik.«

»Habe ich gerade richtig gehört?«, fragte Haro. »Hast du den getötet, den sie den Hauptdämon nennen?«

Stefan drückte seine Jacke zurück und legte seine Hand auf sein Schwert. »Ja, Sabatore ist tot.«

Das Murmeln der Ratsherren war zu hören.

»Sabatore?«, sagte Lorenzo, seine Verwirrung war aus seinem fragenden Ton herauszuhören. »Ich wusste nicht, dass Dämonen Namen haben.«

»Sie waren einmal Menschen«, sagte Liv sofort. »Das sollten wir nie vergessen.«

»Wenn ihr den Meisterdämon tatsächlich getötet habt, wird sich das erheblich auf die Dämonenpopulation auswirken«, sagte Bianca.

»Wir haben ihn tatsächlich getötet«, korrigierte Liv das mürrische Ratmitglied. »Ich habe seinen Kopf in deinem Zimmer gelassen. Ich dachte mir schon, dass du ihn vielleicht haben willst.«

»Das hast du nicht!«, schrie Bianca entsetzt, ihre Nasenlöcher weiteten sich.

»Oh, du wolltest ihn nicht?«, fragte Liv mit gespielter Überraschung, bevor sie einen amüsierten Blick auf Stefan warf. »Ich hätte ihn wahrscheinlich doch nicht in ihr Bett legen sollen.«

»Miss Beaufont, das reicht jetzt«, ermahnte Adler.

»Oh, wolltest du den Kopf?«, fragte Liv, überhaupt nicht abgeschreckt von seinem Tonfall.

»Ich denke, wir alle wissen, dass niemand hier den abgetrennten Kopf eines Dämons haben will«, erklärte Adler.

»Eigentlich wäre der Beweis, dass der Meisterdämon tot ist, recht wertvoll«, korrigierte Haro. »Das ist ein Kunststück, das sowohl die Gunst der magischen Gemeinschaft gewinnen, als auch eine Menge guten Willen bei den Elfen erzeugen wird. Das ist der Schlüssel, den wir bei den laufenden Verhandlungen gesucht haben.«

Adler warf seinen Arm in die Richtung von Stefan und Liv. »Siehst du einen von ihnen den Kopf eines Dämons tragen?«

»Die riesigen Hörner auf dem Kopf von Sabatore wollten nicht in den Seesack passen, den ich dabei hatte. Deshalb haben wir ein Foto gemacht und es zusammen mit unserem Bericht eingereicht«, erklärte Liv.

Alle Ratsmitglieder sahen nach unten, als sie mit der Durchsicht der Akten begannen.

»Wow, du hast diese Bestie getötet?«, fragte Clark, der als erster aufblickte.

Liv zeigte auf Stefan. »Tatsächlich hat er es getan. Ich stand nur daneben und habe schön ausgesehen.«

Stefan lächelte. »Es war eine hundertprozentige Teamleistung. Ohne sie hätte ich es nicht geschafft.«

Adler sah nicht beeindruckt aus, als er aufblickte. »Auch eure Kameradschaft hat bei diesen Treffen keinen Platz.«

»Ich denke, das hat sie absolut«, argumentierte Hester.

»Miss DeVries, wir haben dringendere Angelegenheiten, als diese beiden Lobeshymnen austauschen zu hören«, erklärte Adler.

»Obwohl wir ziemlich beschäftigt sind«, begann Raina, »haben diese Krieger eine unglaubliche Sache erreicht und sollten in der Lage sein, dies zu feiern. Eigentlich denke ich sogar, dass sie es verdient haben, belohnt zu werden.«

Adler seufzte wieder, eine seiner Lieblingsbeschäftigungen. »Ein Krieger wird nicht dafür belohnt, dass er seine Arbeit tut.«

»Vielleicht ist das etwas, das wir ändern sollten«, warf Clark ein und zeigte neues Selbstvertrauen gegenüber Adler.

»Wir sind im Moment nicht in der Lage, unsere Prozesse zu ändern«, sagte Bianca. »Wir stecken mitten in einer großen Verhandlung.«

»Was, wie wir gerade besprochen haben, jetzt viel besser vonstattengehen könnte«, sagte Haro.

»Genug«, sagte Adler und schlug mit der Faust auf die Bank. »Miss Beaufont, hast du die Riesen schon besucht?«

»Nein«, sagte Liv beiläufig. »Ich war damit beschäftigt, die Welt von Dämonen zu befreien.«

»Aber du warst es, die sagte, sie könnte beide Fälle übernehmen«, argumentierte Adler.

»Und das habe ich vor«, erklärte Liv.

»Dann mache es möglich«, sagte Adler. »Und Mister Ludwig, hoffentlich kannst du die verbliebenen Dämonen immer noch loswerden, ohne dass Miss Beaufont deine Hand hält?«

»Was? Wir werden getrennt?«, fragte Stefan, das Lächeln fiel von seinem Gesicht.

»Nun, ja«, sagte Adler, als er sein Gerät durchstöberte und plötzlich abgelenkt wirkte. »Miss Beaufont hat dem Rat eine weitere Zusage gemacht und da Ihr beide die Dämonenpopulation wieder reduziert habt, sehe ich keinen Grund, warum zwei Krieger für den Fall eingesetzt werden sollten. Sind alle anderen einverstanden?«

Es gab ein kollektives Gemurmel von Ja-Stimmen aus dem Rat.

»Nun gut«, erklärte Adler abweisend. »Miss Beaufont, wir erwarten von dir einen prompten Bericht über die Reaktion der Riesen.«

Liv war gerade dabei, eine kluge Bemerkung dazu zu machen, als die schwarze Krähe in der Mitte des Bodens landete und Stefan anstarrte.

Seine Hand zuckte zu seinem Schwert und zog es blitzschnell. Alle Ratsmitglieder schauten auf das Geräusch der Klinge, die aus der Scheide gerissen wurde.

Ihre Augen richteten sich auf Stefan, der die Krähe mit brütender Verachtung betrachtete und dann auf den Vogel.

»Stefan Ludwig, was machst du da?«, fragte Adler.

»Er zeigt allen nur das Schwert, mit dem Sabatore getötet wurde«, log Liv, denn es war Bellator, der den Meisterdämon getötet hatte.

Adler nickte langsam, Unglaube in seinem Blick. »Das ist nicht nötig und ich glaube, ihr wurdet beide entlassen.«

»Richtig«, stimmte Liv zu, packte Stefans Arm und zog ihn zur Tür der Reflexion. »Komm, lassen wir den Rat sein Ding machen.«

Stefan folgte ihr zunächst widerwillig, seine Augen blieben auf die Krähe gerichtet, als ob er dem starken Drang widerstehen wollte, sie abzuschlachten. Das war es, was Renswick gemeint hatte: Stefan würde für immer eine einzigartige Form des Hasses gegenüber dem Bösen empfinden. Und sie würde tun, was Renswick ihr geraten hatte und ihm helfen, damit es ihn nicht überwältigte und irrational machte.

# Kapitel 20

Sophia war noch nicht ganz fertig mit dem Verkleidungszauber, der Liv wie Decar Sinclair aussehen lassen würde. Sie konnte kaum glauben, dass ihre magiebegabte Schwester einen so komplexen Zauberspruch beherrschte, aber wenn es doch jemand schaffen würde, dann wäre es dieses Mädchen, das ein Experte im Verstecken war.

Diese Pause gab Liv die dringend benötigte Zeit, um das Buch von Bermuda zu studieren und zu trainieren. Sie hatte das Gefühl, dass sie die nächsten paar hundert Jahre damit verbringen könnte, die Magie zu studieren und kaum an der Oberfläche zu kratzen, so umfangreich und kompliziert war sie. Ihr Vater hatte es die ›unendliche Kunstform‹ genannt.

»Du beginnst, dich mehr auf deinen Instinkt zu verlassen«, sagte Akio nach dem Training am Nachmittag. »Vorher hast du über deinen nächsten Schritt noch nachgedacht, aber jetzt lässt du dich mehr von Bellator führen.«

Als Liv sich im Trainingsstudio abtrocknete, erzählte sie Akio, wie Bellator sich wie ein Führer verhalten hatte, als sie Dämonen gejagt hatte.

Er nickte, gar nicht überrascht. »Krieger Ludwig hat recht. Dein Schwert ist mehr als eine Waffe. Wenn du es als einen wertvollen Freund behandelst, wird es das auch werden.«

»Es ist komisch, dass ihr beide über Schwerter sprecht, als wären sie lebende Wesen«, bemerkte Liv beim Betrachten von Bellator. Es sah nicht anders aus, nachdem es zum Töten von Sabatore verwendet wurde, aber aus irgendeinem Grund fühlte es sich anders an.

Mit einem ernsten Ausdruck sagte Akio: »Der Unterschied zwischen einem guten und einem großen Krieger besteht darin, dass letzterer seine Waffe als Waffe mit Puls und Geist ansieht. Ein guter Krieger benutzt es als Werkzeug, aber dein Schwert wurde mit einer zeitlosen Magie erschaffen. Es gibt nichts Vergleichbares auf der Welt, das kann ich dir versichern.«

»Glaubst du also, dass die Fähigkeit, die Bellator mir anbietet, darin besteht, mein Führer zu sein?«, hakte Liv nach, nachdem sie in letzter Zeit lange darüber nachgedacht hatte. Eine Verwundung von Turbinger war schließlich tödlich und es speicherte die Erinnerung an jede Schlacht in sich. Rory hatte gesagt, dass der zusätzliche Nutzen, den ein von einem Riesen gefertigtes Schwert seinem Träger bietet, einzigartig ist und nur dann zum Vorschein kommt, wenn diese Person sich richtig mit ihm verband.

»Ich denke, das könnte einer der Vorteile sein«, meinte Akio und richtete seine Augen auf die Klinge. »Doch wie jeder Freund kann das Schwert je nach Situation unterschiedliche Vorteile bieten.« Er zog sein eigenes Schwert, das gebogen war, mit einem aus einem einzigen Minotaurusknochen gefertigen Griff.

»Als ich einmal in der Schlacht war, erleuchtete Rakurai meinen Weg auf ganz ähnliche Weise wie kürzlich dein Schwert für dich«, erklärte Akio und bezog sich dabei auf seine eigene Waffe, die sein Urgroßvater benannt hatte, als er die Klinge für den Enkel schmiedete, der eines Tages ein Krieger für das Haus der Sieben werden sollte.

»Wenn ich das jedoch in jeder Schlacht von Rakurai erwarte, könnte ich zu abhängig von ihm werden und meine eigenen Fähigkeiten nicht nutzen«, erklärte Akio. »Es ist wichtig, offen zu bleiben, damit du dich oder Bellator nicht einschränkst.«

Das war faszinierend für Liv. Sie hatte nicht bemerkt, dass es so viel Magie um Waffen herum gab. Sie waren am Leben und das machte sie noch stolzer, ein Krieger zu sein.

»Welche anderen Vorteile hat Rakurai dir angeboten?«

Ein leichtes Lächeln erschien auf Akios Gesicht. »Es hat mich geführt, als ich verloren war, mich geheilt, als ich verwundet wurde und meine Hand im Kampf gelenkt. Ähnlich wie bei einer Beziehung mit einem Liebhaber sollten einige der intimen Details jedoch privat bleiben. Das ist ein Teil der Verbindung, die dir weitere Vorteile bringt.«

»Soll Bellator also mein Freund oder mein Liebhaber sein?«, fragte Liv und wurde immer verwirrter, aber das war typisch, wenn sie mit Akio sprach. Er sprach gerne in Rätseln, was sie einerseits unterhaltsam fand, es andererseits aber schwer machte, direkt Lehren aus seinen Worten zu ziehen.

»Sollte nicht jeder Liebhaber zuerst dein Freund sein?«, fragte Akio.

Liv nickte. »Ja, ich denke, die Menschen müssen sich erst einmal mögen, bevor sie sich lieben.«

Akio nickte.

Liv betrachtete Bellator mit Belustigung. »Dann sollte ich dich wohl zum Essen einladen. Schön romantisch mit Kerzenlicht, damit wir uns besser kennenlernen.«

Akio sah zur Tür, als er sich aufrichtete.

Liv drehte sich um und fand seinen älteren Bruder in der Türöffnung stehen. Haro beobachtete sie neugierig.

»Brauchst du etwas von mir, Bruder?«, fragte Akio.

Haro schüttelte den Kopf. »Es sei denn, du möchtest uns begleiten«, sagte er, als er zwischen Liv und sich selbst deutete. »Ich hatte gehofft, dass Kriegerin Beaufont mich in mein Arbeitszimmer auf einen Drink begleiten würde.«

Liv neigte den Kopf zur Seite, denn sie hatte diese Einladung nicht erwartet. Sie blickte Akio mit einem fragenden Blick an.

»Wir sind mit dem Training für heute fertig«, sagte Akio und schien sie zu entlassen. »Und ich sollte den Rest meiner Aufmerksamkeit meinem Fall widmen, aber danke für das Angebot, Bruder.«

»Sehr gut«, sagte Haro. »Kriegerin Beaufont, bist du frei, dich mir anzuschließen? Ich denke, es ist überfällig, dass wir reden.«

Liv wusste nicht, was das bedeutete. Sie hatte bisher nicht das Bedürfnis gehabt, mit den Ratsmitgliedern allein sein zu wollen, obwohl es nichts gab, was es ihr strengstens verbot. Sie wusste einfach nicht, worüber Haro mit ihr sprechen wollte.

Fasziniert schritt sie in seine Richtung. »Klar, ich könnte einen Drink gebrauchen, nachdem ich heute hier Prügel bezogen habe.«

»Du hast es besser aufgenommen als beim letzten Mal«, sagte Akio mit einem Lachen in der Stimme.

»Danke … glaube ich.« Liv winkte, als sie Haro nach draußen folgte. Er war stumm, als er den Flur eilig hinunterging, seine Seidengewänder flatterten hinter ihm her. Er sah fast genauso aus wie sein Bruder, obwohl er viel älter war. Akio, das hatte sie bemerkt, behandelte ihn eher wie eine Vaterfigur als einen Bruder. Vielleicht war das ein Teil ihrer Kultur oder es lag einfach nur am Altersunterschied.

Als sie in die Takahashi-Residenz kamen, hielt Haro die Tür für Liv auf. Ihr Wohnraum unterschied sich stark von der Suite, in der Clark und Sophia lebten. Der Platz ihrer

Geschwister war warm, mit Ölgemälden und Musikinstrumenten. Die Möbel erinnerten an altes englisches Design. Im Gegensatz dazu hatte das Takahashi-Haus niedrige Tische und Sitzecken. Das Hauptwohnzimmer wurde durch dekorative Trennwände abgetrennt. Liv fühlte sich, als sei sie durch ein Portal nach Tokio getreten.

»Mein Arbeitszimmer ist da drüben«, sagte Haro und zeigte auf eine Tür. »Ich dachte, das wäre ein netter Ort, an dem wir uns unterhalten können, aber wenn du ein neutraleres Gebiet bevorzugst, können wir in den Hauptspeisebereich gehen. Es ist nur so, dass er wenig Privatsphäre bietet und ich bevorzuge den Sake, den ich vorrätig halte, statt dem, den der Chefkoch im Sortiment hat.«

»Das ist in Ordnung«, sagte Liv, die immer noch unsicher war, worüber Haro möglicherweise mit ihr sprechen wollte. Warum sollten sie Privatsphäre brauchen?

Das Studio war ähnlich aufgebaut wie der Hauptwohnbereich. Es war reich an Büchern und schönen japanischen Kunstwerken.

Als Haro auf einen Sitzplatz zeigte, blieb Liv stehen, die Füße hüftbreit auseinander und die Hände hinter dem Rücken gefaltet. Dies schien für Haro akzeptabel zu sein, da er ihr kurz zunickte und zu einem mit Getränken beladenen Tisch schritt.

»Ich bin sehr beeindruckt, dass du und Krieger Ludwig den Meisterdämon getötet habt«, sagte Haro und goss klare Flüssigkeit aus einer Karaffe in kleine Sake-Gläser.

»Danke«, sagte Liv. »Ich will nicht sagen, dass das einfach war, aber jetzt, wo es erledigt ist, wird Stefans Arbeit hoffentlich leichter zu bewältigen sein.«

Haro reichte ihr eines der Getränke. »Die Arbeit eines Kriegers wird nie leicht sein. Wenn wir ein Übel auslöschen, erhebt sich etwas anderes, um es zu ersetzen.«

## DIE TRIUMPHIERENDE TOCHTER

»Das ist eine zynische Ansicht.« Liv hob den Sake an ihre Nase, der Duft verengte sofort ihre Nasenlöcher. Sie war kein Fan von Sake, aber sie wollte auch nicht unhöflich sein. Nachdem sie einen winzigen Schluck genommen hatte, hielt sie ihre Reaktion auf den starken Alkohol von ihrem Gesicht fern.

Haro hielt sein Glas hoch und nickte ihr zu, als ob sie anstoßen wollten. »Das ist es. Wir existieren jedoch als Haus der Sieben, um das Gleichgewicht in der Welt zu wahren.«

Liv nahm noch einen Schluck und fragte sich, wohin das führen würde. Sie vertraute Akio, aber Haro war anders. Er hatte dafür gestimmt, dass sie in das Königreich der Fae ging und Dämonen jagte, zwei Fälle, von denen viele der Ratsmitglieder dachten, dass sie sie ausschalten würden.

»Du hast für ziemliches Aufsehen unter den Ratsmitgliedern gesorgt«, bemerkte Haro.

»Hast du mich deshalb hergebeten?«, hakte Liv nach.

Haro schüttelte den Kopf. »Dazu werden wir gleich kommen. Ich wollte nur auf das Offensichtliche hinweisen. Adler glaubt, dass du an einer eklatanten Missachtung von Autorität leidest.«

Liv lachte und konnte sich nicht zurückhalten. »Ich habe eine Abneigung gegen dumme Gesetze und bin dagegen unseren Willen anderen magischen Kreaturen aufzuzwingen.«

»Du sprichst über Gerechtigkeit wie deine Mutter«, sagte Haro, als er sein Glas leerte. »Sie sagte oft, dass der Rat zwar Gesetze vorantreibt, aber die Gerechtigkeit ignoriert.«

»Was denkst du?«, fragte Liv.

»Ich glaube, es gibt kein schwarz-weiß«, erklärte Haro. »Einige Gesetze sind möglicherweise veraltet. Überschreiten wir unsere Grenzen? Es ist schwer zu wissen, da unsere

Perspektive die einzige ist, die wir klar sehen. Der Rat tut sein Bestes, um zu verstehen, wo die Bemühungen unserer Krieger am besten eingesetzt werden könnten, aber wir sind immer parteiisch.«

»Meinst du nicht, dass wir allzu oft die Gesetze ignorieren, die uns nicht passen und die Gesetze verstärken, die den Magiern zugutekommen?«, fragte Liv.

»Was mich mehr interessiert, ist, dass du das tust«, entgegnete Haro, der im Schneidersitz auf einem Kissen am Boden saß.

»Warum sollte das für dich von Interesse sein?«, fragte Liv. Es war ihr unangenehm, auf Haro herabzusehen und ob er das nun erzwingen wollte oder nicht, sie nahm ihm gegenüber Platz, sodass sie auf Augenhöhe waren.

»Kriegerin Beaufont, es ist schon lange her, dass wir eine neue Perspektive in diesem Haus hatten«, begann Haro. »Ja, es sind neue Familien zu uns gekommen. Die Ludwigs sind relativ neu. Sie wurden jedoch in die Welt der Magie eingebettet aufgezogen.«

»Das war ich auch«, argumentierte sie.

Seine Lippen schrumpften in einem konträren Lächeln. »Du warst es, aber niemand würde deine Eltern oder deine Familie für typisch unter Magiern bezeichnen. Deine Eltern haben, genau wie du, die Dinge auf ihre eigene Weise getan und deshalb glaube ich, dass ihre Kinder unabhängig von der Doktrin des Hauses denken.«

Liv wollte argumentieren, dass Clark nur für sich selbst dachte, wenn er dazu aufgefordert wurde, aber sah davon ab, den Schlag gegen ihren Bruder auszuführen.

»Ich hatte das Vergnügen, mit Ian und Reese zu arbeiten und ich bedaure ihren Tod«, sagte Haro sachlich. »Ich glaube jedoch, dass deine Zeit außerhalb des Hauses für dich gewisse Vorteile gebracht hat. Soweit ich weiß, bist du gegangen, weil dir die Art und Weise, wie der Rat seine Geschäfte führt, nicht gefiel.«

»Ihr habt die Ermittlungen zum Tod meiner Eltern vorzeitig beendet«, argumentierte Liv und schnitt ihm das Wort ab. Haro war zu dieser Zeit noch nicht im Rat gewesen, aber sein Vater schon. Wenn er sich von dieser Kränkung der Entscheidungsfindung seines Vaters beleidigt fühlte, war ihm das nicht anzusehen.

»Und genau das meine ich«, sagte Haro stolz. »Ich vermute, dass seit Langem niemand den Rat auf diese Weise herausgefordert hat. Das ist eine einzigartige Qualität bei dir, die ich zu schätzen gelernt habe.«

»Du findest es also nicht störend in unseren Sitzungen?«, versicherte sich Liv und war überrascht, das von Haro zu hören.

Er schüttelte den Kopf. »Das ist meine Agenda hinter dieser Diskussion mit dir. Ich denke, das Schlimmste, was du zu diesem Zeitpunkt tun könntest, wäre, dich den Standards des Rates anzupassen.«

»Ermutigst du mich dazu, bei den Treffen zu rebellieren und mich über Adler lustig zu machen?«, wagte Liv zu fragen.

Mit einem amüsierten Funkeln in den Augen sagte Haro: »So etwas würde ich nie sagen. Ich habe jedoch bemerkt, dass deine Ablehnung des Status quo und die Anfechtung von Befehlen eine Verschiebung bewirkt. Diese kleine Welle könnte überfällig sein. Ich denke, dass deine Zeit außerhalb des Hauses der Sieben dir eine gewisse Objektivität verliehen hat, die in diesem Stadium unserer Geschichte notwendig ist.«

»Ich verstehe das nicht«, sagte Liv und kratzte sich am Kopf. »Ich dachte, im Rat ginge es nur um Ordnung, aber du sagst mir insgeheim, dass ich ein Rebell bleiben soll. Ist das richtig?«

»Wusstest du, dass meine Großmutter ein Orakel war?«, fragte Haro.

Liv schüttelte den Kopf.

»Ja, zu ihrer Zeit dachten viele, dass sie nur eine verrückte, alte Frau sei, die Unsinn redet«, erklärte Haro. »Erst als viele ihrer Prophezeiungen eintraten, wurde sie für ihre Visionen respektiert.«

»Es ist erstaunlich, wie viele Menschen, die für verrückt gehalten werden, tatsächlich intelligent sind, wenn sie das sehen, was der Rest von uns nicht sieht«, bot Liv an.

»Gut gesagt, Kriegerin Beaufont«, erklärte Haro. »Großmutter Kazuko machte viele, viele Prophezeiungen über die Zukunft, aber sie gingen verloren.«

»Verloren?«, fragte Liv und lehnte sich plötzlich nach vorne. »Wie ist das möglich?«

»Damals hatten wir nicht so viel magische Technik«, vermittelte Haro. »Es war die Generation meines Vaters, die dem Haus der Sieben das auferlegte.«

»Du sagst das so, als wärst du mit der Entscheidung nicht einverstanden«, bemerkte Liv.

»Ähnlich wie deine Eltern sah ich die Grenzen bei der Verbindung unserer Magie mit Technologie«, erklärte Haro. »Wir wissen, wie wilde Magie auf Elektronik reagiert. Ich bin mir nicht sicher, wo ich im Moment stehe. Manchmal reicht es aus, einfach nur zu wissen, dass man es nicht weiß.«

Haro sprach in Rätseln, ähnlich wie sein Bruder, wie Liv bemerkte.

„Es gibt ein Zitat, das besagt: ›Es gibt Jahre, die Fragen stellen, und Jahre, die Antworten geben‹«, erzählte sie und erinnerte sich an die Zeile aus »*Ihre Augen beobachteten Gott.*«

## DIE TRIUMPHIERENDE TOCHTER

Haro nickte. »Und es gibt ein japanisches Sprichwort, das besagt: ›Ein Frosch im Brunnen kennt das große Meer nicht‹.«

Der verwirrte Gesichtsausdruck von Liv veranlasste Haro dazu, weiterzureden. »Ich meine, dass das Haus seit Langem begrenzt ist. Wir bilden Urteile auf der Grundlage unserer Erfahrungen und ich glaube, dass sie zu eng gefasst sind. Die meisten von uns verkehren beispielsweise nicht mit Sterblichen, wie du es tust. Wir leisten anderen magischen Rassen keine Gesellschaft. Wir sind Frösche in einem Brunnen.«

»Und deshalb ermutigst du mich, weiterhin ich selbst zu sein?«, fragte Liv und lachte dann. »Ich bin mir nicht sicher, ob ich aufhören könnte, selbst wenn ich es versuchen würde. Adler ein Dorn im Auge zu sein, gibt meinem Leben einen Sinn.«

»Ich vermute, dass du recht hast, aber ich weiß auch, dass sich einige im Rat nach der Ordnung sehnen, die du ständig störst.«

Und sie waren endlich am richtigen Thema dran, dachte Liv. Darum ging es bei diesem Treffen. Der Rat sprach offener darüber, wie man Liv ›managen‹ konnte.

»Wie ich schon sagte«, begann Haro, »Großmutter Kazuko machte viele Vorhersagen. Ich bin mir nicht sicher, was mit diesen Aufzeichnungen passiert ist, aber glücklicherweise haben wir in der Familie Takahashi eine Tradition des Geschichtenerzählens, um unsere Geschichte zu bewahren. Es war die Absicht meiner Vorfahren, dass, wenn etwas unsere Geschichte zerstört hat, es in unserer Erinnerung erhalten bleiben kann. Aus diesem Grund gab meine Mutter viele der Geschichten, die ihre Mutter ihr erzählte, weiter.«

»Und das waren Prophezeiungen?«, fragte Liv und fragte sich, was mit den Aufzeichnungen wohl passiert sein könnte. Wieder einmal war etwas von großer Bedeutung verschwunden. Sie könnte ein Vermögen verdienen, wenn sie ein Fundbüro für Zauberer eröffnen würde.

»Ja und eine solche Prophezeiung sprach von einem Krieger für das Haus der Sieben«, vermittelte Haro. »Großmutter Kazuko sah voraus, dass diese Person viel Reibung unter den Mitgliedern erzeugen, aber dabei auch etwas zutage fördern würde, was das Fundament, auf dem wir stehen, erschüttern wird.«

»Diese Person klingt, als würde sie alles ruinieren«, erzählte Liv mit einem morbiden Lachen.

»Für diejenigen, die andere versklaven, *macht* der Revolutionär alles kaputt«, sagte Haro, sein Ton war ziemlich ernst. »Der Rebell, der den Diktator stürzt, erschüttert auch das Fundament und doch bleibt die Gerechtigkeit ohne ihn oft auf der Strecke.«

»Was glaubst du, auf wen sich deine Großmutter bezog?«, fragte Liv.

Haro senkte sein Kinn mit einem Gesichtsausdruck, der sagte: »Was glaubst du, wer das ist?«

»Ich verstehe, dass ich störend wirke und die Dinge auf meine eigene Weise mache, wie in dem berühmten Frank-Sinatra-Song, aber ich bin mir nicht sicher, ob ich die Person aus dieser Zukunftsvision bin«, erklärte Liv.

Haro zuckte die Achseln, als ob er ihr nur halb zustimmen würde. »Es ist unmöglich, das zu wissen.« Er leckte sich die Lippen, die Augen zur Seite gerichtet. »Ich bin mir sicher, dass du es nicht bist, denn die Prophezeiung sagte, dass dieser besondere Krieger ein von Riesen geschmiedetes Schwert halten würde.« Sein Blick richtete sich auf Bellator an ihrer Hüfte. »Das bist doch nicht etwa du, oder?«

Liv spannte sich an. Schluckte. Sie schüttelte den Kopf. »Nein, das bin nicht ich. Aber es ist eine interessante Prophezeiung.«

»Ja, das ist sie«, stimmte Haro zu. »Und ich denke, wir sind überfällig für eine Revolution. Ich vermute, dass viele das glauben, aber es offen zu sagen, scheint töricht zu sein.«

»Ich spüre, dass die Ratsmitglieder sich nicht gerne gegen Adler und die Macht, die er scheinbar ausübt, stellen.«

Haro nickte. »Adler hat eine gewisse Kontrolle über den Rat. Es ist mir selbst ein Rätsel, aber ich habe mich unbewusst allzu oft seinem Willen gebeugt, obwohl ich nicht ganz sicher bin, warum.«

»Es klingt, als hätte Adler den Rat einer Gehirnwäsche unterzogen«, sagte Liv.

Er hatte einen unsicheren Gesichtsausdruck. »Ich bin mir nicht sicher.«

»Ist das der Grund, warum du für mich gestimmt hast, um auf Todesmissionen zu gehen, wie in das Königreich der Fae und die Dämonenjagd, als ich noch nicht voll ausgebildet war?«, versuchte Liv zu erfahren.

Haro lächelte zum ersten Mal überhaupt und sah daher nun seinem Bruder sehr ähnlich. »Oh, nein. Ich habe dafür gestimmt, dass du diese Missionen aus eigenem Antrieb durchführst.«

»Weil du mich tot sehen wolltest?«, scherzte Liv.

Er schüttelte den Kopf. »Nein. Ich habe dafür gestimmt, damit du stärker wirst und ich glaube, genau das bist du geworden.«

## Kapitel 21

»Diese Prophezeiung handelt von dir, nicht wahr?«, fragte Sophia Liv, als sie den Bürgersteig zu Rorys Haus entlang gingen.

Clarks Paranoia hatte begonnen, auf Liv abzufärben, sodass sie ab und zu über ihre Schulter blickte und sich um Sophia sorgte. Sie hatte den Trip mit ihm abgesprochen, bevor sie das Haus der Sieben verließen, wie sie vereinbart hatten. Als er ihr zum fünften Mal sagte, sie solle »vorsichtig sein«, hätte sie ihn fast geschlagen. Doch nun, da sie mitten am Tag mit der beeindruckendsten jungen Zauberin der Welt unterwegs war, setzte die Angst ein. Wenn jemand wüsste, was Sophia tun konnte, würde er … Liv konnte sich nicht erlauben, so zu denken. Sophia würde nichts passieren. Liv würde es niemals zulassen.

»Ich bin mir nicht so sicher«, sagte Liv und fragte sich, ob sie Sophia so viele Details hatte mitteilen sollen. Sie und Clark waren jedoch übereingekommen, völlig ehrlich zueinander zu sein und sie war der Meinung, dass dies auch für Sophia galt. Wäre sie für ihr Alter nicht so weit fortgeschritten gewesen, wäre Liv durchaus in den Sinn gekommen, die Wahrheit vor ihr zu verheimlichen, aber Sophia hatte mehr verdient. Sie hatte es sich verdient. Außerdem schätzte Liv die Meinung der kleinen Magierin mehr als alles andere.

Sophia zeigte auf das Schwert an ihrer Hüfte, das so verzaubert war, dass die Sterblichen es nicht sehen konnten, wenn sie auf der Straße an ihnen vorbeigingen. »Ist Bellator nicht von Riesen gemacht? «

»Ja, aber wir haben keine Ahnung, wie viele Krieger schon ein von Riesen geschmiedetes Schwert hatten.«

Sophia spitzte die Lippen und schenkte Liv einen skeptischen Ausdruck. »Okay, aber welche anderen Krieger stellen den Rat auf Schritt und Tritt infrage?«

»Mama hat es getan«, zwitscherte Liv.

Sophia nickte. »Aber sie hatte kein von Riesen geschmiedetes Schwert.«

»Nein, sie ließ sich offenbar von einem Elfen ein Schwert speziell anfertigen«, sagte Liv und erinnerte sich daran, dass sie ein Schwert an der Hüfte ihrer Mutter sah, als sie nachts hereinkam, ihr Haar vom Wind zerzaust und ihre Augen vor Adrenalin funkelnd von dem, was sie als Kriegerin getan hatte. Inexorabilis war offenbar ein unglaubliches Schwert, das viele Kräfte besaß. Der Gedanke brachte viele Erinnerungen an die Oberfläche: Liv sah zu, wie ihre Mutter Inexorabilis vor dem Feuer schärfte, Guinevere betrachtete das Schwert mit Stolz, als es an der Wand hing, die Waffe schickte einen Stromschlag an Liv, als sie versehentlich beim Umarmen ihrer Mutter dagegen stieß.

»Sie starb mit diesem Schwert, nicht wahr?«, fragte Sophia.

Liv dachte einen Moment lang nach. »Angeblich. Ich kann mir nicht vorstellen, dass sie es irgendwo zurückgelassen hätte.«

Der Gedanke an ihre Mutter und ihr Schwert ließ alles, was Akio ihr über die Waffe eines Kriegers zu vermitteln versuchte, wieder in ihren Gedanken präsent werden.

»Ich wette, du bist der Krieger, der das Fundament des Hauses der Sieben erschüttern soll«, sagte Sophia begeistert, als sie um die Ecke zu Rorys Haus bogen.

»Ich glaube, Haro sagte, diese Person würde das Fundament zertrümmern und nicht nur erschüttern«, korrigierte Liv.

»Wow, du wirst ein legendärer Krieger sein«, sagte Sophia mit einem Keuchen. »Sie werden tonnenweise Geschichtsbücher über dich schreiben.«

Liv schüttelte den Kopf. »Nein, es gibt keine Geschichte über die Krieger oder irgendjemanden vom Haus der Sieben, erinnerst du dich? Ich habe gesucht und alles ist verschwunden oder wurde nie geschrieben oder fiel in das gleiche Loch, wie die Prophezeiungen, die Haros Großmutter gemacht hat.«

»Na ja, aber dann kommst du und änderst alles und danach gibt es eine Geschichte«, sagte Sophia, ihre blauen Augen funkelten vor Aufregung.

»Eigentlich bin ich mir nicht sicher, warum Haro mir das sagen sollte«, sagte Liv, nachdem sie endlich die Gelegenheit hatte, über ihr Gespräch mit dem Magier nachzudenken. »Jemand, der das Fundament des Hauses der Sieben zertrümmert, klingt wie ein Feind. Diese Person klingt tödlich.«

»Warum sollte Haro dir dann davon erzählen und dich auch dazu ermutigen, weiterhin deinen Weg zu gehen?«, fragte Sophia.

»Ich weiß es nicht«, sagte Liv und schüttelte den Kopf, als sie die Veranda zu Rorys Haustür hinaufstiegen. »Ich bin mir immer noch nicht ganz sicher, ob man ihm vertrauen kann.«

Die Tür zu Rorys Haus öffnete sich, als sie sich näherten, so wie es immer der Fall war. Aus diesem Grund argumentierte Liv normalerweise, dass der Riese wusste, dass sie da waren und dies seine Art war, sie zu begrüßen. Das erklärte jedoch nicht, warum er Strumpfhosen trug und in der Mitte seines Wohnzimmers Yoga machte.

Wie es Liv bei ihren Besuchen oft tat, hielt sie inne und schaute den Riesen ungläubig an. »Mmh, was genau machst du da?«

Sophia kicherte und hielt sich den Mund zu, als Junebug hinter dem Sofa hervorschoss und unter Rory hindurchlief, der sich in einem nach unten gerichteten Hund befand.

»Ich versuche mich zu erinnern, ob es irgendwelche Anweisungen gibt, die ich dir mitteilen muss, bevor du losgehst«, sagte er, seine Stimme war schroff, weil er auf dem Kopf stand.

Liv blickte auf Sophia hinunter und genoss das Lächeln auf dem Gesicht des kleinen Mädchens, als Junebug versuchte, mit Rorys baumelnden Locken zu spielen.

»Mmmh … nein, ich glaube, wir fragen uns, warum du Yoga in der Mitte deines Wohnzimmers machst«, sagte Liv.

»Ich strecke meine Waden, sieht man doch«, sagte Rory, erweiterte seinen Stand und trat mit den Füßen.

»Er tut immer etwas Unerwartetes«, sagte Liv schmunzelnd zu Sophia.

Die junge Magierin ließ die Tasche fallen, die sie trug und gesellte sich zu Rory, um sich auch in den nach unten gerichteten Hund zu begeben. »Ich halte das für eine großartige Idee. Liv, du solltest dich uns anschließen.«

»Ich würde ja, aber ich habe meine Yogahose im Laden gelassen, zusammen mit Rorys Riesenkarte«, erklärte Liv und verschränkte die Arme über ihrer Brust.

Rory richtete sich mit den Händen auf und erhob sich, rot im Gesicht. »Yoga ist eine uralte Praxis, die den Atem mit dem Körper verbindet und Raum schafft.«

Sophia tauchte neben ihm auf, ihre blonden Locken fielen ihr ins Gesicht. »Ich glaube nicht, dass Rory deswegen weniger ein Riese ist, nur weil er Yoga macht.«

»Das stimmt«, erklärte Rory, bevor Liv etwas sagen konnte. »Riesen sind solchen Dingen gegenüber sehr verschlossen. Meine Mutter hat mich ganz anders erzogen als die meisten anderen und mir eine Ausbildung angeboten, die ziemlich einzigartig war.«

Liv stupste Sophia in die Seite. »Er war verkleidet auf einem Mädcheninternat.«

Rory rollte die Augen. »Mama dachte einfach nicht, dass ich mich wie ein Barbar verhalten müsste. Sie war der Stereotypen überdrüssig und wollte mir andere Möglichkeiten bieten.«

»Damit hat sie einen Riesen geschaffen, der nicht zu seiner eigenen Art passt«, bemerkte Liv.

»Ich will mich nicht einfügen«, argumentierte er.

»Dito«, sagte Liv mit einem Augenzwinkern.

»Wir sollten also dankbar sein für Eltern, die uns eine ganzheitliche Erziehung gegeben haben«, fügte Sophia hinzu.

Rory warf ihr einen ungläubigen Blick zu.

Liv lachte. »Ich weiß. Ich bin mir ziemlich sicher, dass sie eine Betrügerin ist, die sich nur als Achtjährige ausgibt. Sie spricht sicher nicht wie eine.«

»Apropos Betrüger«, begann Rory, »konntest du den Zauber zur Verkleidung von Liv vollenden?«

Sophia nickte und holte ihre Tasche. »Ja, aber zuerst habe ich eine Frage. Haben andere Krieger ein von Riesen geschmiedetes Schwert gehabt?«

Rory fuhr sich mit der Hand durch die Haare. »Ich weiß nicht, wie das möglich wäre. Riesen interagieren nicht mit Magiern …«

»Außer dir«, sagte Liv.

»Nun, wie wir besprochen haben, bin ich anders«, wiederholte Rory.

»Und er hat mich früher wirklich nicht gemocht«, sagte Liv augenzwinkernd zu Sophia.

»Was meinst du mit ›früher‹?«, fragte Rory spöttisch ernsthaft.

»Du liebst mich total und das weißt du auch«, erklärte Liv.

»Ich toleriere dich nur mehr als früher«, erwiderte er, bevor er einen Blick auf Sophia warf. »Und um deine Frage weiter zu beantworten: Von Riesen geschmiedete Schwerter fliegen nicht einfach so herum, dass jeder Magier sie in die Finger bekommt. Sie werden bewacht und es gibt nicht viele da draußen, da die Kunstform sie zu schmieden aussterben wird. Da es in letzter Zeit keine Kriege gab, war es nicht notwendig, Schwerter herzustellen. Mein Großvater war der letzte berühmte Schwertschmied.«

»Aber er hat dich gelehrt, wie man Schwerter herstellt und ihnen dann noch Riesen-Magie einhaucht«, erklärte Liv.

»Ja, aber das weiß niemand«, sagte Rory. »Nicht einmal Mama.«

»Da hast du es«, sagte Sophia und begann, Gegenstände aus ihrer Tasche zu ziehen. »Die Prophezeiung handelt von dir.«

»Prophezeiung?«, fragte Rory und schaute Liv mit Sorge an.

Sie erklärte, was Haro ihr gesagt hatte. Die Besorgnis in seinem Gesicht vertiefte sich, als sie ihm die Geschichte erzählte.

»Ein weiteres fehlendes Stück Geschichte«, sagte er fast zu sich selbst. »Das kann nicht gut sein.«

»Aber glaubst du nicht, dass dieses Orakel sich auf Liv bezog?«, fragte Sophia.

»Oh, ganz bestimmt«, sagte Rory mit sichtbarem Schaudern. »Ich mache mir nur Sorgen über die Folgen für die magische Bevölkerung, nachdem sie das Haus der Sieben zerschlagen hat.«

Liv seufzte laut. »Kommt schon, Leute. Das ist lächerlich. Ich mache nichts kaputt, außer vielleicht modische Regeln.«

»Du hast Sabatore besiegt«, argumentierte Sophia.

Liv schüttelte den Kopf. »Das war Stefan.«

»Sie fand den verborgenen Raum mit den magischen Kanistern«, sagte Rory zu Sophia und nickte.

»Ganz zu schweigen von dem Teil, den ihr über die fehlende Geschichte des Krieges zwischen Sterblichen und Magiern gelernt habt«, fügte Sophia hinzu.

Liv wollte schreien oder mit den Füßen stampfen, oder vielleicht beides. »Im Ernst, ihr habt doch Probleme mit den Ohren! Ich bin nur eine dumme Kriegerin, die einfach ein Platzhalter ist, bis Sophia die Aufgabe übernimmt.«

»Das ist in zwölf Jahren«, argumentierte Sophia.

»Eigentlich in elf Jahren und vier Monaten«, korrigierte Liv.

Rory trommelte mit den Fingern auf die Lippen und dachte nach. »Ich habe sowas schon geahnt, aber bei allem, was passiert ist, fürchte ich, dass die Revolution beginnt, bevor wir vorbereitet sind.«

»Was musst du tun?«, fragte Liv. »Revolutionäre Kuchen backen?«

Rory schnaufte. »Was auch immer das Haus der Sieben stört, wird weitreichende Auswirkungen auf die anderen magischen Geschöpfe haben. Darauf müssen wir vorbereitet sein.«

»Nun, ich bin derjenige, der den Vorschlaghammer hält, das sagt ihr beide«, sagte Liv mit einem Lachen. »Was soll ich also tun?«

»Lass es uns wissen, bevor du ihn schwingst«, erklärte Rory mit einem seltenen Lächeln.

»Bist du bereit, ein mürrischer alter Mann zu werden?«, sagte Sophia, indem sie eine Trankflasche hochhielt und den Inhalt im Auge behielt.

»Wenn du es so ausdrückst, nein, absolut nicht«, sagte Liv.

Eine Karte erschien in Rorys Hand. »Die brauchst du, um die Riesen zu finden.«

»Ich dachte, sie befinden sich auf der Isle of Man«, sagte Liv und nahm die Karte. »Ich dachte, das sei ein gut dokumentiertes Gebiet.«

»Ja, aber das Gebiet, in dem die Riesen sind, ist durch dieselbe Magie geschützt wie mein Haus«, erklärte Rory.

»Jemand muss also den genauen Standort haben, speziell für seine Augen aufgeschrieben, damit man ihn finden kann«, vermutete Liv.

»Ja, deshalb wäre Decar für diese Mission am sinnvollsten«, erklärte Rory.

»Wie erwartet der Rat dann, dass ich den Ort finde?«, fragte Liv.

Rory gab ihr einen verärgerten Ausdruck. »Ich glaube, im Moment ahnen sie, dass du es herausfinden wirst.«

»Sie wissen wahrscheinlich, dass du einen Riesen als Freund hast«, sagte Sophia. »Ihr beide seid immer zusammen.«

Liv schürzte ihre Lippen. »Er hält mich nicht für einen Freund und sie würden uns nicht zusammen sehen, weil Rory sich immer selbst verzaubert, wenn wir zusammen in der Öffentlichkeit sind. Vielleicht liegt es daran, dass sein Haar grauenhaft ist.«

»Es ist mir peinlich, mit dir gesehen zu werden«, konterte Rory.

»Weil ich wie ein Obdachloser gekleidet bin?«

»Genau«, erklärte Rory.

»Okay, ich habe also die Karte, die mich auf die Insel und dorthin bringt, wo die verrückten Riesen Touristen über einem Feuer rösten«, sagte Liv. »Was dann?«

»Dann muss man sie so behandeln, wie Decar es tun würde«, erklärte Rory.

»Als wäre ich fantastisch und sie Bürger vierter Klasse?«, mutmaßte Liv.

»Genau«, bekräftigte Rory. »Decar würde immer nur mit dem Chef sprechen, der der gemeinste Riese ist, den ich je getroffen habe.«

»Soll ich den Kerl beschimpfen?«, fragte Liv.

»Ja, du übst deine Überlegenheit über ihn aus, während seine Legion von Riesen zuschaut«, sagte Rory.

»Warum genau habe ich mich dafür noch mal gemeldet?«, fragte Liv.

»Weil du dumm bist?«, bot Rory an.

»Weil du Turbinger schützen wolltest«, konterte Sophia.

»Nun, du hast deiner Mutter gesagt, dass ich komme, oder?«, fragte Liv Rory. »Bermuda wird mir helfen, wenn es schiefgeht, nicht wahr?«

»Misstres Laurens für dich«, korrigierte er. »Und nein. Ich dachte, es wäre besser, wenn sie es nicht weiß. Sie ist nicht so sehr in dich verliebt wie du vielleicht denkst und es würde sie wahrscheinlich dazu drängen, dich zu häuten, wenn sich ihr die Gelegenheit dazu bietet.«

Liv machte eine großartige Show, indem sie sich vor dem Riesen verneigte. »Ich bin sehr dankbar, mein Leben für dein Volk riskieren zu dürfen.«

»Nicht der Rede wert«, sagte er herablassend und widmete Sophia seine Aufmerksamkeit. »Die Verzauberung, wie lange wird sie anhalten?«

»Je nach Livs Stressniveau, zwischen einer und drei Stunden«, antwortete Sophia.

»Warte, was?«, fragte Liv.

»Der Zauber hängt von deiner Stimmung ab«, erklärte Sophia. »Je gestresster du bist, desto weniger effektiv ist er. Du musst also ruhig bleiben, sonst hält der Zauber nicht lange an.«

Liv schloss die Augen und ballte die Fäuste. »Okay, tu es mir an. Ich bin bereit, ein mürrischer alter Albino zu werden.«

»Du musst zuerst diesen Trank schlucken«, erklärte Sophia und drückte Liv ein Fläschchen in die Hand.

»Was ist das?«, fragte sie und öffnete wieder die Augen.

»Es ist ein Auslöschungstrank.«

»Das ist sehr klug, Sophia«, lobte Rory das Mädchen.

»Danke«, sagte sie mit einem Lächeln. »Ich dachte, der Verkleidungszauber hätte eine bessere Chance zu wirken, wenn wir Livs Auftritt zuerst ausblenden würden.«

»Worüber redet ihr zwei Verrückten?«, fragte Liv, die den violetten Schlamm in der Ampulle im Auge hatte.

»Der Trank löscht ... nun, dich, was es mir erleichtern wird, die Erscheinung von Decar auf deine zu prägen«, sagte Sophia.

»Oh, lösch mich aus«, sagte Liv und schüttete den Trank herunter. »Dann ist es ja keine große Sache.«

»Nun, es besteht die Möglichkeit, dass das, was dich ausmacht, für immer weg sein könnte«, warnte Sophia.

Liv wäre fast an der schrecklich schmeckenden Substanz erstickt.

»Aber ich bin sicher, das wird nicht passieren«, versicherte Sophia Liv in Eile. »Es ist nur eine zusätzliche Vorsichtsmaßnahme.«

Liv erwartete, dass sie verschwinden würde, wie sie es tat, als Sophia sie unsichtbar gemacht hatte. Stattdessen wurde sie undurchsichtig, als wäre sie in eine Wolke getreten. »Okay, das ist seltsam.«

»Und es wird noch seltsamer werden«, warnte Sophia und zeigte mit dem Finger auf ihre Schwester, als diese die Augen zudrückte. »Okay, wird schon nichts schiefgehen.«

»Du meinst ›alles‹«, korrigierte Liv und spürte, wie sich ihre Form veränderte. Ihre Augen erhoben sich in die Luft und sie fühlte sich überall ganz anders an, genau so, als ob sie in einen neuen Körper getreten wäre.

Liv blickte auf die schwarzen Gewänder und die langen Finger an ihren Händen, die sie hin und her drehte. »Oh, ekelhaft. Ich bin ein verkrampfter Idiot, der nicht oft genug duscht.«

Sophia lächelte ihre Schwester breit an. »Ja, du siehst perfekt aus. Genau wie Decar.«

## Kapitel 22

Liv trat durch das Portal und verlor fast den Halt auf den losen Felsen in der Höhle am Ufer der Isle of Man. Sie war es nicht gewohnt, so groß oder schlaksig zu sein und sie mochte es nicht, dass ihr Kopf so weit vom Boden entfernt war.

»Du musst mit einer gewissen Zuversicht gehen«, bot Plato seinen unerwünschten Rat an, als er sie von seinem Sitzplatz auf einem großen Felsen aus belustigt ansah.

»Wenn ich über moosbewachsenen Fels laufe?«, fragte sie.

»Immer«, bot Plato an. »Im Moment läufst du so, als wäre das nicht dein Körper und du wärst nicht daran gewöhnt.«

»Genau, das bin ich auch nicht«, stimmte Liv zu.

»Aber Decar ist es und die Riesen werden es merken, wenn er sich nicht so verhält.«

Liv wusste, dass er recht hatte. »Ich weiß einfach nicht, was ich mit all diesen Armen und Beinen machen soll. Dieser Kerl nimmt einfach viel zu viel Platz ein.«

»Und er ist nicht so schön anzusehen«, fügte Plato hinzu und richtete seine Aufmerksamkeit auf den Ozean, der gegen das nahe gelegene Ufer schlug.

»Du bist so oberflächlich«, bemerkte Liv. »Du wärst also nicht der Freund von Decar, weil er so hässlich ist?«

»Und er ist ein verkrampfter Magier«, fügte Plato hinzu.

»Warum hast du dich dann vor all den Jahren, nachdem ich das Haus der Sieben verlassen hatte, wahllos mit mir angefreundet?«

»Ich würde diese Frage gerne beantworten, aber ich muss jetzt gehen.« Plato verschwand.

Liv schüttelte den Kopf und Decars langes weißes Haar wackelte gegen ihren Rücken. »Diese Frage wirst du nie beantworten«, sagte Liv, da sie wusste, dass Plato wahrscheinlich immer noch da war, nur unsichtbar. Jedenfalls vermutete sie das, obwohl sie wenig Ahnung hatte, wie seine Magie funktionierte. Sie hegte nicht die Hoffnung, dass er es eines Tages sagen oder ihr gar verraten würde, warum er sich an sie gebunden hatte. Vielleicht lag es daran, dass sie ihn nicht mit zu vielen ernsthaften Fragen wegstoßen wollte. Was, wenn der Grund etwas war, das ihr die Sache verderben würde? Was, wenn er ihr Freund war, weil sie eine royale Magierin des Hauses der Sieben war? Was wäre, wenn es nichts damit zu tun hätte, wer sie unabhängig von ihrem Erbe war?

Als sie aus der Höhle herauskam, sah Liv, was Plato dazu gebracht hatte, plötzlich zu gehen, abgesehen davon, dass er ihren Fragen auswich. Eine Katze mit Schildpattmuster schlenderte am Strand entlang. Im Gegensatz zu Plato hatte diese Katze keinen Schwanz und die Hinterbeine der Katze waren länger als ihr Vorderteil, sodass sie einem Kaninchen ähnelte. Liv hatte von dieser Katzenrasse gehört, die ›Manx‹ genannt wurde. Sie hatten sich auf der Isle of Man entwickelt und eine genetische Anomalie ausgebildet, wie es viele Rassen tun, wenn sie auf einen bestimmten Ort beschränkt sind. Sie hatten den Schwanz verloren, weil sie ihn nicht brauchten und gewannen dafür überlegene Sprungkraft.

»Warum in aller Welt Plato Katzen nicht mag, werde ich nie verstehen, sagte Liv laut und lächelte die Katze an, die aufblickte, als sie vorbeiging. Rory hatte gesagt, es liege daran, dass sie in ihrer reinen Form waren und das schüchtere Plato ein, aber da musste mehr dahinterstecken.

Sie zog die Karte heraus, die Rory ihr gegeben hatte und machte sich auf den Weg zu den grünen Hügeln im Landesinneren. Durch die Felsen und den Sand zu klettern war keine leichte Aufgabe, da Decar nicht über ihre ausgezeichnete körperliche Gesundheit verfügte. Sophia hatte erklärt, dass sie zwar noch in ihrem Körper war, aber durch den Verkleidungszauber einen Teil seiner körperlichen Verfassung von ihm übernahm. Deshalb war sie von seiner Gesundheit betroffen und roch den seltsamen Sauermilchduft, der von seinem Haar und seiner Haut wehte. Der Kerl könnte auch ein gutes Peeling gebrauchen. Vielleicht würde sie ihm zu Weihnachten einen Korb mit Badezubehör schenken.

Sie lachte sich ins Fäustchen und dachte, wie seltsam es wäre, mit Decar Geschenke auszutauschen. Er würde ihr wahrscheinlich etwas Ekliges wie ein Paar gebrauchte Socken besorgen.

Decars Lachen klang falsch, als wäre es ein Geräusch, das zu machen er nicht gewohnt war. Sie kletterte durch das hohe Gras am Berghang und genoss den salzigen Wind. Bei ihrer Ankunft hatte Liv den Zauber dieser Insel gespürt. Rory hatte erwähnt, dass er Magie fühlen konnte, wenn sie um ihn herum war. Daher wusste er, dass ihre Magie freigesetzt worden war. Offenbar waren die Riesen auf diese Dinge besser eingestellt, aber alle magischen Kreaturen konnten es spüren, wenn sie es versuchten.

Aus diesem Grund würden die Riesen wissen, dass Decar auf der Insel war. Dem konnte man nicht entkommen. Nun, es sei denn, sie besaß eine bestimmte Art von Stein, der die Anwesenheit von Magie verbarg, aber Rory hatte gesagt, sie seien selten und nicht die Mühe wert, sich mit den Elfen zu befassen, um sie zu bekommen – die, wie er sagte, zu laut und extravagant seien.

Die Karte zeigte, dass Liv auf dem richtigen Weg war, auch wenn sie vor sich nichts sah – nur scheinbar endlose Hügel. Als sie auf die Spitze eines steilen Hügels kam, erwartete Liv, das Dorf der Riesen am Fuße des Hügels zu sehen, aber er glitt einfach in etwas ab, das wie ein Steinbruch aussah. Das Hauptdorf voller Sterblicher lag im Norden. Offenbar hatten sie keine Ahnung, dass sie ihre Insel mit den majestätischen Riesen teilten.

Schon früh hatte das Haus der Sieben versucht, von den Giganten zu verlangen, dass sie ihre Magie registrierten. Einige Elfenstämme hatten dies bereitwillig getan und selbst Gnome waren nicht so sehr gegen die Forderung im Austausch gegen bestimmte, vom Haus gewährte, Vorteile. Keine der beiden magischen Rassen war dazu verpflichtet, wie es Magier waren, aber viele taten es, da sie vom Haus unter Druck gesetzt oder überzeugt wurden. Die Riesen hatten sich jedoch zurückgezogen und beschränkten sich auf die Isle of Man und erklärten, dass sie dort von niemandem bemerkt würden, sodass sie keine Allianzen mit anderen bilden mussten. Laut Rory kamen die Kriege, die vor dieser Trennung gewütet hatten, zum Stillstand, auch wenn die Kluft zwischen Magiern und Riesen noch immer spürbar war.

Ja, es war gut, dass sie nicht mehr kämpften, sondern versuchten Ressourcen zu teilen und sich an die Regeln des Hauses hielten. Die Elfen stimmten zu, sich selbst zu verzaubern, wenn sie in der Nähe von Sterblichen waren. Viele magische Geschöpfe beschränkten sich auf Blasen innerhalb der Bevölkerung, wo sie von den Sterblichen unbemerkt blieben. Und in den seltenen Fällen, in denen ein Gnom oder ein Fae von einem Sterblichen gesehen wurde, erklärten sie den Vorfall normalerweise auf eine vernünftige Art und Weise. Oder sie wurden am Ende als ›diese verrückte Frau mit zu vielen Katzen‹ betrachtet und nicht ernst genommen.

Liv wäre beim Abstieg fast den glatten Hügel hinuntergerutscht. Sie war froh, dass sie es nicht tat, denn als sie unten ankam, entstand an der Stelle des Steinbruchs ein hügeliges Dorf in einem weiten Tal, wie sie es noch nie zuvor gesehen hatte.

Am Fuße des Tals befand sich ein unberührter See, um den herum bunte Felder voller Feldfrüchte lagen, die von Obstbäumen gesäumt waren. An den Ausläufern des Berges gab es bescheidene Hütten, aus den meisten Schornsteinen stieg Rauch auf.

Das Dorf der Riesen war einfach wunderschön. Es war sowohl bescheiden als auch einladend und erfüllte Liv mit heilsamen Gefühlen, die sie nicht erwartet hatte. Der Geruch von frischem Gebäck und sauberem Wasser drang an ihre Nase. Sie konnte plötzlich nicht mehr verstehen, warum Rory diesen Ort verlassen hatte. Es war einer jener Orte, die so aussahen, als ob dort nur gute Dinge geschehen, wie eine idyllische Stadt, in der sich die Einheimischen alle kennen, sich gegenseitig schützen und durch freundliche Gesten Wohlwollen verbreiten.

Ein Pfeil flog an Livs Kopf vorbei und ließ die langen, weißen Haare von Decar in seinem Kielwasser zurückfliegen.

Sie hätte sich fast zu Boden geworfen, um dem zu entkommen, was sie als ein Sperrfeuer von Pfeilen erwartete, aber stattdessen zwang sie sich, das Seltsamste zu denken: Was würde Decar tun?

Es war kein Motto, nach dem sie leben wollte, aber in diesem Fall sollte es sie am Leben erhalten. Das war jedenfalls die Hoffnung.

Liv griff in die Robe, die sie trug und zog den kleinen Stab hervor, der anscheinend von Decar stammte. Er wuchs an beiden Enden, bis er seine volle Länge erreicht hatte, gekrönt von einem kleinen Drachen, der auf einem Opal saß.

Es wäre nicht sicher gewesen, Bellator in das Dorf zu bringen, aber glücklicherweise hatte Sophia einen Zauber gefunden, der Liv nicht nur in Decars Kleidung versteckte, sondern ihr auch seine Waffe der Wahl anbot. Die Nutzung würde jedoch ausschließlich von ihr abhängen, da sie technisch gesehen nicht den Stab hielt. Es war alles eine Illusion, eine, von der sie hoffte, dass keiner der Riesen sie durchschauen würde.

Liv schickte einen Stoß von schützender Energie aus, stieß den Stab mit dem unteren Ende in den Boden und sandte eine Schockwelle um sich herum aus. Die Welle schoss heraus und schlug mehrere Pfeile, die auf sie zuflogen, zu Boden. Sie marschierte weiter vorwärts, wobei sie darauf achtete, ihr Kinn hochzuhalten und mit Leichtigkeit zu gehen, auch wenn der Boden unter ihren Füßen von ihrem Zauberspruch rumpelte.

Am vorderen Rand des Dorfes erschienen mehrere Riesen, die scheinbar aus dem Nichts auftauchten und Pfeil und Bogen hielten. Sie waren alle männlich und trugen dicke Lederkleidung. Ihre Haare waren auf dem Rücken geflochten und ihre Gesichter trugen einen überaus unfreundlichen Gesichtsausdruck.

Was Liv als Nächstes tat, war gegen jede Faser ihres Wesens, aber sie wusste, dass es notwendig war. Sie brachte den Stab nach oben und schickte eine weitere Druckwelle aus, diesmal eine offensive.

Als ob eine Flutwelle die über zwei Meter großen Männer getroffen hätte, fielen sie zu Boden. Bevor sie die Chance hatten, aufzustehen, ging Liv nach vorne und überquerte den Raum zwischen ihnen schneller, als sie es dank der langen Beine von Decar für möglich gehalten hätte. Wenigstens hatte der Körper des alten Miesepeters endlich etwas Gutes an sich.

Die Wirkung des Einsatzes einer so großen Menge an Magie war sofort offensichtlich. Liv schwankte und dachte, sie würde umkippen. Sie stützte ihr Gewicht auf den Stab und tarnte ihre Erschöpfung mit einem tiefen, finsteren Blick.

»Ich bin nicht gekommen, um gegen euch Riesen zu kämpfen«, sagte Liv, ihre Stimme tief und bedrohlich. »Aber wenn ihr euch meinem Besuch weiterhin widersetzt, werde ich keine andere Wahl haben, als euch abzuschlachten.«

Der nächstgelegene Riese rollte sich knurrend um, ehe er sich zurück auf die Füße wuchtete. Selbst für jemanden, der so groß wie Decar war, überragte der Riese sie. Daran hatte sie sich jedoch gewöhnt, seit sie mit Rory zusammen war. Nun und auch, weil sie ihr ganzes Leben lang vertikal herausgefordert war.

Sie hob ihr Kinn an und ließ eine Drohung aufblitzen, die sie schon viele, viele Male bei Adler gesehen hatte.

»Du sollst unser Land nicht betreten, Magier«, sagte der Riese und seine leuchtend blauen Augen verengten sich. Die meisten der Riesen hatten blonde Haare und helle Augen. Im Vergleich dazu wäre Rory mit seinem lockigen, dunkelbraunen Haar und seinen smaragdgrünen Augen unter ihnen aufgefallen.

»Für dich immer noch Krieger Sinclair«, sagte Liv, die sich schwertat, die groben Worte herauszubekommen. Sie war sich jedoch sicher, dass Decar auf diese Weise reagiert hätte. Er würde den Respekt haben wollen, den er zu verdienen glaubte. Es ging ihm nicht darum, hier guten Willen aufzubauen, sondern eher um Einschüchterung.

»Es spielt keine Rolle, wer du bist. Du bist hier nicht willkommen«, sagte ein anderer Riese, der neben dem ersten stand. Die anderen bürsteten sich ab oder legten Pfeile auf und zielten auf Liv.

»Laut der Charta, die wir vor langer Zeit aufgestellt haben«, erklärte Liv ruhig, »darf ein Krieger aus dem Haus der Sieben in euer Bauerndorf eindringen, um euch die Gelegenheit zu einem zivilisierten Abkommen zu bieten.«

»Aber was ist, wenn niemand weiß, dass du in unser Dorf gekommen bist«, fragte der Riese vor ihr drohend und zeigte ein hämisches Grinsen.

Liv trat auf, als ob sie auf Augenhöhe mit dem riesigen Mann wäre und knurrte, wie sie Decar schon oft tun gesehen hatte. »Vergiss nicht, was ich vielen deiner Brüder alles angetan habe.« Mit einem Schnipsen ihres Fingers schickte sie einen weiteren magischen Schlag aus und die Riesen hinter ihm wie umgestoßene Dominosteine wieder zu Boden.

Der Riese trat abwehrend einen Schritt zurück, während er mit einem Schulterblick nach seinen Brüdern schaute.

Immer noch ruhig, sagte Liv: »Sie sind nicht tot, aber beim nächsten Mal werden sie es sein und du wirst dich ihnen anschließen.«

Der Riese drehte sich zum Magier zurück, seine Wangen waren vor Wut gerötet.

Auch wenn Liv derzeit nicht die Kraft hatte, das noch einmal zu tun, zumindest nicht für einige Momente, hielt sie den Stab von Decar einschüchternd hoch.

Der Riese schien Decar abzuschätzen, vielleicht um zu entscheiden, ob er der Drohung Glauben schenken sollte.

# DIE TRIUMPHIERENDE TOCHTER

»Bring mich zu deinem Chef«, befahl Liv. »Ich habe nicht den ganzen Tag Zeit, um sie an diesem Ort zu vergeuden.«

Einen Moment lang machte sich Liv Sorgen, dass sie zu weit gegangen war. Die Riesen zu beleidigen schmerzte sie, aber sie wusste, dass Decar sie genau so behandeln würde und Rory hatte recht gehabt – sie hätten sie als Liv von Anfang an geröstet. Die Einschüchterung durch Decar hatte sich jedoch durchgesetzt. Der Riese hielt eine riesige Hand hoch und zeigte auf das große Tor vor dem Dorf.

»Dann los, Krieger Sinclair«, sagte der Riese. »Ich werde dich zu Häuptling Dag führen.«

Liv konnte nicht glauben, dass es funktionierte. Wenn es ihr erlaubt wäre, hätte sie das Dorf als sie selbst betreten, mit Respekt und Rücksicht darauf, wer die Riesen waren. Sie hätte angeboten, sie zu beschützen und einen Weg zu einem besseren Leben unter den magischen Kreaturen zu finden. Sie hätte das Leben, über das sie und Rory gesprochen hatten, voller Respekt für andere erklärt.

Dennoch war dies immer noch eine Welt, die von Männern mit gigantischen Egos regiert wurde. Und für den Moment war es besser, dass sie sie für einen von ihnen hielten: Decar Sinclair.

## Kapitel 23

Das Tor rollte zurück, gezogen von dicken Seilen. Als es sich öffnete, fand Liv viele Riesen, die sie von der anderen Seite aus anstarrten. Sie bildeten ein langes Spalier und keiner von ihnen machte ein freundliches Gesicht.

Sie ging hinter dem Riesen her, der sich wie der Anführer verhalten hatte, Kinn hoch und mit einem hochnäsigen Gesichtsausdruck, der zu Decar passte. Zweimal stolperte sie beinahe über die langen Gewänder von Decar, wobei die Erschöpfung durch ihre magischen Anstrengungen jede Bewegung erschwerte.

Liv griff in die Tasche ihrer Robe und fand die Schoko-Stücke, die Sophia für sie reingeschmuggelt hatte. Sie griff eine Handvoll und schob sie nonchalant in den Mund.

Das Kauen mit Decars Mund war wahrscheinlich das Schlimmste daran, er zu sein. Seine Zähne passten nicht richtig zusammen und er hatte eine lockere Krone hinten. Der Kerl sollte wirklich besser auf seine Zähne aufpassen, dachte sie und lachte fast über das Bild von Decar, der eine klobige Zahnspange trug. Sie fragte sich, ob die Riesen von ihm genauso eingeschüchtert wären, wenn er lispelnd und mit Kopfbedeckung sprechen würde. Leider hatte sie den Verdacht, dass sie ihn in diesem Zustand immer noch ernster nehmen würden als sie selbst.

Wenn sie nur wüssten, dass der Magier, der sie zweimal flachgelegt hatte, eine junge Frau war. Liv schüttelte ihre

## DIE TRIUMPHIERENDE TOCHTER

Frustration ab und erinnerte sich daran, warum sie dort war und ihr Leben für diese Mission riskierte. Sie sollte letztlich die Riesen schützen, die gute Gründe dafür hatten, so zu reagieren, wie sie es bei Magiern getan hatten.

Die Menge teilte sich, als der Riese vor Liv nach vorne stürmte. Obwohl Liv die reetgedeckten Häuser, die kreativen Gebäude, die sich in die Hänge einfügten und die Riesen, die sie anstarrten, unbedingt studieren wollte, hatte sie ihren Blick nach vorn gerichtet. Neugierde oder Wertschätzung für ihr Dorf zu zeigen, war nichts, was Decar tun würde. Er wäre kein bisschen neugierig darauf, wie bescheiden die Riesen lebten.

Sie hatte ein paar Frauen gesehen. Sie waren ähnlich wie die Männer in dicke Tierfelle gekleidet und trugen mit Kordeln zusammengenähte Lederstücke. Wie die Männer trugen sie ihr helles Haar in Zöpfen, was es etwas schwierig machte, die Geschlechter zu unterscheiden. Das Einzige, was es etwas einfacher machte, war, dass die Männer etwas größer waren als die Frauen.

Als sie die Mitte des Dorfes erreicht hatten, kamen sie zu einem mit üppigen Blumen bedeckten Bogen. Liv hatte nicht erwartet, dass sie durch einen atemberaubend schön angelegten Garten geführt werden würde. Jetzt war es mehr denn je schwer, sich nicht umzusehen, da sie in ein Gebiet eindrangen, das durch Steinmauern vom Rest des Dorfes abgetrennt war.

Rorys Garten war beeindruckend, übervoll mit vielen verschiedenen Gemüse- und Salatsorten, aber er verblasste im Vergleich zu diesem. Die Düfte von süßem Nektar und reichhaltiger Erde wehten durch die Luft und erinnerten Liv daran, wie sie als Kind durch den Garten des Hauses der Sieben rannte oder Clark hinterhelief.

Der Riese vor Liv blieb abrupt stehen, sodass sie fast gegen ihn stieß. Das lag vor allem daran, dass sie ihren Blick über die vielen interessanten Pflanzen schweifen ließ, die robust aus der Erde wuchsen. Die meisten von ihnen hatte sie noch nie gesehen. Überall waren seltsame Pflanzen mit komplizierten Mustern auf den Blättern oder große Zwiebeln in verschiedenen Neonfarben, die zum Platzen bereit schienen. Außerdem flogen Vögel mit gelbem Schnabel und blauem Unterleib um die Blumen herum und machten Geräusche wie Kinder, die sich unterhielten. Liv hätte nicht geglaubt, dass dieser Ort real wäre, wenn sie ihn nicht mit eigenen Augen gesehen hätte. Nun, mit Decars verdammten Augen.

Ein weiterer Riese trat auf den gepflasterten Weg und Liv fand sich vor dem größten Vertreter der Rasse, den sie je getroffen hatte, wieder. Häuptling Dag trug einen Umhang, der bis zum Boden reichte. Es hatte sicher viele Tierfelle benötigt, um ihn herzustellen, denn ein einzelner Büffel hatte nicht so viel Haut. Im Gegensatz zu den meisten im Dorf hatte dieser Riese rotbraunes Haar und buschige Augenbrauen, die er zusammenkniff, als er den Magier vor sich sah.

Hinter dem Häuptling befanden sich weitere Laubengänge, die zu unterschiedlichen Wegen führten. Der Garten schien immer weiter zu gehen, jeder Weg führte zu einem anderen Abenteuer, das Liv zu erforschen wünschte. Sie schüttelte ihre Neugierde ab und arrangierte ihr Gesicht zu einem Ausdruck purer Verachtung. Das verbitterte sie sofort. Kein Wunder, dass ihre Eltern ihr gesagt hatten, sie solle nie einen finsteren Blick haben. Das Aufsetzen des Ausdrucks hatte die damit verbundenen Emotionen hervorgerufen, die nun aus jeder Pore ihres Körpers zu kommen schienen.

## DIE TRIUMPHIERENDE TOCHTER

Hinter dem Häuptling kauerte eine Riesin, die im Dreck wühlte. Im Gegensatz zu allen anderen, denen sie auf der Insel begegnet war, trug diese Riesin ein Hemd mit Blumendruck und eine Haube auf dem Kopf. Liv konnte das Gesicht des Riesen nicht erkennen, aber sie vermutete, dass es sich um eine Frau handelte, aufgrund der weichen Locken, die um den Kragen ihres Hemdes herumschwappten.

Häuptling Dag öffnete seinen Mund, um zu sprechen, aber Liv schnitt ihn sofort mit einem müden Seufzer ab – derselbe, den Adler oft in ihrer Gegenwart hören ließ. »Das Haus der Sieben ist darauf aufmerksam geworden, dass die Hundertjahrfeier wieder auf uns zukommt«, sagte sie und zog den Vertrag, den der Rat ihr gegeben hatte, aus ihrem Gewand. »Wie wir so großzügig versprochen haben, geben wir den Riesen die Chance, sich mit den Elfen und Gnomen in einem Bündnis mit den Magiern zusammenzuschließen.«

Häuptling Dag schloss die Augen. »Soweit ich weiß, stellen die Elfen derzeit ihr Bündnis mit euch infrage.«

Damit hatte Liv nicht gerechnet. War dies das Thema, mit dem sich der Rat beschäftigt hatte, als sie und Stefan den Bericht von der Dämonenjagd überbracht hatten? Sie erholte sich schnell: »Woher willst du wissen, was die Elfen tun?«

Die kauernde Riesin stand auf und drehte sich um. »Ich habe es ihm gesagt«, sagte Bermuda Laurens.

Liv wusste nicht, warum sie Rorys Mutter nicht erkannt hatte. Das letzte Mal, als sie Bermuda gesehen hatte, trug sie eine ähnliche Aufmachung. Liv hatte gedacht, dass Bermuda nur deshalb normale Kleidung trug, weil sie Los Angeles besuchte. Sie hatte nicht erwartet, dass sie inmitten ihres eigenen Volkes wie eine fröhliche Großmutter gekleidet war.

Um ihre Überraschung zu verbergen, sagte Liv in Decars mürrischer Stimme: »Und woher willst du das wissen?«

Sie stemmte ihre fleischigen Hände auf ihre Hüften und schmierte dabei Schmutz auf ihr Hemd mit dem Blumenmuster. Bermuda schürzte ihre Lippen. »Ich weiß es besser als die meisten, Decar Sinclair.«

»Unsere Verhandlungen mit den Elfen gehen dich nichts an, Bermuda«, antwortete Liv und betonte den Namen der Riesin.

Bermuda betrachtete Decar einen langen Moment lang und etwas flackerte verdächtig hinter ihren Augen. »Das Alter scheint dich gut zu behandeln, Magier. Warum hat deine Magie seit dem letzten Mal, als du uns mit deiner Anwesenheit verflucht hast, zugenommen?«

Liv war bei der Frage angespannt. Bermuda konnte ihre magische Kraft spüren? Würde sie herausfinden, dass Decar gar nicht hier war? Verdammt sei Rorys Mutter, weil sie so klug und aufmerksam war.

»Im Gegensatz zu euch Riesen«, so Liv, »bietet uns das Leben an einem richtigen Ort zahlreiche Vorteile. Aber ich würde nicht erwarten, dass ihr das versteht.«

Bermuda lachte und wischte sich mit dem Handrücken über die Stirn. »Ich sehe, dass dein Alter nichts dazu beigetragen hat, deine Diplomatie oder dein Taktgefühl zu verbessern.«

»Es hat dich auch nicht attraktiver gemacht«, gab Liv die Beleidigung zurück.

Bermuda spitzte die Lippen und wandte ihre Aufmerksamkeit auf Häuptling Dag. »Ich glaube, ich habe dein Ungezieferproblem mit den Snorbs gelöst«, sagte sie. »Die Gideons sollten sich vollständig erholen.«

Häuptling Dag nickte. »Danke, Bermuda.«

Sie nahm ihre Gartengeräte in die Hand, bevor sie Liv noch einen Blick abgrundtiefer Verachtung zuwarf.

## DIE TRIUMPHIERENDE TOCHTER

Als sie wütend davongetrampelt war, schüttelte Liv den Vertrag. »Willst du in das Bündnis aufgenommen werden, oder nicht? Ich habe nicht den ganzen Tag Zeit.«

Eigentlich war Liv eher besorgt darüber, vorzeitig wieder in ihre normale Form zurückzukehren. Es war über eine Stunde her, dass Sophia den Zauber auf sie angewendet hatte und unklar, wie lange er anhalten würde. Liv war gesagt worden, dass Stress ein negativer Faktor sei und sie konnte nicht leugnen, dass ihr Spannungsniveau höher als gewöhnlich war. Wie könnte es anders sein, wenn sie von lauter grimmigen Riesen umgeben war, die nichts lieber täten, als einen bösen und arroganten Magier zu zertreten.

»Unter den gegenwärtigen Umständen haben die Riesen überhaupt kein Interesse daran, mit euch Magiern zusammenzuarbeiten«, sagte Häuptling Dag und wirbelte mit dem großen Finger in der Luft. »Ich vermute, dass du in Zukunft keine Allianzen mehr haben wirst, vor allem, wenn du weiterhin alle anderen Rassen unter Druck setzt.«

Liv rollte das Pergament aus und stellte fest, dass der Stammeshäuptling auf magische Weise seine Option für die nächsten hundert Jahre aufgegeben hatte, also war sie fast fertig. Sie brauchte nur noch ihren Abgang zu machen.

»Ich weiß nicht, was du meinst«, sagte Liv. »Wir bieten den anderen einfach den Schutz an, den du abgelehnt hast.«

»Habt ihr die Elfen im Norden etwa dadurch beschützt, dass du sie abgeschlachtet hast, weil sie mit euch nicht einverstanden waren, Decar Sinclair?«, fragte Häuptling Dag mit dröhnender Stimme.

Liv war kurzzeitig verwirrt, da sie diese Irreführung nicht erwartet hatte. »Das ist nicht das, was passiert ist.«

Der Stammeschef nickte. »Was du damit sagen willst, ist, dass es keine Beweise gibt, aber die Gerüchte über die

Geschehnisse sind klar und eindeutig. Wie kannst du erwarten, dass jemand mit euch verhandelt, wenn ihr eure Macht ausübt und jeden niederschlagt, der nicht mit euch übereinstimmt?«

»Das ist nicht das, was passiert ist«, wiederholte Liv.

Decar hat einen Haufen Elfen getötet? Kein Wunder, dass der Rat bei der Arbeit mit den Elfen einen zusätzlichen Vorteil benötigte.

»In hundert Jahren kehrst du nicht mehr auf diese Insel zurück«, erklärte der Chef. »Wir werden unsere Weigerung, mit Magiern zusammenzuarbeiten, lange im Voraus bekannt geben.« Er hob seine Hand und zeigte auf den Ausgang. »Verlasse jetzt das Dorf der Riesen.«

Liv wusste es besser, als jetzt irgendein Wort zu sagen, sogar mit der Stimme von Decar. Ein Tyrann konnte nur eine bestimmte Zeit mit so viel davonkommen. Sie befürchtete, dass sie das Dorf nicht verlassen konnte, bevor die Riesen beschlossen, ihre Kräfte zu bündeln und den bösen Magier, von dem sie selbst glaubte, dass er es verdiente, bestraft zu werden, niederzuschlagen. Was hatte ihn veranlasst, Elfen zu ermorden? Aufgrund von Meinungsverschiedenheiten? Das konnte doch nicht die ganze Geschichte sein. Sie musste mehr herausfinden.

Als Liv sich umdrehte, teilte sich die Menge vor ihr. Sie hatte ihr Tempo beschleunigt und so getan, als ob sie von sich aus gehen würde. Decar würde nicht den Schwanz einziehen und laufen. Stattdessen würde er den Kopf unnötig hochhalten und durch das Dorf fegen, als wäre er es, der es nicht ertragen könnte, noch einen Moment länger dort zu sein.

Als Liv auf die andere Seite des großen Tores trat, schlossen sie es fast direkt hinter ihren Fersen. Sie eilte über die

# DIE TRIUMPHIERENDE TOCHTER

Hügel, weil sie wusste, dass das Portal erst in der Nähe des Wassers entstehen konnte. Die Riesen hatten bestimmte Schutzzauber um ihr Dorf herum errichtet und Wasser war ein mächtiger Kanal für Portale, die ihre Macht vergrößerte und sie leichter benutzbar machte. Das wäre für Liv notwendig, da ihr derzeit viel von ihrer Kraft fehlte.

Sie steckte sich eine weitere Handvoll Schokostücke in den Mund und kaute schnell, bevor sie schluckte.

Als sie es über den letzten Bergrücken geschafft hatte und der Ozean nur noch wenige Meter entfernt war, erschien Plato. Die Erleichterung füllte ihren Bauch und brachte sie zum Lächeln. Der Ausdruck stand dem alten Mann wahrscheinlich seltsam zu Gesicht und Liv fragte sich, ob Plato sie deshalb so merkwürdig ansah. Einen Moment später verschwand er, ohne ein Wort gesagt zu haben.

»Ich verstehe, dass er ein hässlicher Kerl ist, aber du musst damit klarkommen, ihn noch etwas länger anzusehen«, sagte Liv und bemerkte, dass ihre Hände nun ihre eigenen waren. Sie begann sich zurück zu verwandeln. Das Timing hätte nicht besser sein können.

Als ihre Beine wieder normal wurden, stürzte sie fast die Böschung zum Strand hinunter. Es war schwieriger als zuvor, den Weg zur Höhle zu bezwingen.

Als Liv es endlich in den Schutz der Höhle geschafft hatte, stellte sie fest, dass die Haare auf ihren Schultern kürzer, gesünder und blond waren. Sie war fast wieder normal. Mit einem Atemzug bereitete sie sich darauf vor, ein Portal nach Hause zu schaffen.

»Ich wusste, dass du es warst«, sagte eine Stimme hinter ihr und ließ sie erstarren.

# Kapitel 24

Wäre Laufen eine Option gewesen, hätte Liv es getan, indem sie so viel Abstand zwischen sich und der Person in ihrem Rücken wie möglich gebracht hätte. Sie befand sich jedoch in einer Höhle, die möglicherweise viele Sackgassen hatte. Und nicht nur das, sie war sich auch ziemlich sicher, dass eines ihrer Beine länger als das andere war, da sie immer noch dabei war sich zurück zu verwandeln, was das Laufen an der felsigen Küste schwierig und auch gefährlich machte. Und sie war sich nicht sicher, ob sie mit ihrem so schnell schlagenden Herzen ein Portal erschaffen konnte.

Deshalb wandte sie sich nur ungern Bermuda Laurens zu. Liv war sich zunächst nicht sicher, ob sie die Stimme richtig gehört hatte, da der Ozeanwind an ihren Ohren vorbeiheulte. Als sie sich jedoch umdrehte, bestätigte der Anblick ihr, was sie erwartet hatte.

Mit den Händen auf den Hüften und einem unzufriedenen Gesichtsausdruck betrachtete Bermuda sie mit äußerster Verachtung.

»Was genau machst du hier?«, fragte die Riesin. Ihr Kinn war immer noch mit Schmutz beschmiert.

Liv konnte sich nicht einmal vorstellen, wie lächerlich sie auf halbem Weg zwischen ihrer und der Form von Decar Sinclair aussah. Sie lächelte sanftmütig, aber es sah wahrscheinlich sehr falsch auf ihrem Gesicht aus. »Also, lustige Geschichte …«

## DIE TRIUMPHIERENDE TOCHTER

»Ich will keine Geschichte«, sagte Bermuda und schnitt ihr den Weg ab. »Das ist es, was Magier anderen sagen, wenn sie sie täuschen wollen. Sag mir die Wahrheit, Kriegerin Beaufont.«

»Der Rat wollte Decar Sinclair schicken, um den Vertrag mit Häuptling Dag zu besprechen«, begann Liv in Eile. »Ich befürchtete jedoch, dass er, wenn er auf die Isle of Man käme, Turbinger spüren könnte. Eine Erkenntnis, die uns noch mehr Probleme bereiten würde, vor allem, weil du niemandem gesagt hast, dass es wiedergefunden wurde. Da du das nicht getan hast, hast du auch bequemerweise vergessen zu erwähnen, dass ich es wiedergefunden habe. Das machte es mir ziemlich unmöglich, an dieser Goodwill-Mission teilzunehmen, da die Riesen mir nie die Einreise erlaubt hätten. Das Schlimmste ist, dass Decar hierhergekommen wäre und mehr Probleme verursacht hätte, indem er mehr unschuldige, magische Kreaturen getötet hätte. So kam Rory auf die Idee, dass ich als Decar verkleidet gehen solle, mit dem die Riesen seltsamerweise vorsichtig umgehen. Der Plan war, den Vertrag von Häuptling Dag formell ablehnen zu lassen, sodass die Riesen weitere hundert Jahre in Frieden leben können, ohne dass sich Magier einmischen würden. Und nun ist die Mission erfüllt und die Riesen sind in Sicherheit, zusammen mit Turbinger.«

Bermuda betrachtete die Kriegerin für einige lange Momente, ihre Augen suchten Livs. »Willst du jetzt auch noch ein Dankeschön?«

»Eigentlich hoffe ich nur, dass du aufhörst, mich wie einen schrecklichen Ausschlag zu behandeln«, wagte Liv zu sagen.

»Wenn du das alles nur tust, um das Herz meines Jungen zu gewinnen, wird es nicht funktionieren.«

Liv konnte das Lachen, das aus ihrem Mund kam, nicht verhindern. »Hast du gedacht … Oh, mein Gott, Rory und ich? Du machst wohl Witze.«

»Er ist der beste Fang, den man sich erhoffen kann«, erklärte Bermuda.

»Er ist mein Freund«, argumentierte Liv.

»Magier haben keine Riesen als Freunde«, sagte Bermuda. »Sie benutzen sie und werfen sie weg, wenn sie mit ihnen fertig sind.«

»Obwohl ich weiß, dass du viele Erfahrungen gemacht hast, die dich das glauben lassen würden, trifft das für Rory und mich nicht zu«, wandte Liv ein. »Er hilft mir. Nun, wir helfen uns gegenseitig. Wir wollen herausfinden, was das Haus der Sieben vertuscht hat und die Dinge wieder in Ordnung bringen.«

»Ich habe Turbinger gehalten und weiß, dass das, was du zu beheben versuchst, unmöglich ist«, sagte Bermuda. Sie machte einen Schritt nach vorn und ließ Liv einen Schritt zurücktreten.

»Wie kann es unmöglich sein, vergessene Geschichte aufzudecken?«, fragte Liv. »Alles, was wir brauchen, sind Beweise. Dies ist erst der Anfang der Suche. Es gibt noch viele Orte, an denen man suchen muss.«

Bermuda schüttelte ihren Kopf mit den weichen braunen Locken. »Weil es zu lange verschüttet wurde. Ich habe es einmal versucht, während ich mein Buch schrieb und es ging nicht gut aus.«

»Was?«, fragte Liv ungläubig und bemerkte, dass die Flut stieg. Das Wasser würde sie in der Höhle einsperren, wenn sie nicht vorsichtig wären und sie langsam ertrinken lassen. »Du weißt über all das Bescheid?«

Bermuda nickte, Hohn blitzte in ihren Augen. »Ich wusste, dass etwas nicht stimmt. Ich fing an, herumzustochern und mein armer Ehemann Gabe, Rorys Vater, zahlte den Preis dafür.«

»Wie ist das passiert?«, fragte Liv.

»Die Riesen glauben, dass sein Transportstein nicht richtig funktioniert hat«, erklärte Bermuda, als das Wasser ihre Knöchel überflutete. »Das glaubt auch Rory und ich habe keinen Beweis für das Gegenteil. Ich glaube jedoch, dass das Haus der Sieben hinter Gabes Tod steckt. Ich war bei meinen Recherchen gewarnt worden, bestimmte Dinge in Ruhe zu lassen. Die Hinweise wurden fallen gelassen, aber ich hörte nicht auf sie. Als Gabe starb, habe ich es endlich getan. Einige Dinge sind es nicht wert, aufgedeckt zu werden – nicht auf Kosten des Verlustes der für dich wertvollsten Dinge.«

»Aber siehst du es denn nicht?«, argumentierte Liv. »Was auch immer sie vertuschen, was auch immer sie nicht wollen, dass wir es finden, wir müssen es tun, egal was. Andere werden nach uns kommen und es versuchen und auf die gleiche Einschüchterung stoßen.«

»Nein, Kriegerin Beaufont, denn das endet hier«, sagte Bermuda. »Ich habe Turbinger. Ohne das Schwert wird niemand wissen, was du weißt.«

»Aber ich weiß es!«, schrie Liv. »Ich werde es nicht vergessen und ich gebe nicht auf. Zu viele sind deswegen getötet worden. Meine Eltern. Meine Geschwister. Dein Mann. Wer weiß, wer noch?«

Ein tragischer Gesichtsausdruck überwältigte Bermudas Gesicht. »Ich war einmal wie du, ich wollte die Welt verändern. Darum habe ich ›Mysteriöse Kreaturen‹ geschrieben.« Sie lachte, aber das Geräusch machte keine Freude. »Ich dachte, ich könnte die Welt retten, aber die Aufgabe ist viel zu groß für mich und auch für dich. Es ist besser, wenn du was anderes machst. Trete aus dem Haus aus, gehe weg und lebe ein verschwenderisches Magierleben. Ich würde dir von Kindern abraten, aber dein Berufsstand hört mir in diesem Punkt selten zu.«

»Ich trete nicht aus dem Haus zurück«, erklärte Liv unerbittlich. »Es ist mein Geburtsrecht. Die Beaufonts waren eine der ersten Familien.«

Bermuda seufzte heftig. »Und dieser Stolz wird dich letztendlich zu einem der letzten Überlebenden machen. Was auch immer sie verbergen, es ist es nicht wert, alles zu verlieren.«

Liv stampfte und merkte dann, dass sie wieder normal war. Meerwasser spritzte ihr ins Gesicht. »Ich habe schon alles verloren!«

Bermuda schüttelte den Kopf. »Nein. Das ist die Sache, die mir bitterlich klar geworden ist – es gibt immer noch mehr zu verlieren. Ich glaube, ich wurde von der Ermordung verschont, weil das Haus der Sieben und andere Zauberer leider nicht leugnen können, dass ich über ein bestimmtes Wissen verfüge, das noch nicht aussterben sollte. Ich wurde gebeten, es zu dokumentieren, wie ich es in Mysteriöse Kreaturen getan habe, aber ich weiß nur zu gut, dass ich mein Todesurteil unterschreiben würde. Ich werde kein weiteres Buch schreiben, also werde ich hoffentlich lange genug überleben, um eines Tages meine Enkelkinder zu treffen. Ich bin jedoch insgeheim unmissverständlich gewarnt worden, dass das Graben an Orten, wo ich nicht hingehöre, zu weiteren Todesfällen führen wird.«

Liv keuchte, als sie merkte, dass sie sich auf Rory bezog. »Also gabst du die Suche auf, um ihn zu schützen?«

»Und du wirst das auch«, sagte Bermuda, das Wasser jetzt bis zu ihren Waden reichend.

Liv schüttelte wütend den Kopf. »Ich werde nicht aufgeben. Hast du das Rory gesagt? Vielleicht würde er dir helfen. Vielleicht will er nicht, dass du für ihn etwas aufgibst.«

»Mein Sohn sieht die Dinge klarer als die meisten, aber er würde es nicht verstehen. Du würdest es nicht verstehen, welche Opfer eine Mutter bringt, um ihr Kind am Leben zu erhalten«, sagte Bermuda.

Liv konnte dem nicht widersprechen, aber sie wusste, dass sie wollte, dass ihre kleine Schwester in einer anderen Welt aufwuchs als in dieser. Sie wollte Gleichheit für alle. Sie wollte, dass der Gerechtigkeit im Haus der Sieben Genüge getan wurde. Die junge Magierin wollte, dass Sophia Beaufonts Position als Kriegerin etwas bedeutete und wie konnte das sein, wenn eine Wahrheit so tief vergraben war, dass niemand mehr genau wusste, wofür er eigentlich kämpfte?

»Olivia Beaufont, ich kann nicht zulassen, dass du meinen Sohn in Gefahr bringst, indem du ihn in deine törichte Suche mit hineinziehst.«

»Mein Name ist Liv. Und was ist, wenn er daran beteiligt sein will?«

Eine Wasserwelle rauschte an den Knien Bermudas vorbei. »Wenn du ihn überzeugt hast, sich dir anzuschließen, dann denkt er nicht mehr klar. Ihr beide müsst dies aufgeben.«

»Nein!«, schrie Liv, ihre Stimme hallte in der Höhle wider. »Verstehst du nicht? Wenn wir aufgeben, nachdem sie uns bereits so viel genommen haben, dann haben sie gewonnen. Du hast deinen Mann verloren. Ich habe meine Eltern, meine Schwester und meinen Bruder verloren. Wir sind in der richtigen Position, die Wahrheit herauszufinden. Sonst sind sie alle umsonst gestorben.«

Das große Gewicht Bermudas wurde durch die in die Höhle strömende Flut bewegt.

Liv wusste, dass die Riesin sich umdrehen und aus der Höhle heraus schwimmen konnte, aber diese Möglichkeit verblasste schnell. Sie würden bald hier feststecken und das wussten sie beide. Dies war nach Ansicht von Liv die bestmögliche Situation, denn sie brauchte Bermuda Laurens an ihrer Seite.

Liv wagte es, der Riesin den Rücken zuzukehren und öffnete ein Portal. Als es hell leuchtete, wandte sie sich wieder Bermuda zu. »Komm mit mir. Hilf uns.«

Rorys Mutter überlegte einen Moment lang, so lange, dass die nächste Welle Liv beinahe umwarf. Sie hatten nur Sekunden, um aus der Höhle zu kommen, bevor alle Optionen verschwunden waren.

Liv drehte sich nicht um, als sie durch das Portal schwamm und auf Rorys Rasen landete.

Er sah erleichtert auf, als sie das Salzwasser aushustete, das sie geschluckt hatte. Sein Ausdruck verwandelte sich jedoch in reines Erstaunen, als seine Mutter ebenfalls durch das Portal fiel und ziemlich unelegant neben seiner Magierfreundin landete.

## Kapitel 25

Da Riesen, insbesondere in Bermudas Alter, keine Portalmagie nutzen sollten, fiel sie Sekunden nach der Landung in Rorys Garten in Ohnmacht. Liv gab ihm eine kurze Erklärung, aber sie wusste, dass es ihm im Grunde gleichgültig war, warum seine Mutter anwesend war. Es ging ihm im Moment einzig um ihr Wohlbefinden. Da sie nicht im Weg sein wollte, ging Liv mit dem Versprechen nach Hause, später nach ihnen zu sehen. Rory schien es nicht zu kümmern, ob sie zurückkehrte oder nicht. Er kümmerte sich liebevoll um seine Mutter und fächelte ihr Luft zu, als sie in seinem Gartenstuhl zu sich kam. Wenn Liv nicht schon vorgehabt hätte zu gehen, wäre der wilde, finstere Blick, den ihr Bermuda zuwarf, ein guter Motivator gewesen, von dort zu verschwinden.

»Es ergibt einfach keinen Sinn«, sagte Liv und schielte auf den elektrischen Dosenöffner vor ihr auf der Werkbank.

»Hast du versucht, ihn aus- und wieder einzuschalten?«, fragte Plato, der neben ihr saß.

Sie rollte mit den Augen. »So repariert man einen Computer und ich meinte nicht den Dosenöffner.«

»Ich bin mir nicht sicher, welcher Teil keinen Sinn ergibt«, sagte Plato nüchtern. »Die Menschen, egal welcher Rasse oder Art, werden alles tun, um die zu schützen, die sie lieben. Bermuda fühlte sich eingeschüchtert.«

»Ja, aber was ist, wenn das, was sie verbergen, jeden den wir lieben, in größere Gefahr bringt?«

»Die meisten Menschen sind ziemlich kurzsichtig«, meinte Plato.

»Hast du gehört, was die Riesen über die Elfen und Decar gesagt haben?«, fragte Liv und schob den Dosenöffner zur Seite. Sie hatte angenommen, dass eine Reparatur ihre Gedanken wieder in Ordnung bringen würde, aber es funktionierte nicht.

Plato nickte. »Ja, das war beunruhigend. Vielleicht weiß Clark mehr darüber.«

Liv blickte auf und würdigte die Renovierung, bei deren Umsetzung im Geschäft Clark ihr geholfen hatte. Nun, er hatte alles erledigt, aber ihr gleichzeitig beigebracht, wie man Expansionsmagie betrieb, was sehr nützlich war. Sie plante, dies bald in ihrer eigenen Wohnung umzusetzen.

Die schmalen Regale, die früher seitlich an einer Wand befestigt waren, bildeten nun den Eingang zu einem geräumigen Lagerraum. Die hohen Regale reichten über sechs Meter in den Laden und gingen bis zur Decke. Dank eines handlichen Liftsystems war es einfach, Dinge von oben zu holen.

Bislang hatte keiner ihrer Kunden die Renovierung infrage gestellt, weil Clark sie mit einem Zauber versehen hatte. Außerdem hatte er auf magische Weise einen neuen Farbanstrich an die Wände geworfen und auch den Boden neu verlegt. Das Geschäft sah nagelneu aus und die Renovierung hatte John eine noch bessere Laune beschert.

Liv hörte ihn hinten pfeifen und das brachte sie zum Lächeln. Sie wusste, dass er sich in letzter Zeit wegen der Magie viel mehr Sorgen um sie gemacht hatte, also war alles, was sie tun konnte, um ihm das Leben zu verschönern, gut.

Plato streckte sich, dann stand er auf. »Nun, ich würde bleiben, aber du bekommst gleich Gesellschaft und ich kann diese Person nicht ausstehen.«

Livs Kopf hat einen Ruck bekommen. »Ist es Adler? Decar? Warum sollten sie hierherkommen?«

Plato schüttelte den Kopf. »Nein, diese Zauberer sind verachtenswert, aber diese Person ist der absolut schlimmste Besuch, den man sich wünschen kann.«

Livs Stirn legte sich in Falten. »Ist es ein Dämon?«, fragte sie und flog mit der Hand zu Bellator, das außer Sichtweite für Kunden auf einem niedrigen Regal lag.

»Nein, aber er riecht fast genauso schlimm«, sagte Plato und verschwand, als sich die Tür zum Laden öffnete und Rudolf eintrat.

Liv lachte und roch das überwältigende Rasierwasser, das von dem Fae herüberwehte.

Rudolf lachte mit ihr, als hätte er den Witz nicht gehört, wollte aber mitmachen.

»Was hast du Plato angetan, dass er dich so sehr hasst?«, wollte Liv von ihm wissen, als der Fae vorwärts schlenderte und den Kragen seiner Jacke hochschlug.

Rudolf blieb stehen und glitt mit verführerischem Blick seitlich neben den Tisch. »Ich habe ihm mal genau erklärt, warum die Lynxpopulation aussterben wird.« Er hielt sich die Hand an den Mund, lehnte sich nach vorne und flüsterte: »Siehst du, sie sind ausgeprägte Einzelgänger, was die Zucht zu einem Problem macht. Und sie sind notorisch schlecht in Sachen Romantik. Ich habe ihm einfach gesagt, dass er sich etwas mehr Mühe mit seinem Aussehen geben und an seinem Schlafzimmerverhalten arbeiten soll. Dann kann er, wenn die richtige Lynxdame auftaucht, das Geschäft besiegeln. Hau ruck die Waschfrau! Schon haben wir ein Lynxbaby.«

Liv schüttelte den Kopf. »Ich bin schockiert, dass ihn das beleidigt hat.«

Rudolf stimmte dem zu. »Ich weiß, nicht wahr? Man versucht, jemandem zu helfen! Wenn es soweit ist, wird er sich daran erinnern, was ich über das langsame Tanzen im Mondlicht gesagt habe.«

»Ich bin mir fast sicher, dass er das nicht tun wird«, antwortete Liv trocken.

Rudolf sah sie scharf an, als sei er nicht sicher, ob er sie richtig sah. »Hast du etwas an deinem Haar verändert?«

Liv zog an einer Locke und beobachtete sie. »Nein.«

»Ist das ein neues schwarzes T-Shirt?«, fragte er verwirrt. »Es sieht weniger abgenutzt aus als deine anderen ausgeblichenen, schwarzen T-Shirts.«

Liv blickte nach unten und zuckte die Achseln. »Ich habe es heute Morgen vom Boden aufgehoben, als ich aus dem Bett gestiegen bin.«

Rudolf schloss die Augen für eine Sekunde. »Ich fürchte, dass auch du dich nie vermehren wirst, meine süße Liv. Du hast keinen Stil, bürstest die Haare nie und dein Make-up funktioniert wirklich nicht.«

»Ich trage kein Make-up.«

Rudolf warf die Hände hoch. »Jetzt decken wir sogar noch mehr Probleme auf. Ich flehe dich an, dein Haus nie ohne mindestens drei Lagen Lidschatten zu verlassen. Du kannst nicht erwarten, dass ein Mann dich wegen deines Verstandes mag … mit einer Persönlichkeit wie der deinen.«

Liv streckte ihm ihre Zunge entgegen. »Oh, wie schade. Nun, es scheint, dass ich mich in meine Arbeit stürzen muss. Wenn ich nur einen Job hätte oder zwei oder drei, die meine gesamte Zeit beanspruchen.«

Rudolf zeigte über seine Schulter. »Es gibt eine Cocktailbar, an der ich gerade vorbeikam, die gerade jemanden einstellt. Die Kellnerinnen tragen kurze Blümchenkleider mit

## DIE TRIUMPHIERENDE TOCHTER

Neckholder, es könnte sein, dass du dort einen Job als Bedienung bekommen würdest.«

»Sage mir, warum du hier bist, bevor ich dich durchs Fenster werfe«, sagte Liv.

»Aber sicher, sobald du mir sagst, warum du einen Verkleidungszauber über dein hübsches Gesicht gelegt hattest?«, fragte Rudolf.

Überrascht lehnte sich Liv nach vorne. »Woher weißt du das?«

Rudolf lachte und strich mit dem Daumen über ihr Kinn, als hätte sie dort Krümel von ihrem Blaubeer-Muffin übrig gelassen. »Man sieht immer noch Überreste des alten Mannes, den du verkörpert hast.«

Liv schlug seine Hand weg. »Du kannst das sehen?« Sie hob den Toaster neben sich an und blickte in seine reflektierende Oberfläche.

»Ja, aber die meisten können diese Dinge nicht sehen«, erklärte Rudolf. »Fae können Reste von übriggebliebener Magie sehen, was es uns ermöglicht, vergangene Zaubersprüche aufzuspüren.«

»Wow, das könnte sich als nützlich erweisen«, sinnierte Liv.

»Oh, lass mich dir damit helfen«, sagte Rudolf. »Das nächste Mal, wenn wir unterwegs sind, werde ich auf alle Magier hinweisen, die Verbesserungszauber für ihre Männlichkeit verwendet haben.«

»Bitte nicht«, schüttelte Liv den Kopf, als sie den Toaster abstellte.

»Natürlich«, sang Rudolf. »benutzen *Fae* diese Zaubersprüche nicht, da wir sehr gut ausgestattet sind, wenn du weißt, was ich meine.«

Liv täuschte Verwirrung vor. »Weiß ich nicht. Meinst du große Nasen? Deine ist furchtbar groß.«

Rudolf hielt sich die Hand über die Nase. »Nein, ich meine …«

»Warum bist du eigentlich hier, Dicknase?«

Rudolf zog die Hände vom Gesicht und griff in seine Tasche. Er holte den Ring von Livs Mutter heraus und legte ihn auf den Arbeitstisch zwischen ihnen. »Ich habe die damit verbundene Erinnerung gefunden.«

Der Barhocker kippte fast um, als Liv hochschoss. »Ist das dein Ernst? Und?«

»Nun, es gab ein paar Erinnerungen an mich bei Dinnerpartys, wo ich Gelb und Orange trug, was absolut nicht meine Farben sind«, erklärte Rudolf. »Ich glaube, es ging mir besser, ohne dies wieder zu erleben.«

»Hackfresse, komm zum Punkt«, knurrte Liv bedrohlich.

»Okay, gut«, sagte Rudolf. »Die meisten Erinnerungen, die ich ausgegraben habe, waren unbedeutend, aber dann geschah etwas Seltsames. Etwas, von dem ich nicht weiß, wie ich es vergessen habe oder wie jemand es vergessen konnte.«

»Bitte sage es mir«, ermutigte Liv.

Er kratzte sich am Kopf. »Liv, das ist seltsam. Ich denke, was ich erfahren habe, ist unvollständig.«

Sie rollte mit den Augen. »Ich verstehe, dass du nach Aufmerksamkeit hungerst, also versuchst du jetzt, unsere Interaktion hinauszuziehen, aber mach bitte weiter.«

Er schenkte ihr ein strahlendes Lächeln. »Wenn das nur wahr wäre. Aber ich verstehe, was du meinst. Weißt du, dass die meisten Sterblichen Magie sogar ablehnen würden, wenn sie sie direkt sähen?«

Liv richtete sich auf. Sie erinnerte sich, dass John erklärt hatte, dass seine Ex-Frau Chloe ihm wiederholt Magie zeigen musste, damit er sie endlich sehen konnte. Dies war üblich und ein Grund dafür, dass es in der Regel nicht funktionierte, Sterblichen von der Magie zu erzählen. Er dachte jedoch, es hätte funktioniert, weil sie verliebt und einzigartig verbunden waren. Sonst würden die meisten Sterblichen, die immer wieder Zeuge von Magie wurden, den Trick nicht erkennen. Sie konnten es einfach nicht sehen, aus welchem Grund auch immer.

»Ja, ich weiß, wovon du sprichst«, sagte Liv, nachdem sie das selbst schon oft erlebt hatte.

Rudolf nickte, froh, dass sie ihm folgen konnte. »Nun, in diesen vergangenen Erinnerungen habe ich etwas ziemlich Schockierendes erfahren. Die Sterblichen wussten früher über Magie Bescheid.«

Liv neigte ihren Kopf zur Seite. »Wie bitte?«

»Ich habe Dutzende von Partys und Veranstaltungen gesehen, wirklich, ich habe viel zu viel meiner Jugend mit üppigen Ausschweifungen verbracht. Ich bin nicht sicher, was ich dachte, außer dass ich besessen war von ...«

»Alter, komm zum verdammten Punkt«, fiel Liv ihm ins Wort.

Er nickte. »Wie auch immer, in all diesen Erinnerungen unterhielten Magier oder Fae oder welche magischen Kreaturen auch immer die Massen mit Zaubersprüchen. Die Sterblichen waren als Teil der Feierlichkeiten dabei.«

»Und sie konnten den Zauber sehen?«, wunderte sich Liv. »Bist du sicher?«

»Ich bin mir ganz sicher«, antwortete Rudolf.

»Wie ist das mit dem Ring verbunden?«, fragte Liv.

»Da bin ich mir nicht sicher«, sagte Rudolf. »Es gab noch mehr, aber das war so ziemlich das Wesentliche. Die Sterblichen wussten früher über Magie Bescheid. Ich habe dein Geheimnis bewahrt, deshalb habe ich nicht herumgefragt, ob dies für andere Personen etwas Neues ist, aber ich nehme an, dass es so sein wird. Mein ganzes Leben lang konnte ich mich nicht daran erinnern, dass Sterbliche auf diesen Partys waren oder Magie erlebt haben, bevor ich deinen Ring in den Händen hielt.«

Es hatte also einmal einen Krieg zwischen Magiern und Sterblichen gegeben und nun wussten sie, dass die Sterblichen früher über Magie Bescheid wussten. Aber warum war dieser Krieg aus der Geschichte gelöscht worden? Warum konnten die Sterblichen keine Magie mehr sehen? Was war geschehen und noch wichtiger, warum war es geschehen?

Liv atmete tief ein und war sich bewusst, dass Rudolf sie mit einem breiten Lächeln anstarrte. Als sie es leid war, dass er ihr dieses dämliche Grinsen auftischte, rastete sie aus: »Was?«

»Nun, es ist nur so, dass ich getan habe, was du verlangt hast. Ich habe die mit dem Ring verbundenen Erinnerungen gefunden.«

Liv seufzte. »Jetzt soll ich also etwas für dich tun, richtig?«

»Ja.«

»Du willst, dass ich etwas aus dem Brunnen im Haus der Sieben hole, richtig?«, fragte sie. Das schien keine so große Sache zu sein, obwohl sie als Kind einen wirklich seltsamen Vorfall in diesem Brunnen erlebt hatte. Die Einzelheiten waren ihr allerdings nicht mehr klar vor Augen.

Rudolf nickte.

»Was soll ich denn zurückholen?«

»Das kann ich dir nicht sagen«, antwortete er.

Liv verschränkte ihre Arme über der Brust. »Oh, nein. Das ist ein Trick, wie damals, als du mich in diesen Zwergenladen mitgenommen und in Schwierigkeiten mit dem Vater der Zeit gebracht hast.«

Er schüttelte den Kopf. »Nein, das ist kein Trick. Es ist nur nicht wichtig, dass du weißt, was du holen sollst, denn da unten gibt es nur eine Sache, außer dem, was sie bewacht.«

Liv war angespannt. »Etwas bewacht sie?«

»Natürlich. Alle wichtigen Dinge werden strengstens bewacht.«

Liv wusste, wie Vereinbarungen mit den Fae funktionieren. Rudolf hatte seinen Teil der Abmachung erfüllt, also musste sie es auch, sonst wäre sie ihm zehn Jahre Knechtschaft schuldig. Sie argumentierte, dass es nicht wirklich wichtig sei, was sie aus dem Brunnen holte. Was Rudolf ihr erzählt hatte, war unglaublich wertvoll. Sie war so viel näher an der Aufdeckung der Wahrheit.

Sie hatte jedoch ein paar Fragen, um sich über die Grundlagen zu informieren. »Du sagst, es ist wichtig? Wird es jemand im Haus der Sieben vermissen, wenn ich es dir gebe?«

Er schüttelte den Kopf. »Niemand wird bemerken, dass es weg ist, aber ich habe es für eine sehr, sehr lange Zeit vermisst. Was am Boden dieses Brunnens liegt, ist für mich das Wichtigste auf dieser Welt.«

# Kapitel 26

Dies war ein Bereich der Bibliothek, den weder Clark noch Liv zuvor schon mal betreten hatten. Kronleuchter mit je hundert Kerzen erhellten die nur hüfthohen Bücherregale. Darauf befanden sich kleine Nachbildungen der verschiedenen Räume des Hauses der Sieben.

»Warum haben wir das noch nie gesehen?«, fragte Liv und fuhr mit dem Finger über die Buchrücken, erstaunt darüber, wie groß dieser Bereich war.

»Hast du jemals nach der Geschichte des physischen Hauses der Sieben gesucht?«, konterte Clark.

»Nun, ich versuche schon seit einer Weile, die Geschichte der Sieben zu finden«, bemerkte Liv.

»Ja, aber du hast nach Informationen über die Familien gesucht, was sich sehr von dem unterscheidet, was du jetzt suchst.«

Liv nickte und studierte das Modell des Esszimmers. Es gab Modelle für alle Gemeinschaftsräume, aber nichts über die Kammer des Baumes, den Eingang oder die Schwarze Leere. Als Liv über diesen seltsamen und geheimnisvollen Ort zwischen dem Wohntrakt und der Kammer des Baumes nachgedacht hatte, hatte die Bibliothek buchstäblich nichts angeboten. Sie hatte Bücher mit leeren Seiten herausgezogen. Nach dem dritten Mal ging sie davon aus, dass die Bibliothek ihr keine Informationen darüber geben wollte oder keine hatte.

## DIE TRIUMPHIERENDE TOCHTER

Die Bücher, in denen es Worte gab, lieferten einige der Zaubersprüche, die das Haus geschaffen hatte und aufrechterhielt. Es war unglaublich, auch nur an die Zauber zu denken, die in die Schaffung des Hauses eingeflossen waren und es auch vor dem Rest der Welt geheim hielten. Es gab mehr als dreitausend Zaubersprüche in diesem Haus, die es schützten, obwohl die Details dazu nicht im Einzelnen aufgeführt waren. Liv ging davon aus, dass es sich um eine Sicherheitsmaßnahme handeln musste. Vielleicht hatte sie deshalb nichts gefunden, als sie nach der Geschichte der Gründerfamilien suchte, abgesehen von der Mauer mit der alten Sprache.

Liv zog den Kriegerring aus ihrer Tasche und betrachtete das riesige Schmuckstück. »Wann wollen wir unseren Versuch unternehmen?«

Clark schaute zurück zu ihr und erkannte die Bedeutung. »Bald. Wenn du mit diesem Gefallen für Rudolf fertig bist. Es wäre nicht gut, einen Fae warten zu lassen. Sie können aus einer Laune heraus entscheiden, dass du deinen Teil der Abmachung nicht schnell genug erfüllt hast und dich in die Knechtschaft schicken.«

Aus irgendeinem Grund nahm Liv nicht an, dass Rudolf das tun würde. Er wollte nur, dass sie das, was sich am Boden des Brunnens befand, zurückholte. Sie hatte jedoch nicht mit Clark darüber gesprochen. Die Öffnung der Alten Kammer musste warten, bis sie eine bessere Chance hatten. Ein Teil von ihr befürchtete, dass beim Öffnen der Kammer ein Alarm ausgelöst werden könnte. Es war entscheidend, dass niemand erfuhr, dass sie Informationen sammelten oder herausfanden, was um sie herum geschah. Liv könnte nicht damit umgehen, noch jemanden zu verlieren.

»Hast du jemals von einem Sterblichen gehört, der sich mit Magie auskennt?«, wagte Liv Clark zu fragen, nur weil er sie mit einem Geräusche hemmenden Zauber umgeben hatte.

Clark blickte sich um, als hätte er Angst, dass jemand sie doch hören könnte und schüttelte dann den Kopf. »Das scheint nicht einmal möglich zu sein. Vertraust du Rudolf?«

Liv zögerte, bevor sie antwortete: »Er ist ziemlich hinterhältig, aber ja. Er hat keinen Grund zu lügen und es passt zu der fehlenden Geschichte, die Rory erwähnt hat.«

Clark stieß einen gewichtigen Seufzer aus. »Das wird immer größer. Mit den Kanistern und dem, was Bermuda dir gesagt hat, mache ich mir Sorgen, dass das, was wir erfahren, uns vielleicht nicht gefallen wird.«

»Wenn wir nach den Fakten suchen, kann es nicht darum gehen, das zu finden, was wir wollen. Es geht darum, die Wahrheit zu entdecken. Ich bin entschlossen, sie zu finden, egal ob es nichts ändert oder alles ruiniert.«

»Oder das Fundament des Hauses der Sieben erschüttert«, fügte Clark morbide hinzu und wiederholte, was sie von Haro gehört hatte.

Darüber wollte Liv nicht nachdenken. Vielleicht wäre es nicht so schwierig, das abzutun, wenn das Orakel nicht so ausdrücklich auf sie Bezug genommen hätte.

»Ich verstehe nicht, warum die Prophezeiung nicht sagen konnte, dass ein verkrampftes Ratsmitglied, das zu viel Haargel trägt, das Fundament des Hauses der Sieben zerschlagen könnte«, bemerkte sie, während sie sich umschauten.

Clark sah sie ungläubig an. »Ich trage nicht zu viel Haargel.«

»Das tust du auf jeden Fall«, argumentierte Liv. »Aber genug von dir. Erzähle mir von den Elfen und Decar.«

Clark hielt inne, seine Augen bewegten sich unentschlossen hin und her.

»Komm schon«, drängte Liv. »Ich verstehe, dass Krieger nichts über diese Dinge wissen sollen, die Ratsmitglieder so tun, aber ich habe dir all diese anderen Geschichten erzählt.«

»Diese anderen Geschichten sind keine Angelegenheiten des Hauses«, flüsterte Clark. »Das sind Geheimnisse, die anscheinend niemand wissen darf.«

»Erzähle mir einfach von den Elfen«, schlug Liv vor.

»Erzähl mir von dir und Stefan«, konterte Clark.

Liv stemmte eine Hand auf ihre Hüfte. »Es gibt nichts zu erzählen. Wir haben Dämonen gejagt. Jetzt warte ich auf einen neuen Fall.«

»Der Rat hat immer noch nichts für dich«, sagte Clark. »Ich wage zu behaupten, dass sie zu diesem Zeitpunkt nicht wirklich wissen, was sie mit dir anfangen sollen. Vielleicht gibt es einen wilden Drachen, der gezähmt werden muss oder einen Kometen, der auf die Erde zusteuert und den du aufhalten könntest.«

»Ha-ha. Ich glaube, die Hälfte der Ratsmitglieder hat nicht erwartet, dass ich mit allen Körperteilen zurückkomme«, scherzte Liv.

Clark stimmte mit einem Nicken zu. »Das liegt daran, dass sie nicht wissen, dass du Insider-Informationen über die Riesen hattest. Adler ist sich sicher, dass es Glück war, obwohl Bianca den Vertrag, den du mitgebracht hast, auf Fälschung überprüft hat.«

»Oh, ich hätte gern ihr Gesicht gesehen, als sie erkannte, dass es tatsächlich die Unterschrift von Häuptling Dag war«, erklärte Liv.

»Ich meine es ernst wegen Stefan«, drängte Clark. »Vorher war etwas an ihm falsch und jetzt scheint er anders zu sein. Nicht so schlimm, aber etwas an ihm ist immer noch merkwürdig.«

Liv zog ihr Kinn zur Brust und tat so, als würde sie ein Buch über die verschiedenen Kunstwerke lesen, die im Haus der Sieben hingen.

Clark legte seine Hand auf das Buch und drückte es nach unten. »Liv, wir haben versprochen, keine Geheimnisse voreinander zu haben.«

Liv hielt das Buch vor ihre Brust und schüttelte den Kopf. »Es ist nicht mein Geheimnis, das ich verraten soll und es ist für dich wirklich ohne Bedeutung. Sonst würde ich es dir erzählen.«

Clark schien mit dieser Antwort nicht zufrieden zu sein, aber er gab nach. »Gut. Ich bin mir nicht sicher, was es dir bringen könnte, über die Elfen Bescheid zu wissen. Es war nur eine einmalige Auseinandersetzung. Es ist unklar, was der Auslöser dafür war, aber Decar sagte, er habe sich verteidigt.«

»Wie viele Elfen tötete er dabei?«, fragte Liv.

»Fünf.«

»Das hat die Verhandlungen zwischen dem Haus und den Elfen eingeschränkt?«

Clark massierte seine Schläfen, als hätte er plötzlich Kopfschmerzen. »Die Dinge waren von vornherein nicht ideal. Das ihr beide Sabatore getötet habt, hat geholfen. Aber trotzdem, beginnen immer mehr Mitglieder der magischen Gemeinschaft, dem Haus zu misstrauen.«

Liv lachte finster. »Das liegt daran, dass wir alle schikanieren. Wir ignorieren plündernde Kobolde, weil wir mit ihnen eine gewisse Übereinkunft haben. Wir bestrafen Trolle, die einfach nur verloren sind. Wir behandeln unsere eigenen Leute mit Grausamkeit, weil sie sich nicht an die Gesetze halten.«

»So funktioniert es, Liv«, sagte Clark. »Wenn jemand gegen das Gesetz verstößt, wird er bestraft.«

»Ist dir aufgefallen, dass es falsch ist, wenn wir unsere Magie registrieren müssen?«

»Es ist eine notwendige Kontrolle«, argumentierte Clark.

»Wieso? Weil irgendein blöder Zauberer das gesagt hat?«, fragte Liv.

»Wenn jemand das Gesetz missachtet, ist es einfacher, ihn zu stoppen, wenn er registriert ist«, erklärte Clark.

Liv starrte ihn kalt an. »Ja und das funktioniert gut in einem System, das nicht korrupt ist. Aber wenn das Haus die absolute Macht hat, wer hält *uns* dann noch in Schach?«

Clark zeigte auf sie. »Das machst du.«

Sie schüttelte den Kopf und ging weg, müde von der immer gleichen Diskussion mit ihrem Bruder. Es gab jedoch etwas, das sie in letzter Zeit trotz all der neuen Enthüllungen so tief beunruhigte, dass sie das Gefühl hatte, es würde aus ihr herausbrechen. Sie drehte sich um, um ihrem Bruder gegenüberzustehen.

»Es kann kein Gesetz ohne Mitgefühl geben. Gerechtigkeit kann nicht ohne Rechtsfrieden geschehen«, erklärte Liv mit echter Überzeugung in ihrer Stimme.

Jetzt hatte sie doch Clarks Aufmerksamkeit erregt.

»Diese willkürlichen Gesetze schützen uns nicht, was sie eigentlich tun sollten«, holte Liv aus. »Sie kontrollieren uns und das ist etwas völlig anderes. Unsere Gemeinschaft, die Gnome, Elfen und vor allem die Riesen haben keinen Frieden. Wir existieren einfach und weichen einander aus. Jeder hat Angst vor uns. Das würdest du sehen, wenn du mal einen Fuß in die Roya Lane setzen würdest. Wir sind die Polizei, also will uns niemand verärgern. Aber wenn dieses System tatsächlich funktionieren würde, könnte es uns allen helfen zu gedeihen. Es würde alle zusammenbringen anstatt Barrieren zu schaffen.«

Liv war sich fast sicher, dass Clark nach diesem Monolog die Augen rollen würde, deshalb war sie überrascht, als er einfach lächelte.

»Wenn du jemals eine Chance hast, wiederhole diese Worte wörtlich bei einem Treffen mit den Sieben«, erklärte Clark. »Ich habe das Gefühl, dass viele genau das denken, aber nicht in der Lage sind, ihre Stimme zu erheben.«

»Aber warum?«, fragte Liv. »Warum setzt sich hier niemand für etwas ein?«

»Ich weiß es nicht«, sagte Clark und schien dabei besiegt zu sein. »Weil es schwer ist. Weil wir keine Reibungen untereinander verursachen oder rausgeworfen werden wollen. Weil diejenigen, die es tun, bestraft werden. Weil es nichts nützt.«

Liv kochte, ihre Wut machte ihr die Ohren heiß. »Das ist so ein ausgemachter Blödsinn.«

»Dem stimme ich zu«, sagte Clark, als er ein Buch herauszog. »Aber das scheint dir alles egal zu sein.«

»Was kümmert es mich, wenn ich Adler verärgere?«, forderte Liv ihn heraus.

»Dann wird er einen Weg finden, dir tödliche Fälle zuzuweisen«, erklärte Clark. »Wer weiß, was er noch alles für dich in petto hat? Alles, was ich weiß, ist, dass diejenigen, die sich in der Vergangenheit gegen ihn gestellt haben, es nicht lange getan haben.«

Liv wollte gerade protestieren, als sich Clarks Augen weiteten, während er das Buch in seiner Hand durchblätterte. »Ich glaube, das ist es.«

Liv nahm das Buch aus seinen Händen und überflog die aufgeschlagene Seite. »Du hast recht, das erklärt die Sache mit dem Garten.«

# DIE TRIUMPHIERENDE TOCHTER

Clark zeigte auf die Hälfte der Seite. »Wichtiger ist, dass es Informationen über den Brunnen gibt.«

»Eine Wassernixe?«, sagte Liv ungläubig beim Lesen. »*Das ist es*, was in dem Brunnen lebt? Wie ist das überhaupt möglich?«

Clark drückte sich an sie und versuchte, das Buch über ihre Schulter zu lesen. »Schau, der Brunnen ist nicht so flach, wie er aussieht.«

Liv wusste das von dem einen Mal, als sie versehentlich dort hineingefallen war. Sie war schon lange, bevor ihr Vater sie herausgefischt hatte, untergegangen. »Er ist neun Meter tief! Wie soll ich das finden, was Rudolf will?«

Clark, der offensichtlich schon die ganze Seite überflogen hatte, wies auf den Satz am Ende der Seite hin. »Es sollte einfach sein, *sie* zu finden.«

Livs Augen flogen über die Stelle, auf die er hinwies: »Die Wassernixe bewacht nur eine Sache.«

»Man muss also nur herausfinden, was sie bewacht und es nehmen«, sagte Clark nüchtern.

»Ja, während ich unter Wasser atme«, scherzte Liv. »Das klingt total einfach.«

»Das ist eine Wassernixe«, argumentierte Clark. »Sie sind süß und singen den Seeleuten Lieder. Wie schwer sollte das werden?«

»Wenn es nicht schwer wäre, hätte Rudolf es selbst getan«, entgegnete Liv.

Clark schüttelte den Kopf. »Nein, weil er nicht ins Haus der Sieben kommen kann. Er braucht dich dazu. Man taucht also in den Brunnen, nimmt, was die Wassernixe bewacht und kommt dann wieder raus.«

Liv schaute ihn unsicher an. »Irgendetwas sagt mir, dass es nicht so einfach sein wird.«

Clark zuckte die Achseln. »Möchtest du noch ein Buch über Wassernixen suchen?«

Liv schüttelte den Kopf. »Ich habe eigentlich schon ein Buch, das mir viel sagen wird.«

»Oh, *Geheimnisvolle Kreaturen*«, vermutete Clark. »Ja, ich bin sicher, das wird einige nützliche Informationen enthalten. Mal sehen, was da steht.«

Liv schob den Band über die Gärten im Haus der Sieben in Clarks Hände und zog die *Mysteriösen Kreaturen* aus ihrem Gewand heraus. Sie war nicht überrascht, als das kleine Buch das Kapitel über Wassernixen öffnete. Das Bild auf der nächsten Seite brachte sie fast dazu, das Buch fallen zu lassen. Auch wenn es nur eine Illustration war, erschien es für einen Moment real genug, um aus irgendeinem Grund aus der Seite zu springen.

Die im Buch dargestellten Wassernixen hatten kein süßes Lächeln und schönes Haar, das über ihre Schultern floss. Die Wassernixen waren hässlich, mit Seetanghaaren, großen schielenden Augen, scharfen Zähnen und Krallen.

»Das ist eine Wassernixe?«, fragte Clark und las erneut über Livs Schulter.

»Ja und sie sieht nicht wie ein vernünftiges Wesen aus, mit dem ich einfach verhandeln kann«, erklärte Liv.

»Nein, sie sieht hungrig aus.«

Liv schlug das Buch zu, nachdem sie die Kurzbeschreibung über Wassernixen gelesen hatte und fand sie nicht hilfreich. Das Wissen, dass sie kaltes Salzwasser und kleine Räume bevorzugten, brachte sie auf keine Idee, wie sie mit der Kreatur umgehen sollte. Ihre Jagd- und Schlafgewohnheiten wären nützlich gewesen, aber Liv war sofort klar, dass sie es sowieso nicht mit einer normalen Wassernixe zu tun haben würde. Die meisten wurden im Ozean gefunden, aber diese war auf einen einsamen Teich beschränkt, der anscheinend speziell dafür entworfen wurde.

»Was wirst du tun?«, fragte Clark und las die Entschlossenheit auf ihrem Gesicht.

»Ich werde mir Hilfe von einem Experten holen.«

## Kapitel 27

»Wenn du etwas über Wassernixen wissen solltest, sage es mir jetzt und erspare uns die Mühe dieser Reise«, ermutigte Liv Plato, als sie sich Rorys Haus näherten.

»Ich weiß, dass sie nicht gerne teilen und junge Männer den älteren vorziehen«, erklärte er.

»Ich glaube nicht, dass dieser Happen an Wissen so hilfreich ist, wie du vielleicht denkst«, kommentierte Liv.

»Ich habe einmal einige Zeit auf einem Boot verbracht, das nixenverseuchte Gewässer befahren hat«, erzählte Plato, während er mit hoch erhobenem Schwanz neben ihr her stolzierte.

»Was ist passiert?«

»Ich habe überlebt«, antwortete Plato einfach.

»Schockierend. Danke für den Spoiler-Alarm. Was war mit den Passagieren und der Besatzung an Bord?«

»Sie haben länger ausgehalten, als ich erwartet hätte«, erklärte Plato. »Wir trieben in dichten Nebel und als wir auf der anderen Seite herauskamen, sank das Schiff schnell auf den Grund des Ozeans.«

»Daraus hast du wohl nicht viel über Wassernixen gelernt.«

»Ich habe gelernt, dass diejenigen, die an der Reling des Schiffes stehen, zuerst über Bord gehen. Ich habe auch gelernt, dass fast jeder irgendwann über Bord geht.«

»Danke, aber ich glaube, ich brauche doch etwas mehr Informationen.« Liv blieb stehen und schaute Plato nachdenklich an. »Dieses Schiff, auf dem du gewesen bist ... Habe ich davon gehört?«

Platos Augen glitten zur Seite.

»War das die *Titanic*?«, fragte Liv erstaunt.

Genau aufs Stichwort war Plato verschwunden. Wieder einmal nahm Liv an, es wäre ihre Frage gewesen, aber sie bemerkte, dass die Kätzchen in Rorys Vorgarten spielten. Sie lachte sich ins Fäustchen. »Okay, ich werte das als ein Ja, Plato. Und hier dachten alle, es sei ein Eisberg gewesen, der den Ozeandampfer zum Untergehen gebracht hat.«

Sie war sich ziemlich sicher, dass Plato die Geschichtsbücher neu schreiben könnte.

Die Kätzchen stürzten sich gemeinsam auf ihre Füße, als sie den Garten betrat. Sie wusste, dass ein magischer Zaun sie dort hielt, da Junebug immer versuchte zu verschwinden. Allerdings hatte sie die anderen neun Kätzchen noch nie im Vorgarten gesehen.

Sie beugte sich vor und kraulte ein paar der Kätzchen am Kopf, während die anderen um ihre Aufmerksamkeit kämpften. »Was macht ihr denn hier draußen? Ihr braucht mehr Platz, oder?«

Einige von ihnen miauten als Antwort. Liv lächelte sie an, bevor sie sich wieder auf den Weg zum Haus machte. Seltsamerweise öffnete sich die Tür nicht als Reaktion auf ihre Anwesenheit. Sie klopfte an, in der Erwartung, dass die Tür aufgleiten und ihr Einlass gewähren würde. Liv wartete eine ganze Minute, bevor sie erneut anklopfte. Als auch das unbeantwortet blieb, begann sie sich Sorgen zu machen und versuchte es mit dem Griff, der sich auch tatsächlich drehte.

Sie schob die Tür einen Spalt auf, aber die Kätzchen drängten mit ihren Köpfen dagegen und drückten sie weiter auf, um an Liv vorbei ins Haus zu stürzen.

»Rory?«, rief Liv und spähte ins Wohnzimmer. Es war ruhig und noch seltsamer, es war blitzsauber. Buchstäblich. Ein Funkeln war vom Esstisch und den Böden zu sehen, als wären sie stundenlang poliert worden. Als sie einen Schritt in das Haus machte, verursachte ihr Stiefel ein quietschendes Geräusch.

»*Das* ist also quietschsauber«, murmelte Liv vor sich hin.

»Und noch etwas«, hallte Bermudas Stimme aus der Küche wider. »Die Tomaten kommen auf die Arbeitsplatte, nicht in den Kühlschrank – nicht, dass man zu viele Früchte von Nachtschattengewächsen essen sollte. Du weißt genau, dass man davon Blähungen bekommt.«

»Das weiß ich, Mama«, stöhnte Rory von irgendwo im Haus.

»Und noch etwas: Was machen die Kätzchen wieder im Haus?!«, schrie Bermuda ungehalten.

Livs Augen weiteten sich, als sie durch die offene Tür flitzten. Sie beugte sich vor und griff nach einer Handvoll Kätzchen, wobei ihre kleinen Krallen ihren Unterarm zerkratzten, weil sie zu entkommen versuchten. Sie war gerade dabei, die Kleinen vor die Tür zu setzen, als donnernde Schritte in ihre Richtung kamen.

Bermuda kam um die Ecke ins Esszimmer, als Liv sich aufrichtete und drei Kätzchen in ihren Armen hielt, die anderen hatten unter dem Sofa Zuflucht gesucht.

»Was hast du getan?«, brüllte Bermuda, ihr rundes Gesicht war rot vor Wut. »Ich habe hier gerade geputzt und diese kleinen Schmutzfinken haben schon wieder im ganzen Haus Dreck verteilt.«

Liv glitt rückwärts zur Bodenmatte vor der Tür und hielt die Kätzchen fester, irgendwie um ihr Leben fürchtend, als sie die rotgesichtige Riesin anstarrte.

## DIE TRIUMPHIERENDE TOCHTER

»Und du!«, so Bermuda weiter. »Bist du in einer Scheune aufgewachsen? Du hast deine Stiefel im Haus an. Weißt du es nicht besser, Kind?!«

Liv versuchte, die Tür mit dem Ellenbogen zu öffnen und die Stiefel abzustreifen. Das Bild musste lächerlich wirken, dachte sie, aber sie konnte den bedrohlichen Blick, den Bermuda ihr zuwarf, nicht ignorieren. Liv hatte Dämonen, Riesenschlangen und viele andere Monster gesehen, aber keines von ihnen hatte in ihr solch eine Angst geweckt wie es jetzt Bermuda vermochte.

»Es tut mir leid«, stotterte Liv, eines der Kätzchen wand sich aus ihrem Griff und sprintete ins hintere Schlafzimmer.

Bermuda starrte sie nur an, ihre Lippen bildeten eine harte Linie.

»Ich werde wieder aufräumen«, fuhr Liv fort. Als sie die Tür öffnete, sprangen die beiden anderen Kätzchen aus ihren Armen und rannten wie verrückt in die Küche. Todesmutig zog Liv ihre Stiefel aus und zwang ein Lächeln auf ihr Gesicht, als sie sich umdrehte, um sich der Riesin zu stellen. Ihre Augen folgten denen Bermudas und sie erkannte sofort, dass der Schaden bereits angerichtet war. Ein riesiger Klumpen Erde lag ein paar Meter von der Matte entfernt und sah aus wie ein riesiger Trümmerhaufen auf unberührtem Boden.

»Was geht hier vor?«, fragte Rory und kam von hinten in das Wohnzimmer. Junebug lag auf seiner Schulter. Das Kätzchen sprang hinunter und ließ sich auf die Couch fallen, wo es mit Kissen rang und alles durcheinander brachte.

Liv konnte das Lachen, das sich ihr beim Anblick des Riesen aus dem Mund drängte, nicht weiter zurückhalten. Sein normalerweise chaotisches, lockiges Haar war in der Mitte ordentlich gescheitelt und nach hinten gegelt. Noch

213

merkwürdiger war, dass er ein bis zum Hals zugeknöpftes, gestärktes, weißes Hemd trug, mit Hosenträgern, Khakis und Slippern.

Er rollte mit den Augen und ließ verzweifelt die Hände zur Seite fallen. »Oh, nein, das hast du nicht getan.«

»Doch hat sie«, bestätigte Bermuda und klopfte ungeduldig mit dem Fuß auf den Boden.

»Es tut mir leid … ich habe nicht … ich werde die Sauerei, die ich gemacht habe, beseitigen«, entschuldigte sich Liv und hob die Hand.

Bermuda schüttelte den Kopf. »Oh, nein, das tust du nicht. Deine Art von Magie wird die Dinge nur noch schlimmer aussehen lassen. Magier wirken die schlimmsten Reinigungszauber.«

Livs Augen richteten sich auf Rory und baten um Hilfe. Er schüttelte vorsichtig den Kopf.

»Eigentlich denke ich, dass Kobolde die schlechtesten Hauswirtschafter sind«, meinte Liv. »Sie fegen buchstäblich alles mit ihrer Magie unter den Teppich, was ironischerweise nicht sehr gut funktioniert, da sie keine Teppiche *haben*, sodass sich der ganze Dreck in der Mitte der Böden ihrer Hütten häuft.«

Rory seufzte tief.

Bermuda nickte ihrem Sohn zu. »Ich stimme dir zu, dein Lehrling weiß nicht, wann er still sein muss.«

»Lehrling?«, erkundigte sich Liv.

»Es ist ein verbreitetes Problem, das Zauberer haben«, fuhr Bermuda fort. »Sie hören sich selbst gerne reden, obwohl sie mehr Zeit damit verbringen sollten, zuzuhören, wenn sie diesem Planeten jemals von Nutzen sein wollen.«

Im Zimmer wurde es still, bis auf das Geräusch der Kätzchen, die sich im Sofa versteckten.

»Das sind ein paar nette Hosenträger«, neckte Liv Rory.

»Nicht«, sagte er warnend.

»Sie *sind* nett«, sagte Bermuda und blickte stolz auf ihren Sohn. »Sieht er nicht gut aus?«

»Mmh ...«

»Eigentlich musst du das nicht beantworten. Ich will nicht hören, was du von meinem Sohn hältst«, schnitt Bermuda sie ab und lenkte ihre Aufmerksamkeit auf ihren Sohn. »Vielleicht solltest du hinten am Hühnerstall arbeiten, Ro.«

»Du bekommst Hühner?«, fragte Liv. »Könnten die Kätzchen nicht ein Problem für sie sein?«

»Nicht, wenn sie draußen im Vorgarten leben, wo Katzen hingehören«, antwortete Bermuda bestimmend.

Rory kratzte sich an den Schultern und zupfte nervös an seiner Kleidung.

»Tu das nicht, du wirst deine Hosenträger verunstalten«, schimpfte Bermuda, kreiste mit dem Finger und zog die Kätzchen aus dem Sofa. Ihre Krallen versuchten, Halt am Boden zu finden, als eine magische Kraft sie zur Tür zerrte.

»Ich mag diese Hosenträger nicht«, murmelte Rory.

»Sie halten deine Hosen am Gesäß.« Bermuda zwang die Kätzchen mit einem Fingerschnippen aus der Tür und warf sie zu.

»Gesäß«, wiederholte Liv mit einem leisen Kichern und erntete ein Stirnrunzeln Bermudas.

»Gibt es einen Grund, warum du hier bist, Magierin?«

Liv konnte sich nicht mehr halten, obwohl sie zugegebenermaßen auch nicht sehr stark versuchte, ihre Reaktionen zu kontrollieren. Sie sagte: »Abgesehen davon, dass ich sehen wollte, wie Rory die Unterhose aus seiner engen Hose zieht?«

Er schloss die Augen, als wollte er sich in eine andere Dimension versetzen. Wahrscheinlich würde er sich an dieser Stelle mit Freuden für eine mit Dämonen und Feuer speienden Drachen entscheiden.

»Glaube nicht, dass ich so schnell vergessen werde, dass du mich im Dorf der Riesen beleidigt hast«, sagte Bermuda zu Liv.

Das brachte Rory dazu, die Augen verblüfft aufzureißen. »Liv? Du hast was getan?«

Liv blinzelte und versuchte sich zu erinnern, worüber Bermuda sprach.

Bermuda kreuzte ihre dicken Arme über der Brust und sagte: »Du hast mir vor meinem Stamm gesagt, dass mein Alter mich nicht attraktiver gemacht hat.«

Rory fuhr mit beiden Händen in die Haare.

»Oh, nein, hast du nicht.«

»Ich habe so getan, als wäre ich Decar Sinclair«, erklärte Liv. »Ich habe es nicht so gemeint, sondern vielmehr versucht, in der Rolle zu bleiben. Ist das nicht etwas, was Decar zu dir gesagt hätte?«

»Ziemlich wahrscheinlich«, stimmte Bermuda zu, streckte ihre Nase in die Luft und sah immer noch beleidigt aus.

»Nun, ich entschuldige mich, wenn ich dich beleidigt habe«, sagte Liv. »Ich finde dich natürlich so schön wie eine Rosenknospe.«

Das war offensichtlich nicht das Richtige. Bermuda deutete in Livs Richtung, als sie ihren Sohn anstarrte. »Siehst du nun die Respektlosigkeit, die uns die Magier dauernd entgegenbringen? Die Vergehen hören nie auf.«

»Warte, ich meinte das als Kompliment«, argumentierte Liv.

Die drei verstummten, Bermuda starrte Liv an, Rory auf den Boden, als ob er hoffte, in ihm zu versinken und Liv wippte hin und her und fragte sich, wie die Spannung zu brechen sei.

»Rosen gelten als eine der unattraktivsten Blumensorten unter den Riesen«, teilte Rory ihr mit.

»War ja klar«, sagte Liv trocken.

Das unangenehme Schweigen zwischen den dreien wuchs.

»Soooo …«, sagte Liv und zog das Wort in die Länge. »Ist das ein guter Zeitpunkt, dich um Hilfe zu bitten, Mrs. Laurens? Ich habe eine Situation, in der dein Fachwissen von Nutzen sein dürfte.«

Bermuda warf die Hände hoch und seufzte tief. »Natürlich braucht sie meine Hilfe.«

»Es ist wirklich wichtig«, sagte Liv. »Ich meine, du musst mir nicht helfen, aber wenn du es nicht tust, werde ich für zehn Jahre Diener der Fae sein, was unsere Fortschritte bei der ganzen ›Wahrheitsfindung‹ irgendwie aufhalten wird. Aber es ist natürlich deine Entscheidung.«

»Gut!«, sagte Bermuda und donnerte in die Küche.

»Gut, wie ›Ich sollte gehen‹?«, rief Liv der Frau nach.

»Gut, wie ›Ich werde dir helfen‹«, antwortete Bermuda schrill.

»Oh, nun, soll ich nachkommen?«, fragte Liv und schaute Rory an, der sich weigerte, vom Boden aufzublicken.

»Nein!«, bestimmte Bermuda resolut. »Ich besorge Tee, Kuchen, Obst und einige Entenwürste. Sonst fürchte ich, dass du vor mir verkümmern wirst. Im Ernst, es ist schwer, dich anzusehen, ohne dein Hungergefühl zu spüren.«

»Äh … Vielen Dank?«, antwortete Liv mit Unsicherheit in ihrer Stimme.

Rory blickte sie jetzt an, Scham stand ihm ins Gesicht geschrieben.

»Und, haben du und Mama Spaß?«, wagte Liv zu fragen.

Er schloss seine Augen vor ihr. »Ja und vielen Dank für den Vorschlag, dass sie während der Untersuchung bei mir wohnen soll.«

»Gern geschehen«, antwortete Liv und glaubte, dass Rory kurz davor war, sie zu ermorden.

»Sie hat mir von meinem Paps erzählt«, erwähnte Rory leise.

»Auch über die Geheimnisse, die sie verborgen hielt?«, fragte Liv.

Er nickte. Schluckte. »Ich denke, ich sollte dir danken. Ohne dich hätte ich nichts davon erfahren oder darüber, dass dieses Geheimnis so groß ist und alle Riesen betrifft.«

Liv wusste nicht, was sie dazu sagen sollte. Es war selten, dass Rory ihr gegenüber Dankbarkeit zeigte. »Dein Haar ist …«

»Nicht.« Er schüttelte den Kopf, was seine Locken von dem Gel befreite.

»Kommt her und esst auf, bevor es kalt wird«, befahl Bermuda.

Liv sah Rory unsicher an, aber er leitete sie weiter. »Fahre fort. Ich kann es kaum erwarten, herauszufinden, wofür du ihre Hilfe benötigst.«

»Oh, ich denke, du *kannst* warten, aber mir gefällt dein Versuch von Sarkasmus«, sagte Liv über die Schulter zu ihm, als Bermuda ein riesiges Tablett ins Wohnzimmer brachte.

Als sie es absetzte, glaubte Liv nicht, in ihrem ganzen Leben jemals eine solche Zusammenstellung gesehen zu haben. Die China-Teller waren mit fluffigen Teekuchen gefüllt, umgeben von Gläsern mit selbstgemachter Marmelade. In schönen, blauen Schalen, die mit kleinen, weißen Gänseblümchen verziert waren, lagen kunstvoll arrangierte

## DIE TRIUMPHIERENDE TOCHTER

Früchte und noch immer dampfte ein Stapel Würste, deren Geruch die Kätzchen an der Tür kratzen ließ. Auf diesem einen Tablett waren genug Speisen für Tage vorhanden, um Liv zu sättigen.

»Esst ihr nichts?«, fragte Liv und blieb vor dem Tisch stehen, der mit einer Spitzendecke und mit rosa und weißem Porzellan gedeckt war.

»Setz dich und iss, Magierin«, befahl Bermuda, ohne den versuchten Sarkasmus zu würdigen.

Zu Livs Erleichterung erschien ein Lächeln auf Rorys Gesicht, als sie ihn ansah. Er drängte sie auf den Stuhl neben sich.

»Also, die Sache ist die ...«

»Ich sagte essen«, tadelte Bermuda sie und übergab Liv den Teller mit Würsten. Sie spitzte die Lippen und schaute Rory an. »Magier sind die schlechtesten Zuhörer. Bei all meinen Geschäften hören sie, was sie hören wollen und ignorieren alles andere.«

Liv schloss den Mund zu, nahm eine Wurst vom Teller und reichte sie Rory mit angespanntem Gesichtsausdruck. Er schien sie zum Schweigen drängen zu wollen, aber sie wussten beide, dass das nicht lange anhalten würde.

Bermuda stapelte ein Dutzend kleiner, runder Teekuchen auf Livs Teller.

»Danke, aber das ist wahrscheinlich mehr, als ich brauche ...«

»Iss sie«, befahl Bermuda und schnitt ihr das Wort ab.

»Obwohl ich den Aufstrich schätze, habe ich gerade zu Mittag gegessen und ...«

»Ro, habe ich mich gegenüber deiner Magier-Freundin irgendwie unklar ausgedrückt? Sie scheint mich nicht zu verstehen.«

»Die Sache ist die, ich bin erwachsen und tue nicht, was andere Leute mir sagen, auch wenn ich ihre Hilfe brauche«, meinte Liv und schob ihren Teller weg.

Bermuda griff die perfekt gefaltete, rosa Serviette und knautschte sie zusammen. »Magier haben keine Ahnung, wie man sich zivilisiert benimmt.«

Liv konnte es nicht mehr ertragen. Sie stand abrupt vom Tisch auf und war immer noch nicht so groß wie die sitzenden Riesen. »Würdest du mir bitte noch sagen, was Magier falsch machen? Ich liebe es wirklich, diese Ausbildung von dir zu erhalten.«

Das Gesicht Bermudas wirkte feindselig.

»Ro, erlaubst du deinem Gast, so mit mir zu sprechen?«

Rory schaute zwischen seiner Mutter und Liv hin und her, als müsste er sich entscheiden. Dann zuckte er die Achseln. »Ja, ich glaube, das tue ich. Es gibt wirklich keine kontrollierbare Liv.«

Bermuda hob ihre Serviette auf und warf sie auf den Tisch, ihre Wut war spürbar. »Das war's, Ro! Geh raus und arbeite am Hühnerstall. Ich werde mit diesem Magierzwerg reden.«

Rory stieß einen schweren Seufzer aus. »Nein.«

Bermuda zuckte zusammen und sprang auf. »Was hast du gerade zu mir gesagt, mein Sohn?«

»Ich sagte nein«, antwortete Rory einfach.

Bermuda schenkte Liv einen mörderischen Blick, ihr Gesicht vibrierte vor Wut. »Verschwinde, Magierin!«

Rory stellte sich neben Liv. »Nein, Mama.«

Bermuda schaute ihren Sohn und Liv an, Verwirrung und Empörung in den Augen. »Was geht hier vor?«

Liv machte einen Schritt zurück, in der Hoffnung, sich hinter Rory verstecken zu können, wenn nötig.

## DIE TRIUMPHIERENDE TOCHTER

»Ich will keinen Hühnerstall bauen«, begann Rory. »Mir gefällt mein Garten, wie er ist, und ich kaufe Eier von Mrs. Anderson auf dem Bauernmarkt.«

»Aber sie ist eine Sterbliche«, klagte Bermuda. »Ich habe diese Eier gesehen. Sie waren winzig im Vergleich zu denjenigen, die man haben *könnte*.«

»Sie sind sehr gut«, erklärte Rory sachlich. »Und ich unterstütze sie gerne, weil sie eine nette Dame ist.«

»Aber sie ist ...«

»Ja, sie ist eine Sterbliche«, maulte Rory. »Früher hattest du mehr Toleranz gegenüber Sterblichen und anderen.«

»Ich denke, dass die Zeit, die du außerhalb des Dorfes verbracht hast, auf deine Sichtweise abgefärbt hat«, bemerkte Bermuda.

Rory schüttelte den Kopf. »Nein, hat sie nicht. Wenn überhaupt, dann sehe ich die Dinge klarer. Ich verstehe, was Liv will und sie hat recht, dass wir nicht weiter mit so vielen Trennungen leben können, was bedeutet, dass man sie nicht so behandeln sollte, als ob sie alles falsch machen würde.«

Bermudas Mund klappte auf, aber sie sagte nichts.

»Ach und noch etwas«, sagte Rory und nahm die Hosenträger ab, »ich mag diese Kleidung nicht. Ich schätze zwar deine Hilfe, aber ich mag die Kleidung, die ich normalerweise trage und auch die Art, wie ich mein Haar frisiere.«

Dann zeigte er auf die Tür und ließ sie auffliegen. Die Kätzchen sprangen von draußen ins Wohnzimmer, angeführt von Junebug. »Und ich mag meine Kätzchen im Haus.«

»Aber sie sind ...«

Rory hielt seine Hand hoch und fiel seiner Mutter ins Wort. »Ja, sie sind kleine Dreckbären, aber das macht mir nicht viel aus. Dies ist mein Haus und obwohl du hier immer willkommen bist, musst du meine Lebensweise respektieren.« Er klatschte Liv auf den Rücken und schleuderte dadurch ihren Oberkörper fast auf den Tisch. »Und du musst meine Freunde respektieren.«

Als Liv sich vom Husten erholt hatte, schaute sie stolz zu Rory auf. Er erwiderte das Lächeln nicht, welches sie ihm schenkte.

»Nun, ich wusste nicht, dass ich so viel Einfluss auf dein Leben ausübe, Ro«, sagte Bermuda, als sie sich unentschlossen am Tisch umsah. Nach einem Moment gelang ihr ein Lächeln. »Können wir noch einmal von vorne anfangen? Ich werde versuchen, mich an deine Grenzen zu erinnern. Es ist wohl schwer für mich, nicht alles zu übernehmen, wenn es um Haus- und Familiensachen geht.«

Rory nickte, zog Livs Stuhl zurück und bot ihn ihr an. Sie setzte sich zögernd hin und schaute dabei auf Bermuda.

Die Riesin studierte Liv, presste ihre Lippen zusammen und setzte sich wieder. Sie nahm eine frische Serviette von der Seite des Tisches und legte sie auf ihren Schoß. »Nun, wollen wir essen?« Sie schloss plötzlich den Mund und fing neu an. »Ich wollte sagen, es gibt Essen, wenn ihr hungrig seid.« Sie schnappte sich ein Gebäckstück und strich Marmelade darauf, wobei sie offenbar versuchte, ihre Emotionen im Zaum zu halten.

Liv warf Rory einen Seitenblick zu, als er neben ihr Platz nahm. »Das sieht toll aus. Danke, Mrs. Laurens.«

»Nun, du hattest eine Frage an mich? Fahre fort.« Bermuda nahm einen kleinen Bissen von dem kleinen Teekuchen.

»Richtig, ja«, sagte Liv und versuchte, sich nach dem seltsamen Konflikt zu beruhigen. »Ich habe mich gefragt, ob du mir sagen kannst, wie ich an einer Wassernixe vorbeikomme.«

## DIE TRIUMPHIERENDE TOCHTER

So zivilisiert, wie Bermuda zu sein versuchte, verschluckte sie sich an ihrem Bissen, das halb gekaute Essen flog über den Tisch und landete vor Livs Teller.

Sie schaute darauf und dann zu Rory, bevor sie erneut zu Bermuda hochsah. »Das wird also ein Kinderspiel, was?«

## Kapitel 28

Liv schob ihren Teller nach vorne und verdeckte damit den auf dem Tisch liegenden, halb zerkauten Bissen. Bermuda tupfte die Mundwinkel ab. »Nun, meine Liebe, ich scheine dich falsch verstanden zu haben. Ich hätte schwören können, dass du etwas über Wassernixen gesagt hast. Was meinst du wirklich?«

Liv nickte. »Ich meinte Wassernixen.«

Rory schob sich vom Tisch zurück und bedeckte seine Stirn mit den Händen.

Liv ignorierte ihn und richtete ihre Aufmerksamkeit auf die Riesin auf der anderen Seite des Tisches. »Ich habe den Abschnitt in deinem Buch über Wassernixen gelesen, Mrs. Laurens, aber ich habe keine Strategien gefunden, um an ihnen vorbeizukommen. Was ich eigentlich brauche ist, wie ich der Wassernixe etwas wegnehmen kann.«

Nachdem sie offenbar den Appetit verloren hatte, schob Bermuda ihren Teller zur Seite. »Niemand, der bei klarem Verstand ist, würde versuchen, an einer Wassernixe vorbeizukommen oder ihr das, was sie bewacht, wegzunehmen.«

Liv lachte. »Das klingt für mich selbstverständlich.«

»Mag…« Als Rory ihr einen wütenden Blick zuwarf, änderte seine Mutter ihren Satzanfang. »Liv, das ist ziemlich ernst. Wassernixen haben die Tapferkeit der schlimmsten Meeresungeheuer. Haie und Wale haben ihnen nichts entgegenzusetzen. Aber schlimmer noch, sie haben die Gerissenheit der verführerischsten und tödlichsten Frauen der

## DIE TRIUMPHIERENDE TOCHTER

Welt. Ich habe in meinem Buch keine Strategien für den Umgang mit ihnen aufgeführt, weil es keine gibt.«

Liv war wegen ihrer Niederlage enttäuscht. »Nun, ich muss etwas versuchen. Ich kann nicht einfach aufgeben.«

Rory klopfte mit den Fingern auf den Tisch, die Räder drehten sich in seinem Kopf. »Das ist es also, was du für Rudolf tun musst?«

Liv nickte. »Die Wassernixe ist im Brunnen im Garten des Hauses der Sieben. Ich weiß nicht, was sie bewacht, aber sie muss schon lange dort sein.«

Bermuda griff unruhig nach ihrer Teetasse. »Ich fürchte, dass das, was sie bewacht, die Dinge noch komplizierter macht.«

»Wie ich Rudolf kenne, ist es ein Juwel, eine Uhr oder ein anderer seltsamer Schatz«, erklärte Liv.

Bermuda blies auf ihren heißen Tee. »Ich bin mir nicht so sicher. Wassernixen sind wirklich nur an einer Sache interessiert und sie werden alles und jeden töten, der versucht, ihnen das zu nehmen.«

Liv lehnte sich nach vorne und Rory tat dasselbe, beide sehr neugierig darauf, was Bermuda sagen würden.

Sie stellte ihre Teetasse ab. »Nun, ist das nicht offensichtlich?«

Liv und Rory blickten sich verwirrt an.

»Für mich nicht«, sagte Liv. »Was ist mit dir, Ro?«

Er rollte mit den Augen, schüttelte aber den Kopf. »Nein, ich habe keine Ahnung.«

Bermuda ließ zwei Stücke Zucker in ihren Tee fallen. »Es sind Sterbliche. Wassernixen sind von Sterblichen besessen. Sie sind nur hinter Schiffen her, die Sterbliche an Bord haben. Sie werden einen Magier oder jede andere magische Kreatur umbringen, die sich zwischen sie und ihr Festmahl stellt.«

»Moment, dann bedeutet das, dass Wassernixen Sterbliche essen wollen? Aber diese bewacht anscheinend etwas anderes, denn ein Sterblicher wäre am Boden des Brunnens nicht mehr am Leben«, so Liv.

Bermuda nickte, als sie ihren Tee umrührte. »Ich stimme dir zu, dass der oder die Sterbliche nicht mehr am Leben ist. Das klingt am sinnvollsten, denn Wassernixen fressen ihre Beute nur bei lebendigem Leib.«

»Die Wassernixe bewacht also einen Haufen Knochen?«, fragte Liv.

Bermuda schaute ihren Sohn an. »Sie versteht *doch*, wie Magie funktioniert, oder?«

»Kaum«, antwortete er mit einem Seufzer.

»Hey, Vorsicht«, warnte Liv. »Ich lerne. Ich profitiere nicht wie du von vielen, vielen Jahren auf dieser Erde, alter Mann.«

Wieder rollte er mit den Augen.

»Liv, wenn die Wassernixe tatsächlich etwas bewacht, dann muss es ein Sterblicher sein, wahrscheinlich in einem konservierten Zustand«, erklärte Bermuda und versuchte, noch einen Schluck von ihrem Tee zu nehmen. »Sie wartet vielleicht darauf, dass der Sterbliche erwacht. Wassernixen, so verschlagen sie auch sind, sind nicht die hellsten. Sie neigen zum Fantasieren und sich nach Dingen zu sehnen, die sie nicht haben können.«

»Nun, dann muss ich ihr einfach etwas anbieten, das ihr besser gefallen wird, als einen toten Sterblichen zu bewachen«, so Liv.

Bermuda klatschte, es klang wie ein Feuerwerkskörper, der unvermittelt losging. »Der Ansatz ist eigentlich ganz gut. Du könntest sie mit einem anderen Sterblichen ködern. Hast du einen, den du ihr zuwerfen kannst?«

Liv zitterte vor Ekel. »Nein! Das ist ja schrecklich. Und nein. Einfach nein.«

»Nun, du brauchst eine Möglichkeit, die Wassernixe abzulenken und sie wird hungrig sein«, sagte Bermuda.

»Ganz zu schweigen von gefährlich«, warf Rory ein.

»Ja, und der Tatsache, dass du unter Wasser nicht atmen kannst, wird zu einem weiteren Nachteil für dich werden«, belehrte Bermuda.

Liv ließ einen schweren Seufzer los. »Warum kann ich nicht einfach den verdammten Springbrunnen ablaufen lassen und zusehen, wie diese Bestie auf dem Trockenen herumzappelt, während ich den Preis bekomme?«

Bermuda keuchte schockiert auf. »Zunächst einmal sind Wassernixen eine gefährdete Art. Wenn du sie töten würdest, würde ich das dem Büro der bedrohten magischen Geschöpfe melden müssen.«

»Natürlich würdest du das tun«, sagte Liv trocken. »Hast du nicht gerade gesagt, dass es unmöglich ist, an einer Wassernixe vorbeizukommen? Warum sterben sie dann aus?«

Bermuda zuckten die Achseln. »Weil sie, wie ich schon sagte, nicht klug sind. Sie enden in Fischernetzen oder verfangen sich im Müll, der im Meer schwimmt. Normalerweise sehen sie die Netze als eine Art Oase.«

»Okay, ich muss also in den Brunnen steigen, an der Wassernixe vorbei und den Körper eines Sterblichen bergen, von dem ich übrigens keine Ahnung habe, warum er im Haus der Sieben ist«, brachte Liv alles auf einen Nenner.

»Konzentriere dich auf das vorliegende Problem«, empfahl Bermuda. »Es geht dich nichts an, was der Körper dort macht, aber ein Minimierungszauber könnte helfen, ihn an die Oberfläche zu tragen.«

»Kann ich versuchen, die Wassernixe mit etwas anderem zu ködern?«, fragte Liv.

»Nur das Blut eines Sterblichen ist für sie von Interesse«, antwortete Bermuda. »Sobald du jedoch in diesen Brunnen springst, wird sie dich angreifen, um ihren Sterblichen zu verteidigen.«

»Würde ein Verkleidungszauber funktionieren?«, wollte Rory wissen.

Bermuda schüttelte den Kopf und nahm einen weiteren Bissen von dem Teekuchen, den sie zuvor zu essen versucht hatte. »Aufgrund ihres guten Geruchssinns lassen sie sich so nicht täuschen.«

Liv stand plötzlich auf, ihr war aus dem Nichts etwas eingefallen. »Aber ihr Gehörsinn funktioniert genauso wie der anderer Meeresbewohner, nicht wahr?«

Bermuda schienen ratlos zu sein. »Nun, ja …«

»Dann denke ich, dass ich eine Idee habe, die funktionieren könnte, aber ich muss zuerst in Johns Laden.« Liv schnappte sich einen Teekuchen und winkte den beiden Riesen zu. »Danke für all eure Hilfe!«

## Kapitel 29

Die ruhige und friedliche Wasseroberfläche des Brunnens spiegelte das Bild von Liv wider. Sie starrte in das Becken und sah tief im Wasser schimmernde Blau- und Grüntöne.

Sie blickte neben sich auf Plato herab. »Was hältst du von dem Plan?«

»Ich glaube, es könnte funktionieren«, antwortete er mit den Augen auf dem Wasser. »Aber es könnte auch nicht funktionieren.«

»Ich wusste, dass du das sagen würdest.«

»Warum fragst du dann?«, sagte Plato.

»Nun, das machen die Leute, wenn sie vor einer gefährlichen Situation beruhigt und ermutigt werden müssen«, antwortete Liv.

Plato klebte sich ein falsches Grinsen ins Gesicht, so falsch, als wäre er ein geistesgestörter Cousin der Grinsekatze. »Du schaffst das. Geh!«

Liv zog eine Grimasse. »Sei nie wieder fröhlich. Das passt nicht zu dir.«

Sein Lächeln löste sich auf. »Das hätte ich dir sagen können.«

Liv holte den Fisch-Finder, den Mister Simmons zur Reparatur im Laden abgegeben hatte aus ihrer Tasche. Sie hatte ihn repariert, aber praktischerweise vergessen, ihm zu sagen, dass er zur Abholung bereit war. Sie würde ihm das Gerät nach kurzem Gebrauch zurückgeben. Beim

Einschalten des Geräts wartete sie darauf, dass das Sonar erkannte, was sich im Becken befand. Einen Moment später zeigte es einen riesigen Fisch auf der rechten Seite des Brunnens.

»Sieht aus, als hätten wir unsere hübsche Dame gefunden«, sagte Liv auf dem Weg zur gegenüberliegenden Seite des Brunnens, etwa zwanzig Meter entfernt.

»Ja, ich bin sicher, sie ist hübsch. Ungefähr so wie ein Seeteufel«, erklärte Plato.

Liv zog ihren Umhang und ihre Stiefel aus und bereitete sich auf den Sprung vor. Sie wusste, dass das Wasser kalt sein würde und dass sie schnell sein musste. Was sie nicht wusste, war, ob der Minimierungszauber, den sie gerade erlernt hatte, auf den Körper des Sterblichen wirken würde, sodass sie ihn leicht an die Oberfläche tragen konnte. Als sie den Zauber mit dem Kühlschrank in Johns Laden ausprobiert hatte, hatte sie es so gemacht, dass er zwar leichter, aber nicht weniger sperrig war. Plato hatte erklärt, dass der Zauber so funktionieren sollte. Schade für Liv, denn sie hatte gelernt, wie man Dinge wie den Laden vergrößern konnte, aber sie hatte nicht herausgefunden, wie mit einem Verdichtungszauber das Gegenteil zu erreichen war.

Liv hätte sich die Zeit genommen, diesen Zauberspruch zu lernen, aber Plato informierte sie, dass sie bei körperlichen Wesen nicht gut funktionierten und auch dauerhafte Nebenwirkungen haben konnten. Es würde nichts nützen, den Sterblichen für Rudolf zurückzuholen, nur um eine winzige Person zu befreien, die nicht der von ihm gewünschten Form entsprach.

»Warum will Rudolf einen Sterblichen zurück, der auf dem Grund des Brunnens im Haus der Sieben schläft?«, fragte Liv Plato.

Der Lynx schnippte mit dem Schwanz und beobachtete die Wasseroberfläche. »Tot ist«, korrigierte er. »Sein Sterblicher ist tot, ganz sicher. Ein Schlafzauber würde unter Wasser nicht funktionieren.«

»Okay, die Frage bleibt gleich«, sagte Liv. »Warum will er einen Toten?«

»Manche Leute stehen darauf«, meinte Plato trocken.

»Oh, wie ekelhaft.« Liv verzog angewidert das Gesicht.

»Ich bin sicher, dass du es herausfinden wirst, wenn du Erfolg hast.«

»Nochmal, können wir daran arbeiten, etwas positiver zu denken, wenn ich mein Leben für eine Mission riskiere?«

»Okay«, bekräftigte Plato. »Aber muss ich sonst auch immer positiv sein?«

Liv schüttelte den Kopf. »Nein. Mir ist klar, dass das deinen Geist töten würde und das will ich nicht.«

Nachdem sie die Ärmel hochgekrempelt und die Socken ausgezogen hatte, band Liv ihre Haare zurück und versuchte, die Zahl der Dinge zu minimieren, die sie möglicherweise behindern könnten. Es war fast ein Leben lang her, dass sie schwimmen gegangen war. Viele in Los Angeles gingen an den Wochenenden nach Malibu oder Santa Monica und schwammen, aber erstens mochte Liv die Touristen nicht, die die Strände immer mit ihren Wurf-Zelten und ungezogenen Kindern verstopften und zweitens war Schwimmen in eiskaltem, von Haien verseuchtem Wasser nicht im Geringsten reizvoll für sie.

Sie lachte über die Ironie, als sie auf das kalte Wasser starrte, in dem ein Monster lebte, das etwas bewachte, ohne das sie nicht wieder auftauchen durfte.

Das Fläschchen mit dem Blut von John, das Liv ihm abgenommen hatte, war dank des Zauberspruchs, den sie darauf gelegt hatte, noch warm. Sie war es ein wenig leid, Menschen, die sie liebte, Blut zu entnehmen, wie damals, als sie das von Sophia benutzen musste, um Queen Visa zu betrügen. Liv war sich jedoch ziemlich sicher, dass sie dafür Johns Blut brauchte und es war auch als Köder geeignet, um die Wassernixe anzulocken, solange es frisch war. Liv hoffte, dass das Blut eines Sterblichen verlockend genug war, die Wassernixe von der Stelle wegzuholen, die sie bewachte.

Schließlich holte Liv das Sonargerät heraus, das sie unter ihrem Umhang mitgebracht hatte. Dies war der Teil ihres Plans, an dem sie die größten Zweifel hatte. Sie hatte das Gerät nicht testen können und es war eine einzigartige Technologie, die sie selbst entwickelt hatte – natürlich nach der Reparatur des Fisch-Finders. Mit einem normalen Sonargerät, das sie in der Mülltonne im Laden gefunden hatte, hatte Liv es mit magischer Technik optimiert. Sie war sich nicht sicher, ob ihre Fähigkeiten der Kombination von Magie und Elektronik gewachsen waren, aber alle Fehlerbehebungen hatten ihr den Weg geebnet. Nachdem sie das Gerät repariert und aufgerüstet hatte, war es so gebaut, dass Liv die Frequenz erhöhen konnte, was in Kombination mit der magischen Technik die Wassernixe hoffentlich zu einem einfach gelösten Problem machen würde.

Liv legte das Gerät neben ihrem Umhang direkt vor Plato ab. »Weißt du noch, was du tun musst?«, fragte sie.

»Ich drücke auf den Knopf oben«, antwortete er und hielt die Pfote hoch, als wollte er es gleich tun.

»Weißt du, wann du es tun musst?«, fühlte sie ihm weiter auf den Zahn.

Er nickte. »Wenn es Zeit ist.«

Liv rollte mit den Augen. »Weißt du, wann diese Zeit gekommen ist?«

»Kurz bevor du gefressen wirst.«

Liv schüttelte den Kopf. »Wenn ich in diesem Brunnen sterben sollte, werde ich dich für den Rest deines langen Lebens verfolgen.«

»Gut, du kannst dem Club beitreten, musst dich nur hinten anstellen«, sagte Plato ernsthaft.

»Und wenn jemand in diesen Bereich des Gartens kommt?«, fragte Liv ihn ab.

»Dann verschwinde ich und überlasse es dir, für dich selbst zu sorgen«, antwortete Plato trocken.

»Ich glaube nicht, dass wir das so besprochen haben.«

Plato wurde langsam ärgerlich. »Ich werde mein Voodoo benutzen, um sicherzustellen, dass ich nicht gesehen werde, aber ansonsten werde ich genau hier sein und das Gerät überwachen.«

Liv war sich nicht sicher, wie lange das Sonar funktionieren würde, aber sie setzte darauf, mindestens eine Minute zu haben, oder vielleicht ein bisschen mehr, in der die Wassernixe nicht mehr handlungsfähig wäre. Deshalb musste das Timing stimmen. Sie war sich auch nicht sicher, ob es überhaupt funktionieren würde, aber ihr lief die Zeit zum Experimentieren davon.

Beim Entkorken der Blutampulle warf Liv Plato einen letzten zögerlichen Blick zu. »Okay, mach dich bereit. Es ist fast so weit.«

»Wofür?«, fragte er durch ein langes Gähnen.

Liv konnte nur noch lachen. »Das ist die Art von Motivationsschub, den ich von dir erwarte. Danke.«

Sie drehte das Fläschchen um, verschüttete den Inhalt in den Brunnen und färbte das Wasser rot.

Etwas ruckelte unter der Oberfläche und schlug gegen die Wand auf der anderen Seite.

»Sieht so aus, als wäre unser überdimensionierter Piranha wach«, sagte Liv angespannt.

Das Wasser kräuselte sich, als die Wassernixe unter der Oberfläche schwamm und die Wellen nahmen zu, als die dunkle Gestalt näher kam. Sie war noch nicht bis zur Hälfte oben, als Liv auf den Rand des Brunnens sprang, an der Seite entlang lief und dann hinein hechtete. Sie hoffte aufrichtig, dass das Becken tatsächlich mindestens neun Meter tief war. Die junge Magierin wollte wirklich nicht kopfüber in ein flaches Becken springen, aber es war zu spät, sich jetzt noch Gedanken darüber zu machen.

Ihre Arme hatte sie vor sich ausgestreckt, als die Nachtluft über ihr Gesicht peitschte. Obwohl es viele Jahre her war, tauchte sie mit einem Hechtsprung ein, wobei ihre Hände zuerst die Wasseroberfläche berührten, gefolgt von Armen, Kopf und Körper.

Die Kälte war stechend, das Wasser dunkel. Liv schlug kräftig mit den Beinen und tauchte in die Tiefe. Sie war nicht nur durch die Laufzeit des Sonars eingeschränkt, sondern wusste auch, dass sie in diesem kalten Wasser den Atem nicht lange anhalten konnte. Ihre Lungen pulsierten bereits wegen des Dranges zu atmen. Liv hielt ihre Lippen fest zusammengepresst und drängte stärker nach unten.

Die Dunkelheit nahm zu, als sie sich weiter von der Oberfläche entfernte. Ihre Sicht wurde beim Tauchen durch Blasen beeinträchtigt. Liv bezweifelte, dass sie überhaupt in der Lage sein würde, den Körper des Sterblichen da unten zu sehen, als ein flimmerndes Licht ihre Aufmerksamkeit erregte.

Ein Schrei durchdrang das Wasser und hallte in Livs Kopf wider. Die Wassernixe wusste jetzt, dass sie im Becken war.

## Kapitel 30

Liv wagte es, über die Schulter zu schauen, aber alles, was sie sah, war aufgewühltes Wasser auf der anderen Seite des Brunnens. Überall entstanden Blasen, als ob etwas in einen Tornado geraten wäre. Bald wäre es für Plato an der Zeit, das Sonar zu starten.

Obwohl die Wassernixe anscheinend schneller als ein Hai war, dauerte es noch ein wenig, bis sie das Becken durchquert hatte, was einer der Gründe gewesen war, sie auf die andere Seite zu locken. Auch gab es kaum eine Möglichkeit, an den Sterblichen zu gelangen, wenn die Wassernixe direkt auf ihm ruhte oder wie auch immer sie ihre Zeit verbrachte.

Nach einem kräftigen Beinschlag erblickte Liv schließlich den Sterblichen auf dem Grund des Brunnens. Es war eine Frau in einem weißen Kleid. Ihr langes, braunes Haar schwebte um sie herum und verdunkelte teilweise ihr blasses Gesicht. Liv konnte jedoch feststellen, dass sie auch nach all der Zeit, die sie unter Wasser gelegen hatte, atemberaubend schön war, ihre Gesichtszüge ausgewogen und ihre Haut makellos.

Liv zeigte mit dem Finger auf die Sterbliche und schickte den Minimierungszauber. Ihr Körper hob sich leicht vom Grund ab.

So weit, so gut, dachte Liv und fühlte sich siegreich.

Dann geschah es wieder – der Schrei, diesmal näher. Liv peitschte herum und Blasen schossen in ihre Richtung. Dann sah Liv die Wassernixe.

Hey, hübsche Frau, dachte Liv und fragte sich, ob Hässlichkeit eine Waffe sein konnte.

Das Bild in Mysteriöse Geschöpfe wurde der Wassernixe nicht gerecht. Ihr langes, wallendes, seetangähnliches Haar breitete sich um sie herum aus, die Wellen wirbelten, als sie in Livs Richtung raste. Ihr Mund mit den messerartigen Zahnreihen war geöffnet. Ihre dunklen Augen glichen denen eines Fisches, groß und ohne zu blinzeln. Ihre langen, krallenförmigen Hände griffen in Livs Richtung, ihre schwarze Rückenflosse trieb sie schneller vorwärts als ein Motor das Boot.

Verdammt, sie sollte eigentlich kampfunfähig sein, dachte Liv panisch. Könnte sie hier gegebenenfalls ein Portal öffnen? Das glaubte sie nicht. Sie bemerkte, dass sie am Arsch war, als die Wassernixe wie ein Torpedo mit ihr zusammenstieß.

Die krallenförmigen Hände der Wassernixe packten Livs Arme, durchbohrten ihre Haut und schickten Blut in das blaue Wasser. Liv zog ihr Bein an, um der Wassernixe in die Brust zu treten, was unter anderen Umständen völlig inakzeptabel gewesen wäre, da sie kein Oberteil trug.

Der Angriff hatte anscheinend keine Auswirkungen auf das Wesen, das Liv ins Gesicht schrie, wobei ihre Stimme irgendwie durch die Vibration in Livs Zähnen schmerzte.

Sie versuchte sich zu befreien, aber die Wassernixe war unglaublich stark.

Sit-ups, dachte Liv krankhaft, als sie um ihr Leben kämpfte. Die Wassernixe verbrachte endlose Stunden auf dem Grund des Beckens und machte Sit-ups und andere Kraftübungen.

Der Kiefer der Wassernixe wurde aus den Angeln gehoben, ihr Gesicht spaltete sich fast in zwei Hälften, wodurch sie wie eine seltsame Puppe aussah. Liv wusste, was als Nächstes kommen würde: ein Biss und sie wäre tot. Nichts könnte einen Angriff von etwas in dieser Größe überleben.

Livs Lungen entließen Luft, als sie mit Fußtritten und Schlägen alles tat, was ihr einfiel, um gegen die Wassernixe zu kämpfen. Wenn sie nur ein oder zwei Zentimeter weit käme, könnte sie einen Zauber auf die Kreatur ausprobieren, obwohl sie nichts gefunden hatte, was sofort wirksam wäre. Dennoch war das Sterben am Grund des Brunnens nach einem kurzen Kampf die grausamste Möglichkeit.

Die Augen der Wassernixe weiteten sich, als sie Liv zu sich heranzog, um sich in ihrer Schulter zu verbeißen. Mit ihren Krallen wollte das Monster ihr das Herz herausreißen.

Das ist das Ende, dachte Liv, obwohl sie den Kampf gegen die Wassernixe trotzdem nicht aufgab.

Der Griff an Livs Armen lockerte sich; sie riss sich frei und wich zurück, als die Wassernixe losließ. Die Nixe schwebte mit zur Seite hängenden Kopf davon.

Es hatte funktioniert! Liv konnte es kaum glauben! Und keinen Augenblick zu früh. Das Sonar musste länger gebraucht haben den Dienst aufzunehmen, als sie berechnet hatte.

Sie verlor keine Zeit und schwamm in die Richtung der Sterblichen. Liv wusste, dass sie nur noch zwanzig oder dreißig Sekunden Zeit hatte, bevor ihr die Luft ausging. Als sie den Körper der Frau gegriffen hatte, rauschte Liv der Wasseroberfläche entgegen, ihre Lungen schrien nach Sauerstoff. Sie hätte beinahe den Mund geöffnet und Wasser in ihren Körper strömen lassen.

*Nur noch ein bisschen weiter*, ermutigte sich Liv und sah das Licht heller werden, als sie sich der Oberfläche näherte. Die Haare des Mädchens waberten in ihr Gesicht und nahmen ihr teilweise die Sicht. Mit jeder Sekunde wurde es schwieriger mit den Beinen zu schlagen und Liv verlor an Schwung. Selbst wenn sie an die Oberfläche käme, müsste sie die Frau immer noch aus dem Brunnen hieven. Es schien hoffnungslos, aber sie gab nicht auf.

Sie wurde langsamer, als die Oberfläche nur noch wenige Meter entfernt war und fand es unmöglich, die Frau weiterhin bis ganz nach oben zu tragen. Ihre Lungen brannten.

Nur noch zwei Meter.

Die Wassernixe schrie auf dem Grund des Brunnens.

Liv drängte stärker. *Ich darf niemals aufgeben. Nicht jetzt und auch sonst nicht.*

Noch ein Meter.

Sie fühlte den Wasserschwall unter sich, als die Wassernixe auf sie zuraste.

Sie würde niemals aus dem Brunnen heraussteigen und die Sterbliche herausziehen können, bevor die Wassernixe sie erreichte.

Als Liv die Wasseroberfläche durchbrach, atmete sie kräftig ein, ihre Lungen rangen nach Luft und empfingen sie wie einen Frühlingstag nach dem längsten Winter.

Sie war gerade dabei, den Körper der Frau über den Brunnenrand zu hieven, als so etwas wie ein Löwenmaul die Frau sanft an ihrem Kleid hochhob und sie aus Livs Armen zog. Sie hatte kaum einen Moment, diesen seltsamen Anblick zu registrieren, als ihr etwas in den Knöchel biss.

Liv schrie auf, griff nach dem Brunnenrand und klammerte sich fest, weil die Wassernixe versuchte, sie wieder unter Wasser zu zerren.

Während sie versuchte, der Wassernixe ins Gesicht zu treten, schrie Liv. »Plato! Das Sonar!«

## DIE TRIUMPHIERENDE TOCHTER

Der Löwe verschwand, nachdem er den Körper der Frau sicher auf den Boden neben dem Brunnen gelegt hatte. Liv drückte die Augen zu und versuchte, sich hochzuziehen, während die Wassernixe ihre Beine zerkratzte. Das einzige, was sie bisher gerettet hatte, war, dass der Biss nicht groß war. Doch schon bald würde das Monster ihren Kiefer wie zuvor wieder ausrenken und dann wäre sie am Ende.

Ihre Hand rutschte an der Kante ab, sie wurde schnell unter die Oberfläche gezerrt und nach unten geschleppt.

Sie wühlte sich förmlich durch das Wasser und versuchte alles, was ihr einfiel, um wegzukommen. Sie drehte sich um und zeigte mit der Hand auf die Wassernixe, die im Begriff war, einen weiteren Schlag auszuführen. Dann ließ die Wassernixe sie wieder los und schwebte leblos davon.

Das Sonargerät hatte wieder funktioniert! Aber sie wusste, dass es nicht lange anhalten würde.

Mit ihren verletzten Beinen schwamm sie an die Oberfläche, dankbar, als ihre Hände den Rand des Brunnens fanden. Sie zog sich über den Rand, rutschte unelegant hinunter und landete neben der toten Frau, erschöpft und dankbar, noch am Leben zu sein.

Ihre Augen flatterten. Sie brauchte nur eine Minute zum Ausruhen.

## Kapitel 31

Etwas packte ihr Bein. Liv trat zu, weil sie dachte, die Wassernixe sei aus dem Brunnen gekrochen und im Begriff, sie zu verschlingen und die Sterbliche zurückzuholen.

»Es ist okay«, sagte eine vertraute Stimme tröstend.

Liv kämpfte gegen den Drang an, ihre Augen geschlossen zu halten, der Schlaf hatte sie übermannt und ihre Lider öffneten sich für eine verschwommene Welt. Eine dunkle Gestalt kauerte vor ihr und wickelte Verbände um die Wunden. Zumindest hoffte sie, dass sie das tat.

Als sie hingesetzt wurde, zwang Liv ihre Augen, sich zu konzentrieren. Stefan Ludwig kümmerte sich um den Biss und die Kratzer an ihren Beinen. Als sie schließlich den Schmerz nach der Tortur spürte, stieß sie ein leises Stöhnen aus.

»Ist es schlimm?«, fragte sie ihn.

Er schüttelte den Kopf, sein dunkles Haar fiel ihm in die Augen. »Nein, nur oberflächliche Wunden. Es hätte viel schlimmer ausgehen können.«

Liv nickte und schaute sich um, als Stefan auf die andere Seite des Brunnens ging und ihre Sachen aufhob. Plato war nirgendwo zu sehen, aber sie konnte das Bild von ihm als großer Löwe nicht abschütteln. Er war majestätisch und schön gewesen und er hatte sie gerettet. Hätte er die Frau nicht aus dem Brunnen gezogen … Liv hätte sie niemals herausheben können. Und ohne sie? Nun, Liv wäre im

Brunnen geblieben, bis es vorbei gewesen wäre ... Bis zu ihrem Tod.

Stefan ging zurück und schaute sich um, als ob er zu entscheiden versuchte, ob sie etwas vergessen hatten.

Wann war er gekommen? Liv musste es herausfinden. Das Timing war gut gewesen, aber jetzt gab es einiges zu klären.

»Kurze Frage. Absolut keine große Sache«, legte Stefan los und sah Liv mit einem halben Lächeln an, als er vor ihr stand. »Warum hängst du mit einem toten Mädchen im Garten ab?«

Liv schob ihr Kinn vor und betrachtete die kalte, nasse Leiche. »Weil ich die schlimmsten Freunde auf der Welt habe.«

»Ja, die hast du«, sagte er und schüttelte den Kopf, während er mit den Augen über das Gesicht der Sterblichen glitt. Außerhalb des Wassers war sie noch schöner, ihre Augen waren geschlossen, als ob sie einfach nur schlafen würde. Stefan zog seinen Umhang aus und warf ihn über den Körper. »Brauchst du Hilfe beim Transport? Ich denke, du möchtest nicht länger hier bleiben. Es sei denn, du willst, dass Adler oder Bianca dich finden und du dann für ein Verhör hier bleiben musst.«

Liv stöhnte, als sie aufstand und bemerkte, dass sie tropfnass war und vor Kälte zitterte. »Das wäre großartig, wenn es dir nichts ausmacht.«

»Hey, wofür sind schreckliche Freunde da?« Stefan zeigte auf die langen Bissspuren auf ihrem Arm, die er noch nicht verbunden hatte. »Muss ich mir Sorgen machen, dass du dich in einen Dämon verwandelst?«

Sie lachte finster und zog ein Stück losen Stoff aus ihrem bereits gerissenen Shirt. »Nein, aber vielleicht in eine Wassernixe.«

Stefan hievte die Leiche des toten Mädchens auf seine Schulter. »Wassernixe, hm? Wow, ich kann es kaum erwarten, diese Geschichte zu hören.«

»Sie ist total langweilig«, antwortete Liv und band sich den Stofffetzen um den Arm. Dann nahm sie ihren Umhang, den Stefan neben den Brunnen gelegt hatte und fing dabei die seltsame Kräuselung der Wasseroberfläche auf. Sie hätte schwören können, dass sie das Gesicht der Wassernixe sehen konnte, die sie angestarrt hatte, aber als sie blinzelte, um ihre Sicht zu klären, gab es dort nichts – nur Schatten. Sie steckte das Sonargerät in ihre Tasche und ließ einen schweren Seufzer los.

»Eine tote Sterbliche und eine bissige Wassernixe. Klingt nach einer echten Gute-Nacht-Geschichte.« Stefan deutete zunächst auf den Körper des Mädchens und sah plötzlich aus, als hätte er einen großen Sack Kartoffeln auf seiner Schulter. Dann zeigte er auf Liv und trocknete sie magisch ab. »Ich hoffe, es macht dir nichts aus, dass ich dir dabei geholfen habe. Du hast ein wenig schwach ausgesehen von deinem Kampf oder was auch immer du im Brunnen getan hast.«

»Ich hatte mich entschlossen, schwimmen zu gehen«, gab sie zu.

»Das hast du«, sagte er lachend. »Erzähl mir davon, während du mir den Weg weist. Wohin soll ich das tote Mädchen bringen?«

»In meine Wohnung«, antwortete Liv und humpelte los.

»Natürlich«, sagte Stefan. »Dort bewahre ich meine Leichen auch alle auf. In meiner Wohnung.«

Liv nickte über die Schulter. »Dann ist das ja geklärt.«

## Kapitel 32

Auf Livs Anweisung hin legte Stefan das noch klatschnasse Mädchen auf die Couch in ihrer Wohnung, die gleichzeitig als Klappbett diente.

Notiz an mich: Ich brauche ein neues Bett, dachte Liv und holte ihr Telefon heraus, um Rudolf eine Nachricht zu schicken. Nun, da er es gestattet hatte, hatte sie über das magische Netzwerk Zugang zu seiner Telefonnummer. Offenbar musste er die Nummer wegen seiner vielen Stalkerinnen und auch Stalker mit besonderer Magie blockieren.

Stefan trocknete sich mit demselben Zauberspruch ab, den er bei Liv angewendet hatte, bevor er sein eigenes Telefon herauszog.

Liv warf ihm einen vorsichtigen Blick zu.

»Ich rufe Hester an«, sagte er und hielt sich das Telefon ans Ohr. »Deine Bisse müssen behandelt werden.«

Liv nickte und wusste, dass sie der Heilerin vertrauen konnte. Sie würde wahrscheinlich lachen und sich fragen, wie Liv von einer Wassernixe und auch von einer Lophos gebissen werden konnte. Sie hatte sicherlich einfach nur Pech.

Einen Moment später beendete Stefan das Gespräch und ließ Liv neugierig aufblicken.

»Was?«, sagte sie und humpelte zu dem Stuhl in der Ecke.

»Erzähle mir deine Geschichte«, befahl Stefan und verschränkte die Arme über der Brust. Sie hatte auf dem Weg zu ihrer Wohnung Schwierigkeiten gehabt, mit ihm Schritt zu halten, nicht nur wegen ihrer Verletzungen, sondern auch, weil er sich schneller als menschenmöglich bewegte und sie leicht zurücklassen konnte.

»Ich weiß nicht, wer das Mädchen ist«, erklärte Liv und erzählte ihm von dem Ring und dem Gefallen.

Stefan schnalzte mit der Zunge und schüttelte den Kopf, als sie fertig war. »Ernsthaft, wie bringt man sich in solche Situationen?«

»Betrachte es als Geschenk, wenn man mit mir abhängt«, gab sie zu.

»Oder als Fluch«, scherzte er, als die Tür aufsprang.

Rudolfs Gesicht war weiß, als er in Livs Wohnung rannte und seine Kleider waren zerknittert, als hätte er sie in aller Eile angezogen.

»Ja, komm ruhig rein, Klingeln oder Klopfen wird überbewertet«, meinte Liv trocken.

Rudolf starrte umher, seine Augen landeten auf der Sterblichen, die auf Livs Couch lag, und Wasser auf den Hartholzboden tropfte.

»Dumbo, sagst du mir, warum ein totes Mädchen auf meinem Sofa liegt?«, bat Liv Rudolf, der auf seine Knie zu Boden glitt und das Gesicht der jungen Frau in seinen Händen hielt.

»Weil …«, sagte er und untersuchte sie, als ob er nicht wüsste, dass ihr Herz nicht schlagen konnte und er wissen wollte, ob es ihr gut ginge.

Liv warf einen Blick auf Stefan. »Ich habe es dir gesagt. Die schlimmsten Freunde aller Zeiten.«

»Ich habe das Glück, mich zu diesen Leuten zu zählen«, antwortete Stefan stolz und schenkte ihr ein verschwörerisches Lächeln.

»Hey. Rudolf«, versuchte Liv, die Aufmerksamkeit des Fae zu erhalten. Er war damit beschäftigt, der toten Frau unzusammenhängende Dinge zuzumurmeln. »Ich weiß, dass du mit einem Gespräch mit der Toten beschäftigt bist, aber ich muss irgendwie erfahren, warum du mich diese Leiche aus dem Brunnen hast holen lassen, vor allem, weil ich dabei fast umgekommen wäre.«

Rudolf blickte auf, als hätte er gerade erst bemerkt, dass Liv da war. »Oh, hey. Können wir etwas Privatsphäre bekommen?«

Livs Augen wanderte von einer Seite zur anderen. »Mmmh ... falls du es nicht bemerkt hast, meine Wohnung hat nur dieses eine Zimmer.«

Rudolf schüttelte den Kopf. »Das ist in Ordnung. Du kannst zusehen. Ich lösche dein Gedächtnis, wenn ich fertig bin.«

Liv holte Bellator herunter, das praktischerweise auf dem Regal lag, wo sie es abgelegt hatte. Obwohl sie kurz zuvor noch schwach gewesen war, schoss nun Feuer durch ihre Adern und machte ihre nächsten Bewegungen so schnell wie die von Stefan. Die Schwertspitze stieß Rudolf gegen den Rücken und er richtete sich auf.

»Bitte zwinge mich nicht, dich nach all dem zu töten«, sagte Liv.

Er verkrampfte sich und hielt die Hände kapitulierend hoch. Mit einem Blick über die Schulter nickte er. »Okay, gut. Aber wer ist das?« Er zeigte auf Stefan, der in der Ecke saß.

»Stefan, der Dämonenjäger, das ist Rudolf, der der Fluch meiner Existenz ist. Rudolf, das ist Stefan, der Typ, der mir geholfen hat, das tote Mädchen in meine Wohnung zu bringen«, erklärte Liv.

Rudolf winkte Stefan beiläufig zu. »Freut mich, dich kennenzulernen. Wenn es dir nichts ausmacht, niemandem davon zu erzählen, wäre das sehr willkommen.«

Stefan lächelte. »Ich habe meine eigenen Geheimnisse, also verstehe ich es vollkommen. Mach dir keine Sorgen.«

Liv räusperte sich. »Also, obwohl diese Vorstellungsrunde großartig ist und ich kurz davor bin zu verhungern … warum erklärst du mir nicht, was diese sterbliche Frau am Grund des Brunnens im Haus der Sieben zu suchen hatte?«

Bellators Spitze zeigte noch immer in Rudolfs Richtung. Er seufzte.

»Sie heißt Serena«, sagte Rudolf und strich ihr nasses Haar von der Stirn. »An unserem Hochzeitstag erfuhr Queen Visa von uns. Ich hätte wissen müssen, dass sie mir nie erlauben würde, glücklich zu sein. Wir hatten zuvor eine Affäre und sie hat mich aufs Abstellgleis geschoben, aber sie lässt niemanden wirklich gehen. Jahrzehnte später fand ich Serena und wir verliebten uns ineinander.«

Liv gähnte, die Erschöpfung übernahm ihren Körper. »Ich habe diese Geschichte schon einmal gehört.«

Rudolf schüttelte den Kopf und schlug ihr Schwert mit mehr Kraft weg, als sie erwartet hatte. Sie senkte Bellator. »Du hast diese Geschichte noch nie gehört, weil sie neu ist. Ich hatte mich verliebt, das schwöre ich.«

»In eine alternde Sterbliche?«, bohrte Liv sarkastisch weiter.

»Ja, denn das ist der Grund, warum es mit Queen Visa und mir nicht geklappt hat«, gestand Rudolf. »Ich war nie wie die anderen Fae, ich wollte nie nur Lust und Sex. Ich sehnte mich immer nach dem echten Hauptgewinn, Romantik und wahrer Liebe.«

Liv lachte laut auf und erntete einen schockierten Blick von Stefan.

»Komm schon!«, sagte sie zu ihm. »Wenn du Rudolf kennen würdest, wüsstest du, wie lächerlich das ist. Er hat mich nicht weniger als zwei Dutzend Mal sexuell belästigt. Er ist der Inbegriff des Chauvinismus.«

»Das liegt daran, dass man von mir erwartet, dass ich mich so verhalte«, argumentierte Rudolf.

Liv warf ihm einen ungläubigen Blick zu.

»Okay, gut«, gab er zu. »Es macht auch irgendwie Spaß. Dieser angewiderte Blick, den du mir als Antwort hast zukommen lassen, war es absolut wert. Aber ich habe ein Herz. Ich bin nicht wie die anderen Fae. Ich wollte eine Romanze wie keine andere und dann habe ich Serena gefunden und wir haben uns wahnsinnig verliebt. Und es war nicht so, wie wenn sich andere Sterbliche in mich verlieben. Sie sah mich als das, was ich war und liebte mich, nicht trotz, sondern wegen dieser Fehler. Serena war meine einzige und wahre Liebe.«

»Aber dann fiel sie in den Brunnen im Haus der Sieben?«, fragte Liv.

Rudolf schüttelte den Kopf. »Es geschah damals, als noch andere Rassen im Haus der Sieben erlaubt waren. Queen Visa tauchte zu unserer Hochzeit auf und tötete Serena auf der Stelle, dann nahm sie ihre Leiche mit in das Haus der Sieben. Sie feierten eine Art Party. Als niemand zusah, warf sie sie in den Brunnen, in dem Wissen, dass dort eine Wassernixe lebte und sie für immer bewachen würde.«

»Und du konntest nicht zu ihr gelangen?«, fragte Stefan und übernahm Livs Part.

Er schüttelte den Kopf. »Ich habe es versucht, aber Queen Visa tat etwas, das dafür sorgen musste, dass ich ihr nie wieder nahe kommen würde. Sie ruinierte die Party, verursachte im ganzen Haus Chaos, hielt die Kinder der Zauberer fest und machte die Angelegenheit zum Gespött der

Leute. Das Haus hat alle Fae rausgeschmissen und die Türen für alle Ewigkeit vor uns verschlossen.«

Liv nickte verständnisvoll. »Sie wusste, dass du, wenn eure Rasse verbannt würde, nie wieder an den Körper gelangen könntest.«

»Ja, er wurde zum Glück magisch konserviert, aber das allein würde mir nicht helfen«, erklärte Rudolf.

Dann zog er den violetten Stein, den er dem Vater Zeit gestohlen hatte, aus seiner Tasche. Der violette Edelstein fing das Licht ein.

»Was ist das?«, fragte Liv, die bereit war, Bellator einzusetzen.

Er ließ seine Augen anerkennend über den Stein schweifen. »Das ist der Stein der Erweckung. Deine Mutter hat mir auf Befehl von Papa Creola diesen und andere Artefakte, die mit der Manipulation der Zeit zusammenhängen, gestohlen.« Rudolf schenkte ihr einen Blick, den sie nur als ernsthaft wahrnehmen konnte. Er sah seltsam aus auf seinem Gesicht, aber er erregte ihre Aufmerksamkeit. »Ich weiß, dass du Grund genug hast, mir nicht zu vertrauen, aber du musst verstehen, dass ich deine Hilfe gebraucht habe. Ich wollte nie, dass du in Gefahr gerätst. Ich werde von diesem Moment an alles tun, was ich kann, um dich zu schützen und dir bei deinen Missionen zu helfen.«

Liv schüttelte den Kopf. »Oh, nein. Ich will keine weiteren Vereinbarungen mit dir treffen, Fae.«

Rudolfs Blick fiel auf den Boden. »Das ist keine Vereinbarung, Liv Beaufont, Kriegerin für das Haus der Sieben.« Als er zu ihr aufblickte, standen ihm Tränen in den Augen. »Dies ist ein Versprechen, eines, das ich nicht brechen kann, ohne mein Leben zu verlieren. Das ist ein Gesetz unter den Fae. Ich danke dir von Herzen für das, was du für mich getan hast und als Rückzahlung für alles, was du geopfert hast, werde ich mein eigenes Leben hingeben, um das deine zu schützen, falls es jemals nötig sein sollte.«

Liv war sich nicht sicher, ob sie ihm glauben konnte. Sie wusste nicht, was sie sagen sollte. Aber sie war sehr neugierig, was als Nächstes passieren würde. Sie zeigte auf den Stein. »Was hast du damit vor?«

Ein siegreiches Lächeln erschien auf seinem Gesicht und funkelte in seinen Augen. »Dafür reichen Worte nicht aus. Du musst einfach nur zuschauen.«

## Kapitel 33

Rudolf schloss die Augen, fuhr mit dem Daumen über den Stein der Erweckung und murmelte Beschwörungsformeln, die Liv nicht verstehen konnte. Seine andere Hand lag um Serenas Handgelenk, seine Finger ruhten auf ihrem Puls.

Liv wusste, was er versuchte, denn sie war ganz passabel in Mathematik und konnte zwei und zwei zusammenzählen, aber sie dachte bereits weiter. Wenn sein Vorhaben scheiterte, wie sollte sie dann mit Rudolf umgehen? Sie konnte an dem Blick in seinen Augen erkennen, dass er wirklich glaubte, in diese Frau verliebt zu sein und dass er sich sehr bemühte, sie zurückzubringen. Aber Livs Vater hatte sich in einer Sache sehr deutlich ausgedrückt, als er sie in Magie unterrichtete: »Sie kann die Toten nicht zurückbringen.«

Magie konnte die Zeit zurückdrehen, töten, Ereignisse auslöschen, Reichtümer schaffen und Kriege gewinnen, aber nicht den Tod ungeschehen machen. Es gab bestimmte Gesetze, die das regelten und Liv wusste, dass diese nicht gebrochen werden konnten. Für Rudolf galt das offensichtlich nicht.

Nach einer Minute Murmeln öffneten sich Rudolfs Augen und ein Lächeln glitt über seine Lippen. »Es ist erledigt.«

Die Frau lag noch immer genau wie zuvor, unbeweglich, ihre Haut weiß wie ein Laken, aus ihrem langen Haar tropfte Wasser auf den Boden.

Liv seufzte. »Hey, es ist okay …«

Rudolf hielt eine Hand hoch und unterbrach sie. »Ruiniere mir diesen Moment nicht, Liebes.«

Liv sah Stefan vorsichtig an. Sie war nicht diejenige, die ihm das alles ruinieren wollte. Das Leben sollte es tun.

Im Zimmer wurde es still, als Rudolf seine Augen auf die Frau richtete. Das einzige Geräusch war das Wasser, das von ihrem Haar tropfte.

*Plop. Plop. Plop.*

Liv wusste nicht, wie lange sie so verharren würden, bevor die Realität Rudolf einholte. Sie wollte glauben, dass er diese Frau wirklich liebte, aber vielleicht war er nur in die *Vorstellung* von ihr verliebt, in das, was er nicht haben konnte. Eine Sache war sicher – Queen Visa war ein grausames Wesen und musste aufgehalten werden. Sie hatte zu lange regieren dürfen und ohne Konsequenzen gemordet. Schweigend setzte Liv das auf ihre Agenda für zukünftige Missionen: die Fae-Königin zu Fall bringen.

*Plop. Plop. Plop.*

Livs Magen knurrte. Es war schon eine Weile her, dass sie etwas gegessen hatte und der Kampf gegen die Wassernixe hatte sie viel Kraft gekostet. Der Gedanke daran ließ ihre Wunden schmerzen. Sie mussten gereinigt werden, hoffentlich waren die Bisse nicht giftig.

Liv war in Gedanken versunken, als Stefans Rascheln sie in die Gegenwart zurückbrachte. Er lehnte sich plötzlich nach vorne, den Blick äußerst konzentriert auf Rudolf gerichtet.

Sie drehte sich um und bemerkte, dass der Stein der Erweckung zu glühen begonnen hatte, aber einen Moment später verblasste er. Die Frau blieb ruhig.

*Wie ich vermutet habe, man kann die Toten nicht zurückholen*, dachte Liv.

Zu ihrer Überraschung verfärbte sich der Stein schwarz. Rudolf schloss seine Finger um ihn, zerbröckelte ihn zu Staub und ließ ihn durch seine Finger zu Boden rieseln. Sie wollte ihn nur zu gern dazu bringen, diese Sauerei aufzuräumen und ihr dann später eine neue Couch zu kaufen. Liv schimpfte gedanklich über ihre eigene Gefühllosigkeit und bestrafte sich schweigend für diese Unhöflichkeit. Rudolf musste am Boden zerstört sein, wenn das nicht funktioniert hatte. Liv seufzte.

*Ich werde ein paar Wochen warten, bevor ich die Couch wegschaffe und den Staub selbst zusammenkehren,* dachte sie.

*Aber was sollten sie mit der Leiche machen?,* fragte sie sich. Das war neu für sie. Bislang hatte sie keine Leichen entsorgen müssen, was gut war. Stefan hätte wahrscheinlich eine gute Idee. Vielleicht könnten sie Depour verwenden, damit sie nicht entdeckt wird.

Stefan schlang seine Hand um Livs Arm und zog leicht an ihr. Sie blickte vom Boden auf, wo sie in Gedanken versunken den winzigen Staubhaufen betrachtet hatte.

Zu ihrem Erstaunen bekam Serenas Gesicht Farbe, ihre Wangen wurden rosig. Ihr Brustkorb hob und senkte sich, als ob sie atmen würde.

*Aber das war unmöglich!* Livs Augen richteten sich auf Stefan; auch in seinem Gesicht stand der Schock geschrieben. Er fing sich wieder, legte seinen Arm über Livs Brust und drückte sie zum Schutz an die Wand.

Er hatte die gleiche Sorge wie sie. Wenn die Frau sich bewegen würde, bedeutete das, sie war ein Zombie. Nur so konnten sich die Toten bewegen. Sie hatte davon gehört und wusste, dass diese Art von Magie verboten war. Sie hatte sich dennoch gehalten und das Böse verbreitet. Liv konnte nicht fassen, dass sie gerade selbst daran beteiligt war.

Verdammt, Rudolf konnte sie in ernste Schwierigkeiten bringen – ganz zu schweigen davon, dass sie gegen einen Zombie kämpfen mussten. Liv griff sich Bellator und blickte Stefan seitlich an. Er nickte sofort und las den Ausdruck in ihren Augen. Gegen die beiden konnte der Zombie nicht lange überleben, aber es würde ein höllischer Kampf werden und wenn er beendet war, brauchte sie mehr als nur eine neue Couch. Die Wohnung wäre höchstwahrscheinlich völlig zerstört.

Stefan zog sein Schwert in einer so schnellen Bewegung und war bereit, zuzuschlagen, dass Liv mit den Augen nicht mehr folgen konnte.

Rudolf drehte sich beim Geräusch des Schwertes, das aus seiner Scheide gerissen wurde, herum und war beunruhigt. »Nein, alles in Ordnung. Macht euch keine Sorgen.«

»Sie ist ein Zombie«, erklärte Liv. »Was hast du getan?«

Rudolf schüttelte den Kopf. »Nein. Es ist alles okay, ich verspreche es.«

Liv schob Stefans schützenden Arm von sich und machte einen Schritt nach vorne. »Man kann die Toten nicht zurückbringen.«

Rudolf hielt einen Finger hoch, ein Teil des Staubs des Steins lag noch auf seiner Hand. »Man kann niemanden zurückbringen, ohne ein Leben zu tauschen.«

Liv warf einen Blick auf Stefan, seine Verwirrung spiegelte die ihre wider.

»Papa Creola nahm mir den Stein der Erweckung aus einem bestimmten Grund ab«, erklärte Rudolf. Die Frau auf der Couch atmete ruhig weiter, als würde sie nur schlafen. »Es ist eine mächtige Magie, die mit der Zeit spielt und bestimmten Gesetzen trotzt. Was ich getan habe, ist jedoch nach den meisten Maßstäben der Magie vollkommen in Ordnung. Es ist einfach nur unorthodox.«

Liv zeigte auf Serena. »Du hast eine Tote zurückgebracht! Das muss Konsequenzen nach sich ziehen, Rudolf.«

Er lächelte sogar noch breiter. »So ist es. Die einzige Möglichkeit, jemanden zurückzubringen, ist der Tausch dieses Lebens gegen ein anderes.«

Wie durch seine Worte angedeutet, alterte Rudolf vor ihren Augen. Nicht viel, aber da Liv ihn direkt anstarrte, bemerkte sie, dass sich die Linien um seinen Mund und seine Augen leicht vertieften. Ein paar weiße Haare durchzogen sein blondes Haar.

»Rudolf, was hast du getan?«, keuchte Liv.

Seine blauen Augen funkelten vor Zufriedenheit. »Ich habe einen Teil meines Lebens gegen das von Serena eingetauscht. So funktioniert der Stein der Erweckung.«

»Er kann wirklich Tote zurückbringen?«, fragte Stefan erstaunt.

Rudolf nickte. »Ja, aber nur durch einen gerechten Handel.«

»Was wird mit dir geschehen?«, fragte Liv, ihre Stimme zitterte zu ihrer Überraschung.

»Das ist in Ordnung. Ich habe noch genug Lebenszeit übrig. Es hat mich nur hundert Jahre gekostet«, erklärte er zufrieden.

»Aber was wird das für dich bedeuten?«, wollte Liv wissen und schaute zwischen Serena und Rudolf hin und her.

»Das bedeutet, dass ich weniger Zeit auf dieser Erde habe, aber mehr Zeit mit der Person, die ich liebe«, antwortete er.

»Ja, aber sie hat nur die Lebenszeit einer Sterblichen«, argumentierte Liv.

Rudolf ergriff die Hand der Frau. »Das ist nicht wichtig. Wenn ich ein erfülltes Leben mit Serena habe, genügt mir das. Wenn wir nur fünfzig, sechzig oder siebzig Jahre zusammen haben, wird es doch der beste Teil meines langen Lebens sein und ich werde als glücklicher Mann sterben.«

»Rudolf, was ist, wenn das nicht klappt?«, hakte Liv nach, weil sie sah, wie Serena ganz ruhig blieb.

Er schüttelte den Kopf und ermahnte sie mit einem einzigen Blick. »Weißt du, was du brauchst, Liv?«

»Eine neue Couch? Klügere Freunde? Einen Cheeseburger? Mehr als ein Zimmer in der Wohnung?«

Er grinste breit. »Du brauchst Glauben. Wenn du alles andere verloren hast, wird er dich über Wasser halten.«

Liv schlug sich die Hand an die Stirn. »Ich glaube, du hast zu viele Gedichte gelesen. Der Glaube gewinnt keine Kriege und hält einen nicht am Leben. Darauf verlassen sich die, die keine andere Wahl haben.«

Rudolf sah nicht im Geringsten abgeschreckt aus. »Der Glaube birgt die wahre Magie des Lebens. Was wir mit unseren Herzen glauben, kann wahr werden. Der Glaube kann unumstößliche Gesetze brechen. Er kann alles verändern. Er kann jeder einzelnen Kleinigkeit trotzen. Das ist jedoch keine Magie, die viele beherrschen oder anwenden können, denn er erfordert echte Disziplin. Er verlangt von dir, an das zu glauben, was noch nicht existiert. Das können die meisten nicht, denn wenn sie scheitern, werden sie wie Trottel dastehen. Aber derjenige, der mit ganzem Herzen an seine Träume glaubt, ist der mutigste. Diese Macht ist wirklich nicht zu bremsen. Wenn du an dich selbst und deine Träume glaubst, bist du ein geheimnisvolles Wesen, das nur wenige verstehen werden und das niemand erobern kann.«

In dem Moment, in dem Rudolf seinen Satz beendete, machte Serena einen tiefen Atemzug und zuckte. Sie schlug mit der Hand auf ihre Brust, als ob sie versuchen wollte, das gerade wieder angesprungene Herz am Laufen zu halten.

Die Augen der Frau öffneten sich. Sie waren dunkelbraun und starrten ohne etwas zu sehen, während sich ihre Brust im Takt der tiefen Atemzügen hob und senkte.

Rudolf zwinkerte Liv zu, bevor er sich neben der Sterblichen niederließ und sie mit liebenden Augen ansah. »Mein liebster Schatz.«

Serena blinzelte und studierte ihre Arme und Beine, bevor sie ihre Aufmerksamkeit auf Rudolf richtete. Sie schien ihn für einen Moment nicht zu erkennen, doch dann lief eine Träne über ihre Wange und landete auf ihrem weißen Kleid. »Du hast das Unaussprechliche getan, nicht wahr, Dolfus?«

Er nickte, als sie sein Gesicht in ihre Hände nahm.

»Aber du solltest doch nicht …«

»Es ist schon geschehen, meine Liebe«, unterbrach Rudolf, indem er sie auf die Lippen küsste.

Liv wandte ihre Augen ab, denn sie hatte das Gefühl, sich in ihren persönlichen Moment einzumischen. Das war jedoch mehr als nur ein intimer Moment. Dies war eine Unterrichtsstunde in Sachen Gesetze. In Magie. In der Macht der wahren Liebe. Liv könnte noch ein weiteres Jahrhundert leben und so etwas Unglaubliches nicht mehr zu sehen bekommen.

In wenigen Minuten hatte Rudolf sie etwas gelehrt, das mächtiger war als alle Zaubersprüche auf der ganzen Welt. Er hatte ihr gezeigt, dass die wirkliche Macht in Wünschen lag. Sie eroberten alles, übertrumpften alles. Sie waren die Zündschnur, die die größten Brände entfachten. Es war der sehnliche Wunsch, der den eigenen Glauben unterstützt hatte und diese beiden Dinge hatten Rudolf diese Frau von den Toten zurückgebracht. Plötzlich war das Unmögliche möglich geworden.

## Kapitel 34

Als Liv annahm, dass das Paar fertig war mit Küssen, wagte sie einen Blick. Doch zu ihrer Überraschung stellte sie fest, dass die beiden verschwunden waren. Sie blinzelte auf den großen, nassen Fleck auf ihrer Couch bevor sie sich umsah, als ob sie sie in der Küche, auf der anderen Seite der Anrichte oder auf der Feuertreppe erwarten würde. Sie waren jedoch gegangen. Schweigend und magisch waren Rudolf und Serena verschwunden, vermutlich um die gestohlene Zeit gemeinsam zu verbringen.

Völlig erstaunt wandte sich Liv an Stefan und schüttelte den Kopf. »Im Ernst, ich dachte, er sei ein ausgewachsener Idiot. Das hätte ich niemals erwartet.«

Er lachte. »Doch, das hast du. Ich vermute, dass du ihm in gewisser Weise vertraut hast, sonst hättest du ihm nicht geholfen. Aber ich gebe zu, dass du die seltsamsten Freunde von allen hast, die ich kenne.«

»Ich werde dich daran erinnern, dass du auch auf dieser Liste stehst«, neckte sie.

Ein Klopfen an der Tür erschreckte beide. Stefan bewegte sich um Liv herum, bevor sie die Tür erreichen konnte und zog sie in einer hastigen Bewegung auf. Beim Anblick von Hester DeVries auf der anderen Seite der Schwelle entfuhr ihm ein Seufzer der Erleichterung.

»Danke, dass du so schnell gekommen bist«, sagte er und führte sie in die kleine Wohnung. »Liv wurde von einer Wassernixe angegriffen.«

Hester trug einen kastanienbraunen, zerknautschten Samt-Reisemantel mit einer Kapuze, die über ihr Stacheliges, graues Haar gezogen war. Sie runzelte die Stirn wegen Liv.

»Du testest einfach sehr gerne meine Fähigkeiten, oder?«

Liv konnte sich nicht zurückhalten. Sie deutete auf Stefan, um ihn zu beschuldigen. »Das tut er auch!«

Hester lachte und strich Stefan liebevoll über die Schulter. »Ich werde gleich auf dich und deinen veränderten Zustand eingehen. Im Moment möchte ich dich, Liv, auf der Couch haben, damit ich Zugang zu deinen Wunden bekomme.«

Liv beäugte die Couch ein wenig widerwillig. »Mmh. Können wir das auch auf dem Boden machen?«

Hester runzelte die Stirn, als sie die Couch, die Wasserpfütze außen herum und den darin umher schwimmenden Staub studierte. »Ich bin mir nicht sicher, ob du mir erklären solltest, was hier passiert ist.«

»Ich bin mir nicht sicher, ob ich das könnte, selbst wenn ich es versuchen würde«, scherzte Stefan und nahm wieder in der Ecke Platz.

Liv setzte sich auf den Boden und zog ihre Hosenbeine hoch, um die Verbände zu zeigen, in die Stefan ihre Wunden gewickelt hatte, während sie im Garten waren.

»Hast du irgendwelche Symptome? Schüttelfrost? Appetit auf Meeresfrüchte?«, fragte Hester und untersuchte den Biss an ihrem Bein.

Sie schüttelte den Kopf. »Ich werde mich doch nicht in eine Wassernixe verwandeln, oder?«, fragte Liv.

»Nein, so funktioniert das nicht«, sagte Hester. »Aber ihre Bisse können giftig sein. Zu deinem Glück habe ich dich jedoch mit einer starken Dosis Anti-Venom behandelt, als du von der Lophos angegriffen wurdest und es scheint sich noch immer in deinem System zu befinden. Es schützt dich vor dem Gift der Wassernixe.«

»Ich Glückliche«, meinte Liv erleichtert und zwinkerte Stefan zu.

»In all meinen Jahren«, sagte Hester, als sie mit den Händen über Livs Beine fuhr und ihren Körper aufwärmte, »habe ich noch nie jemanden getroffen, der sowohl einen Lophos- als auch einen Wassernixenbiss überlebt hat, ganz zu schweigen von einem einzigen Menschen, der beides überlebt hat.«

»Ganz oder gar nicht!«, scherzte Liv schwach.

Hester warf ihr einen vorsichtigen Blick zu. »Ich würde empfehlen, noch eine Weile zu Hause zu bleiben.«

»Oh, werde ich mich ausruhen müssen?«, fragte Liv.

Hester schüttelte den Kopf. »Ich weiß es besser, als dich anzuweisen, dich auszuruhen, Kriegerin Beaufont. Ich kann dir keine Einzelheiten nennen, aber dein nächster Fall ist ... nun, wir haben versucht, uns dagegen zu wehren. Es tut mir leid.«

Stefans Rüstung machte Geräusche, als er sich nach vorne beugte. »Worum geht es?«

Hester blickte zu ihm. »Das kann ich nicht sagen.«

»Wenn Haro dafür gestimmt hat, dann ist es in Ordnung«, erklärte Liv, froh darüber, dass sie ihn jetzt besser verstand.

Hesters Augen füllten sich mit Angst. »Hat er nicht. Er hat dagegen gestimmt.«

»Nun, dann habt ihr die Abstimmung gewonnen, oder?«, fragte Liv.

Hester lehnte sich nach vorne. »Raina hat gegen uns gestimmt.«

Stefan stand plötzlich auf. »Das hat sie nicht.«

Die Traurigkeit in den Augen der Heilerin war unverkennbar. »Es tut mir leid, Krieger Ludwig. Es ist wahr.«

»Aber warum sollte sie mit Adler einig sein?«, fragte Stefan hitzig.

Hester schüttelte den Kopf. »Ich weiß es nicht. Es geschah alles sehr plötzlich. In einem Moment war sie noch da und dann verschob sich etwas. Aber was auch immer es war, jetzt ist es weg. Nach der Abstimmung war meine Freundin sicher wieder da.«

»Warum hast du mich nicht kontaktiert?«, sagte Stefan, seine Stimme klang gestresst. »Ich muss sie sehen.«

Hester hob eine Hand und hielt ihn auf. »Du musst vorsichtig sein.« Sie schaute Liv und Stefan mit einer Warnung in den Augen an. »Wir alle müssen das. Keiner von uns ist sicher. Ich weiß, dass ihr wisst, dass das wahr ist, mehr noch als je zuvor.«

»Er hat sie mit einem Zauberspruch einer Gehirnwäsche unterzogen, nicht wahr?«, beschuldigte Stefan Adler.

»Ich weiß es nicht. Das tue ich wirklich nicht«, sagte Hester, die den Verband an Livs Arm löste und die langen Krallenspuren begutachtete. »Ich habe deiner Schwester ein Gebräu zugesteckt, das verhindern soll, dass es sich wiederholt, aber das wird nur so lange funktionieren, bis er andere Mittel findet. Adler verliert nicht gern die Kontrolle über den Rat oder irgendetwas anderes und er fühlt sich immer mehr bedroht.«

»Also stimmte sie zu seinen Gunsten ab und er ließ sie dann frei?«, fragte Stefan weiter.

»Ich denke schon«, antwortete Hester.

Liv hielt den Atem an, während Hester ihre Wunden behandelte. Als sie wieder sprechen konnte, sagte sie: »Stefan, es wird alles gut. Wir finden eine Lösung.«

Er schüttelte den Kopf. »Nein, wird es nicht. Keiner von uns ist mehr sicher.«

»Deshalb muss ich weiter nachforschen«, sagte Liv.

»Das klingt, als hättest du noch einen weiteren Todeskampf vor dir«, sagte Stefan niedergeschlagen. »Lass mich mit dir gehen, was auch immer es ist.«

Hester protestierte zuerst. »Nein, du kannst nicht mitgehen, Krieger Ludwig.«

Stefan schoss ihr einen verwirrten Blick zu. »Aber wir sind ein gutes Team. Gemeinsam sind wir nicht aufzuhalten.«

Hester lächelte tatsächlich, als sich die Wunden an Livs Arm vor ihren Augen schlossen. »Ich stimme zu, dass ihr beide gut zusammenarbeitet. Liv wird dich dafür jedoch nicht brauchen. Sie wird allein besser dran sein. Du wärst nur eine Ablenkung für sie.«

»Ablenkung?«, fragte Stefan.

Hester stand auf, als sie fertig mit der Behandlung war. »Krieger Ludwig, ich bin dankbar, dass du deinen Dämon besiegt hast, aber weißt du, was das bedeutet?«

»Dass ich ein noch besserer Dämonenjäger bin, weil ich die Monster spüren kann?«, riet Stefan.

»Ja, so ist es«, antwortete Hester. »Aber es bedeutet auch, dass du deine Objektivität verloren hast. Ich habe gesehen, wie du auf die Krähe reagiert hast. Wohin Liv gehen muss, wärst du vor Wut geblendet. Es gäbe keine Möglichkeit, wie du gesund und munter von diesem Ort wiederkommen könntest.«

Stefans Gesicht zeigte intensive Besorgnis. »Wohin schicken sie sie?«

Hester gab Liv einen zuversichtlichen Ausdruck. »An einen Ort, mit dem sie umgehen kann.« Ihr Lächeln war aufrichtig. »Ruh dich einfach aus, meine Liebe. Ich glaube an dich.«

Liv griff die Hand der Heilerin und drückte sie, weil sie sich an das erinnerte, was Rudolf gesagt hatte. »Danke. Das ist eines der größten Komplimente, die du mir machen kannst.«

## Kapitel 35

»Du sammelst tatsächlich Schuldscheine«, bemerkte Stefan und ging neben ihr, als sie sich auf den Weg machten.

Liv hob daraufhin eine einzelne Augenbraue. »Ich weiß nicht, was du meinst.«

»Nun, *ich* stehe für immer in deiner Schuld und du hast schon einen Fae. Wen noch?«

»Oh, das ist lächerlich«, sagte Liv und winkte abweisend mit der Hand. »Ich habe nur geholfen, dich zu retten, weil ich nicht wollte, dass deine Familie durch jemanden ersetzt wird, der möglicherweise noch lästiger ist.«

Stefan lachte auf. »Und der Fae?«

»Er legt mich mit diesen Dingen dauernd rein. Wer weiß, welchen Schwachsinn er als Nächstes mit mir abziehen wird?«

»Für jemanden, der es genießt, so zu tun, als würde er Menschen nicht besonders mögen, deutet dein Verhalten das Gegenteil an.«

»Erzähl es jemandem und ich werde es vehement leugnen«, warnte Liv und fügte dann hinzu. »Verrate mein Geheimnis, dann verrate ich deins.«

Stefan gluckste. »Das scheint fair zu sein. Wenn ich den Leuten sage, dass du die menschliche Rasse tatsächlich schätzt, wirst du allen erzählen, dass ich zum Teil ein Dämon bin.«

Liv nickte. »Das ist doch nachvollziehbar.«

Stefan hielt an, als sie die Kreuzung erreichten. »Aber du hast nichts zu befürchten. Ich spreche mit niemandem über Liv Beaufont, obwohl du Stadtgespräch bist.«

»Das bin ich nicht.«

»Oh doch, das bist du. Dein Name wird auf der Straße hinter vorgehaltener Hand geflüstert.«

»Ich bin mir nicht sicher, ob das so gut ist. Ich habe viele Feinde«, erklärte Liv.

»Haben die Besten immer.«

»Also, was Hester darüber sagte, dass du deine Objektivität verlierst ... Was hältst du davon?«, fragte Liv.

Er seufzte tief. »Ich habe es immer stärker gespürt. Es gibt ein neues Feuer in meinem Wesen. Es weckt mich mitten in der Nacht auf und drängt mich, aufzustehen und das Böse in der Welt zu bekämpfen. Ich kann zu jeder Zeit den nächsten Dieb aufspüren, der gerade etwas stiehlt oder einen Unschuldigen kriminell angreift. Was immer der Dämon in mir hinterlassen hat, es lässt mich das Böse ganz leicht finden.«

»Das klingt anstrengend.«

Er stimmte mit einem Nicken zu. »Aber ich versuche, eine positive Perspektive zu behalten. Ich glaube, es wird mich zum größten Dämonenjäger und Bürgerwehrler der Welt machen.«

Sie schnaubte. »Man muss einfach der Beste sein, nicht wahr?«

Er schuf ein Portal an seiner Seite. »Wir wissen beide, dass wir Kopf und Kragen für diesen Titel riskiert haben.«

Liv schuf ein identisches Portal, ihr Gesicht wurde ernst. »Bist du okay wegen Raina?«

Er machte eine Pause. »Ja. Ich meine, nein. Ich weiß es nicht. Nichts fühlt sich in diesem Haus mehr sicher an. Ich weiß nicht einmal mehr, wie ich es bekämpfen kann.«

»Fühlst du, woher das Böse kommt, wenn du im Haus bist?«, wollte sie wissen.

Er schüttelte den Kopf. »Nein, aus irgendeinem Grund tue ich das nicht. Aber das bedeutet nur, dass es eine Maske trägt.«

»Mach dir keine Sorgen«, sagte Liv. »Wir sind jetzt dank Hester immun gegen die Gehirnwäsche, die Adler durchführen kann und Clark wird es bald auch sein.« Sie fühlte in ihrer Tasche nach dem Gebräu, das die Heilerin ihr für ihren Bruder gegeben hatte.

Stefans Augen schossen zu dem Portal in ihrem Rücken. »Wo immer du als Nächstes hingehst, versuche, vorsichtig zu sein.«

»Du weißt, dass ich dieses Versprechen nicht geben kann.«

Er gab mit einem Nicken nach. »Okay, nun, bis ich dich in einer prekären Lage vorfinde, passe wenigstens auf dich auf, Liv Beaufont.«

»Du machst das Gleiche, Stefan Ludwig.«

Er trat einen Schritt zurück und ging in das Portal.

Liv ertappte sich selbst dabei, wie sie die Stelle, an der er verschwand, lange nach seinem Verschwinden immer noch anstarrte. Sie hatte das Gefühl, dass Stefans Geschichte erst angefangen hatte. Dieser Krieger war verpflichtet, Dinge zu tun, die Geschichte schreiben würden. Sie musste nur sicherstellen, dass die Geschichtsbücher die wirkliche Geschichte erzählten, was bedeutete, dass sie zuerst herausfinden musste, was umgeschrieben worden war.

# Kapitel 36

»Was hat er ihr versprochen?«, fragte Clark, als er neben Liv durch die Bibliothek im Haus der Sieben ging.

»Ich weiß es nicht«, flüsterte Liv.

Clark seufzte. »Sophia sagte, der Riese habe versprochen, ihr eine Art Haustier zu geben. Wenn es etwas Illegales ist, werden wir in Schwierigkeiten geraten.«

Liv blieb vor ihrem Bruder stehen. »Du verstehst schon, was wir tun, oder? Und du machst dir Sorgen, dass Rory Sophia einen dreiköpfigen Chinchilla schenkt? Du weißt doch, wie man die Dinge ins rechte Licht rückt, oder?«

Er rollte mit den Augen. »Das ist ernst.«

»Das ist es nicht. Nicht im Verhältnis zum großen Ganzen«, argumentierte Liv. Rory hatte Liv auch vorgeschlagen, dass er sie an einen besonderen Ort bringen wollte. Dort sollten sie anscheinend das Geschenk in Empfang nehmen, das er Sophia machen wollte. Wie sollte Liv das nur erklären?

Rorys Mutter hatte sich auf ein Abenteuer begeben, bei dem sie hoffte, mehr Informationen über die ›Wahrheit‹ zu finden. Da seine Mutter gegangen war, war seine Stimmung explosiver als je zuvor und er hatte erklärt, dass Liv vor ihrer nächsten Mission eine Pause machen und mit ihm in dieses ferne Land gehen sollte. Als sie ihn wegen Einzelheiten belästigte, drohte er damit, die ganze Sache abzusagen, was sie schnell zum Schweigen brachte.

»Kannst du mir von dieser neuen Todesmission erzählen, die der Rat für mich auf Lager hat?«, fragte Liv.

Seine Augen verdunkelten sich. »Es tut mir leid, aber mein Eid hindert mich daran, dies zu tun.«

»Hester schien darüber ziemlich verärgert«, so Liv.

Er nickte. »Ich denke, hauptsächlich wegen der Sache mit Raina, aber ich bin dankbar, dass es nicht wieder passieren wird. Zumindest nicht für einen von uns.«

Beide verstummten.

Liv war erschrocken, als ihr Bruder seine Hand auf ihre Schulter legte. »Aber keine Sorge. du hast schon Schlimmeres erlebt. Adler muss sehr verzweifelt sein, sonst würde er nicht zu solch extremen Maßnahmen greifen.«

»Aber wenn er verzweifelt ist, bedeutet das, dass er uns auf der Spur ist. Dir ist klar, was passiert, wenn er Menschen verdächtigt«, drängte Liv.

Clark schüttelte den Kopf. »Nein, er ist dir auf der Spur. Du hast einen Riss in diesem Haus geschaffen und er weiß das. Er verliert den Boden unter den Füßen. Es gibt mehr Diskussionen im Rat als je zuvor. Deine rebellische Haltung ist ansteckend und Adler ist besorgt. Ich glaube jedoch nicht, dass er Grund zu der Annahme hat, dass du mehr bist als eine kleine Nervensäge. Trotzdem will er keinen Konflikt.«

»Adler will die vollständige Kontrolle, aber so sollte das Haus der Sieben nicht funktionieren«, argumentierte Liv. »Es sollte immer um das Gleichgewicht zwischen den Familien gehen und nicht um die Agenda eines Mannes, die alles andere in den Schatten stellt.«

»Und dann kam Liv.« Clark schenkte ihr ein stolzes Lächeln. »Ich werde ewig traurig sein, darüber, dass wir Ian und Reese verloren haben, aber ich kann dir nicht sagen, wie glücklich ich bin, dass du wieder da bist. Als du in mein

Leben zurückgekommen bist, flackerte das Licht wieder auf, das in dem Moment erloschen ist, als du fortgegangen bist. Du hast alles verändert. Ich habe keine Ahnung, warum ich dich nicht schon früher gesucht und zurückgeschleppt habe.«

Liv grinste und schluckte die aufkommende Zärtlichkeit hinunter. »Weil du wusstest, dass ich dir eine verpasst hätte.«

Clark zog sie in eine plötzliche Umarmung und drückte sie fest an sich. »Das hättest du getan, aber ich hätte es trotzdem tun sollen. Ich hätte dich niemals entkommen lassen dürfen.«

Liv drückte sich weg und lächelte ihren Bruder leicht an. »Aber es war wichtig, dass ich dem Haus ferngeblieben bin.«

»Ich weiß, aber ich hoffe, es ist nie wieder nötig.«

Sie umarmte ihn wieder und sprach ihm in die Schulter. »Nein, bestimmt nicht. Familia est sempiternum.«

»Ja, familia est sempiternum.«

Liv ließ Clark in einer schnellen Bewegung los und steuerte auf die Wand mit den Symbolen in der Bibliothek zu. »Bereit dafür?«

Clark räusperte sich und eilte los, um sie einzuholen. »Oh, geht es jetzt nur noch ums Geschäft?«

Sie zwinkerte ihm zu. »Du weißt es.«

»Ich bin bereit«, sagte er, als sie vor der Mauer mit der alten Sprache stehen blieben, deren Symbole herumtanzten, als freuten sie sich darauf, dass ihre verborgene Bedeutung gelesen würde. Ausnahmsweise war der Bereich einmal leer. Sie hatte Stefan gesagt, er solle sich fernhalten und er hatte etwas widerwillig zugestimmt.

»Bist du auf das, was wir finden werden, vorbereitet?«, fragte Liv. »Vielleicht gefällt es uns nicht.«

Clark atmete aus. »Ich bin fast sicher, dass es das nicht tun wird, aber ich verspreche, dass ich dir helfen werde es zu verteidigen, was auch immer es ist. Egal was dazu nötig ist.«

Liv nickte, müde der leeren Worte. Jetzt mussten Taten folgen. Sie zog den Ring ihrer Mutter aus der Tasche und schob ihn auf ihren Finger. Sie wusste nicht weshalb, aber es schien das Richtige zu sein. Als der Ring an seinem Platz war, spürte sie einen Ruck, der sie bis in ihr Innerstes erschütterte.

Ihr wurde schwarz vor Augen und dann sah sie das Gesicht ihrer Mutter in einer Vision schwimmen: Guinevere, als sie jünger war. Als sie Theodore Beaufont heiratete. Als sie zur Kriegerin des Hauses der Sieben berufen wurde. Sie stand über einem Feind, den sie getötet hatte. Ihre Mutter hielt Ian am Tag seiner Geburt. Sie als Mutter von fünf Kindern, die am letzten Tag ihres Lebens vor ihrer Abreise in den Betten schliefen, als sie nach ihnen schaute. Guinevere war mit ihrem Mann mit diesem Ring am Finger aus der Tür ihres Wohnhauses gegangen. Sie war dann einen Moment später zurückgekehrt und hatte sich den Ring des Kriegers vom Finger gezogen. Sie hatte ihn geküsst und dann in eine Kiste auf den Tisch neben der Tür gelegt. »Für den Fall, dass ihr jemals die Wahrheit finden müsst. Für den Fall, dass wir scheitern. Das ist für euch, meine Lieben«, flüsterte sie und schloss die Kiste, wobei sie diese mit einem Zauber belegte, den nur ein Beaufont öffnen konnte.

Liv keuchte auf.

»Was?«, fragte Clark mit besorgter Miene.

Sie schüttelte den Kopf. »Sie war eine erstaunliche Frau. Sie liebte uns mehr als das Leben selbst.«

Clark griff ihre Hand. »Spürst du sie?«

Liv nickte.

»Ich bekomme diese Geistesblitze auch, allerdings von Dad. Es ist deine Verbindung zu ihr als Kriegerin.«

Liv konnte kaum noch atmen. Es war doch ein kranker Witz. Sie fühlte die Gegenwart ihrer Mutter so vollständig, dass sie schwören konnte, ihre Arme wären um sie geschlungen und ihre Worte tanzten im Kopf herum und sagten ihr, sie könne alles tun. »Geh vorwärts, mein Kind. Finde die Wahrheit, die vor dir liegt. Das ist dein Schicksal.«

Liv entzog Clark ihre Hand, wobei sie den Ring des Kriegers in die Nut in der Wand einpasste. Sie nickte ihm ein kurz zu. »Du bist dran, Bruder.«

Seine widerwilligen Augen vermittelten seine Angst, aber er zog das Messer aus seiner Tasche. Es hatte ihrem Vater gehört und ihr Familienwappen war in den Griff eingeätzt. Er holte es aus der Scheide und bevor er sich wieder auf die Dinge konzentrieren konnte, ritzte er mit der Klinge über seine Handfläche und vergoss sein Blut auf der Schwelle zwischen der Bibliothek und der Alten Kammer.

Zumindest wollte Liv glauben, es wäre die Alte Kammer. Ansonsten war sie sich nicht sicher, was es sein könnte oder ob es geöffnet werden sollte.

Der Boden rumpelte unter ihren Füßen.

Liv zog ihre Hand von der Wand, als Staub auf sie herabrieselte und Clark riss sie zurück, wobei seine blutverschmierte Hand ihren Umhang umklammerte.

Sie tauschten nervöse Blicke aus, aber einen Moment später wurden ihre Fragen beantwortet. Die Wand teilte sich und schuf einen Weg in eine dunkle Kammer – eine, die hoffentlich all die Geheimnisse enthielt, die sie zu erfahren wünschten.

## Kapitel 37

Der Geruch, der aus der alten Kammer strömte, erinnerte an etwas, aber Liv konnte es nicht benennen. Sie hätte mit Schimmel oder Staub oder anderen modrigen Gerüchen gerechnet, aber das hier war anders. Es roch nach Moos und Gras und anderen Dingen, die sie an ihre Kindheit erinnerten. Aus irgendeinem Grund erfüllten diese Gerüche Liv mit Hoffnung und Stolz. Das brachte sie dazu, nach vorne zu gehen, ohne Angst vor dem, was sie vorfinden könnte.

Sie packte Clark an der Hand und zog ihn mit sich. Er brauchte nicht viel Ermutigung.

Sie gingen zusammen und mit jedem Schritt wurden sie mehr zu einer Einheit. In Wahrheit sollten Krieger und Ratsmitglieder so arbeiten, als eine Einheit, die den verschiedenen Bereichen des Hauses vorstand. Den Inbegriff dafür hatte sie schon als Kind bei ihren Eltern gesehen. Dies war jedoch das erste Mal, dass sie es selbst fühlte. Clark war ihre andere Hälfte. Er war die verklemmte Version von ihr. Die Anspannung zu ihrer Ruhe. Die praktische Seite ihrer Spontaneität. Liv wiederum war die Leidenschaft zu seinem Vorbehalt. Sie war das Feuer für seine Kühle. Sie waren die beiden Teile eines Ganzen.

Als sie in die Dunkelheit traten, schloss sich plötzlich die Wand hinter ihnen wieder und ließ sie sich umdrehen. Einen Moment lang befanden sie sich in völliger Dunkelheit, dann leuchteten Fackeln um sie herum auf, eine nach der anderen und erhellten einen Raum, der viel größer war, als sie erwartet hatte.

Plötzlich fühlte sich Liv wie in einem ägyptischen Grab, als sie die Wände mit den ältesten Schnitzereien der Welt studierte. Sie waren voller weiterer Symbole, die tanzten, aber keines davon schien für sie von großer Bedeutung zu sein, obwohl sie sich nicht sicher war, weshalb.

Liv konnte nicht sagen, was sie erwartet hatte, als sie diesen Raum betraten. Es war nicht verschwenderisch, voller Edelsteine oder mit Gold und Reichtümern geschmückt. Es war nicht so schön wie der Flur im Eingang zum Haus der Sieben. Es war dunkel und geheimnisvoll, aber aus irgendeinem Grund hatte sie das Gefühl, schon eine Million Mal hier gewesen zu sein. Vielleicht in ihren Träumen? Und dann waren da noch diese Gerüche … Sie waren voller Nostalgie und es drängte sie weiter und löste eine Stimme aus, die in ihren Gedanken sagte: »Du bist in Sicherheit. Geh weiter, mein Kind.«

Liv drehte sich im Kreis und versuchte herauszufinden, was ihr fehlte, als sie den Kuppelraum studierte. Er schien ihr seine Geheimnisse zu verraten, aber sie wusste nicht, ob sie die Botschaft verstand.

Also machte sie einen weiteren Schritt, der die Fackeln heller werden ließ und mehr vom Raum erhellte. Die Fläche war ähnlich wie die Baumkammer, nur dass sie größer war. Anders. Und da gab es nur eine Sache, die klar zu erkennen war, als sie in die Mitte der kreisförmigen Fläche kamen. Eine Liste von Worten in der alten Sprache, die mit fetter Tinte geschrieben waren und heller als die Fackeln leuchtete.

Sie war gerade dabei, vorzutreten, um die Worte zu entziffern, als der Boden bebte.

# DIE TRIUMPHIERENDE TOCHTER

Auf dem Boden leuchteten blaue und grüne Flecken, wie die in der Kammer des Baumes. Es waren jedoch mehr als sieben. Wie auf ihrem Ring glänzten vierzehn Punkte.

*Sie müssen die Krieger und die Ratsmitglieder darstellen*, dachte sie.

Von ihrem Verständnis her, wie der Baum, dessen Äste über das Kuppeldach hinausragten, den sie im Saal der Sieben beleuchtet zu sehen gewohnt war. Die Worte, die sich an die Decke malten, waren die, die sie hundertmal studiert hatte: *Gemeinsam sind wir stark und ausgewogen.*

»Was steht da?«, fragte Clark und schaute sich die brandneuen Worte an.

Liv warf ihm einen prüfenden Blick zu. »Du kannst es nicht lesen?«

Er schüttelte den Kopf.

Sie zog den Ring ab und die Worte waren nur alte Symbole. Sie erkannte, dass sie begann, die Sprache zu verstehen. Das waren die Worte, die sie viele Male gelesen und nun in der Sprache der Gründer verstanden hatte.

Wenn man den Ring über die Symbole hielt, tauchten die Worte auf und zeigten die Botschaft: *Gemeinsam sind wir stark und ausgewogen.*

»Oh, wow«, sagte Clark. »Was glaubst du, was das bedeutet?«

Liv schüttelte den Kopf und fühlte sich, als würde sie nach vorne geschoben. »Ich glaube nicht, dass wir deswegen hier sind.« Sie zeigte auf die Wand vor ihnen, von der die Symbole hell leuchten. »Ich glaube, das ist es.«

Er stimmte mit einem Nicken zu und jeder machte einen Schritt vorwärts.

Diese Wand hatte kleine und große Symbole, einige in Blau und der Rest in Gold. Die in Gold waren in zwei Spalten aufgeteilt. Wie zuvor überflog Liv mit ihrem Ring die erste Spalte und fand, was sie sich erhofft hatte. Es war die Liste der Namen der Gründerfamilien:

*Sinclair*
*Beaufont*
*Takahashi*

Es gab vier weitere Namen, die sie nicht kannte, was seltsam war. Sie fuhr fort, den Ring über die restlichen Namen laufen zu lassen.

»Warum gibt es vierzehn Namen?«, fragte Clark.

Liv hielt den Ring über die Worte rechts neben jedem Familiennamen. In der ersten Spalte fand sie die gleiche Inschrift neben allen – Magier.

*Sinclair – Magier*
*Beaufont – Magier*
*Takahashi – Magier*

Dann fuhr sie mit dem Ring über die Symbole neben der zweiten Spalte, aber was er beleuchtete, war nicht das, was sie erwartet hatte. Neben den anderen sieben Namen stand das Wort *Sterbliche*.

Liv drehte sich zu Clark um, ihr Herz klopfte wild. »Oh, mein Gott! Ich weiß, was sie verheimlichen.«

Sein Gesicht sagte, dass er gesehen hatte, wie der Ring die alte Sprache interpretiert hatte und verstand. »Ja und das ist größer, als ich mir vorher überhaupt vorstellen konnte.«

Liv konnte kaum sprechen. Es schnürte ihr die Kehle zu und ihr Herz schlug bis zum Hals. Sie schluckte. Sie atmete durch. Fühlte ihre Mutter neben sich.

»Clark, es war nie das Haus der Sieben.« Liv fiel es plötzlich schwer zu atmen, aber schließlich atmete sie heftig ein. »Das Haus wurde als eine Partnerschaft geschaffen, um die Magie auszugleichen. Gemeinsam sind wir stark und ausgewogen.«

Er nickte wie betäubt. »Das Haus der Sieben ist eigentlich das Haus der Vierzehn, das sowohl aus Magiern als auch aus Sterblichen besteht.«

Liv konnte es nicht glauben, aber die Beweise waren eindeutig in der alten Sprache an die Wand geschrieben – und es ergab absolut Sinn. Sie schaute Clark an, reine Überzeugung in ihren Augen. »Weißt du, was wir jetzt tun müssen?«

Sie hatte ihren älteren Bruder nicht immer verstanden, aber in diesem Moment wusste sie, dass sie an einem Strang ziehen mussten. Er verengte die Augen, die Entschlossenheit in seinem Blick war stark. »Wir müssen die Sterblichen finden, die früher zu diesem Haus gehört haben und das Gleichgewicht wiederherstellen. Wir müssen beenden, was Mama und Papa begonnen haben.«

Liv nickte. Sie hätte es selbst nicht besser ausdrücken können.

# Kapitel 38

Indikos begleitete Adler stets auf seinen Reisen in die Schwarze Leere. Es war nicht so, dass er sich in der Nähe des Gott-Magiers unsicher fühlte, aber er fühlte sich wohler, einen Verbündeten dabei zu haben, wenn der Eine in schlechter Stimmung war. Es war noch nicht lange her, dass er ihn geweckt hatte und Adler wusste, dass der Gott-Magier immer noch schlecht gelaunt war, obwohl das nicht der richtige Begriff für einen alten Magier war, der viele, viele Jahre geschlafen hatte.

»Vater«, rief Adler dem fast weißen Magier zu, der in seinen Thron zusammengesackt war. Es war nicht Adlers Vater, sondern der Vater des Vaters seines Vaters. »Wie fühlst du dich?«

Der Gott-Magier bewegte sich und ließ den Wind in Adlers Ohren heulen. »Ich brauche mehr Zeit. Meine Stärke wächst noch immer.«

»Ich verstehe«, sagte er tröstend. »Aber ich wollte dir versichern, dass alles nach Plan läuft.«

Er zog das Schwert der Riesen hinter seinem Rücken hervor und löste die Verzauberungen, die es verborgen gehalten hatten. Das ganze Schwert leuchtete in der dunklen Kammer, die voller Knochen und zerbrochener Zaubertrankflaschen war. Risse säumten die Wand, die vor allem der Kälte einen Platz zum Eindringen, aber auch dem Gott-Magier einen Weg aus seiner Kammer ermöglichten. Er war derjenige, der Raina Ludwig einer Gehirnwäsche unterzogen hatte. Er hatte in letzter Zeit viel mitgemacht und das beunruhigte Adler. Der Vorsitzende des Rates wollte, was sein Vater wollte, aber die Dinge gerieten außer Kontrolle. So viele waren bereits gestorben und er glaubte, dass dies erst der Anfang war. Das Verbergen der Wahrheit war exponentiell schwieriger geworden.

»Lege es auf meinen Schoß«, sagte der Gott-Magier.

Seine Haut war durchsichtig und seine langen weißen Haare waren auf dem Boden drapiert und bildeten Locken. Als er die Augen öffnete, leuchteten die beiden Lichtkugeln hell auf und Adler wurde fast geblendet.

Er schützte sein Gesicht, als der Gott-Magier seine Hände auf das Schwert der Riesen legte.

»Ich dachte, es wäre hier am sichersten«, sagte Adler und versuchte, das Brennen in seinen Augen wegzuzwinkern.

Lautes Klappern füllte die schwarze Leere und Adler stolperte zurück. Das Schwert traf ihn, das Heft schlug ihm quer über die Waden und ihn dann zu Boden.

»Das ist nicht Turbinger«, sagte der Gott-Magier und seine Stimme erfüllte Adlers Kopf.

»Was meinst du damit?«, fragte Adler. »Natürlich ist es das.«

Der älteste Magier der Welt erhob sich von seinem Thron und beugte sich zu Adler hinunter. »Nein, das ist eine Fälschung. Du hast das echte Schwert verloren.«

»Nein, das ist unmöglich. Gott-Magier, ich verspreche, dass ich alles getan habe, was du mir befohlen hast.«

»Du hast mich enttäuscht«, sagte der allererste Sinclair, seine Stimme vibrierte von uraltem Bösen. »Die Wahrheit ist da draußen und das Mädchen wird sie aufdecken, wenn du sie nicht aufhältst. Wir können nicht zulassen, dass die Prophezeiung eintrifft.«

Adler stolperte zurück und richtete sich auf. »Ich habe Pläne mit ihr. Keine Sorge, sie weiß nichts. Dafür habe ich gesorgt.«

»Was ist mit dem Ring ihrer Mutter?«

Adler schüttelte den Kopf. »Sie starb damit.«

»Bist du sicher?«

»Guinevere hat ihren Ring immer getragen«, versicherte Adler. »Und selbst wenn es sich um eine Nachbildung handelt, bedeutet das nur, dass das im Naturkundemuseum vorhandene Schwert das falsche war. Das echte wurde wahrscheinlich schon vor langer Zeit zerstört.«

»Du Idiot!«, sagte der Gott-Magier. »Ruiniere nicht alles. Stelle sicher, dass es keine Spuren gibt. Die Zeit, mich zu erheben, wird bald kommen. Ich werde nicht zulassen, dass ich deinetwegen alles verliere.«

Adler stürzte sich vor der stärksten Macht, die er je gekannt hatte, auf die Knie. »Mach dir keine Sorgen. Ich verspreche es.«

Bevor Adler so mächtig geworden war, hätte er sich ihm nie widersetzt, aber er hatte Angst davor, was passieren könnte, wenn der Gott-Magier seine volle Macht zurückerhalten würde.

## Kapitel 39

Die Blumen in Livs Händen erinnerten sie an ihre Kindheit. Lilien. Sie waren die Lieblingsblumen ihrer Mutter gewesen. Der süße Duft wehte ihr bis in die Nase, angetrieben durch die Santa-Ana-Winde.

Sie hielt den Kopf gesenkt, als sie über den Friedhof ging. Es war fünf lange Jahre her, dass sie hier gewesen war und plötzlich fühlte sie ihr jüngeres Ich neben sich gehen, als ob sie in ein Raum-Zeit-Kontinuum getreten wäre, in dem alle Versionen von ihr selbst nebeneinander existierten.

*Das ist längst überfällig*, dachte Liv, als sie den Grabstein entdeckte.

Liv hatte es vermieden, diesen Entschluss zu fassen und hätte nie geglaubt, dass es so kommen würde. Als sie nur noch zwei Meter vom Grab ihrer Eltern entfernt war, hielt Liv inne. Tränen versuchten, sich ihren Weg zu bahnen.

Sie atmete tief durch. Ihre Hände hielten die Blumen. Sie fühlte eine tiefe Sehnsucht. All die Jahre hatte sie ihre Eltern sehr vermisst. Der Schmerz war immer da gewesen, wenn sie morgens aufwachte und ihr bewusst wurde, dass sie weg waren. Wenn sie sich nachts hinlegte und wusste, dass sie morgens nicht da sein würden, wenn sie aufwachte. Wenn sie einen Sieg errungen hatte und ihnen nichts davon erzählen konnte. Jeder Augenblick war durch ihre Abwesenheit geprägt gewesen. Sie waren der beste Teil von ihr und doch waren sie verschwunden. Es ergab keinen Sinn, aber Liv verstand die Dinge jetzt so viel besser als zuvor.

Als sie sich räusperte, las sie die Worte, die ihren gemeinsamen Grabstein zierten: *Gemeinsam im Leben. Gemeinsam in Liebe. Hier liegen zwei Seelen, für immer miteinander verbunden: Kriegerin und Ratsmitglied.*

Liv legte die Blumen, die sie mitgebracht hatte, auf das Grab ihrer Eltern.

»Mama, Papa«, begann sie, unterbrochen von einer Krähe, die irgendwo in den Bäumen krächzte.

»Mama und Papa«, begann sie wieder. »Es tut mir leid. Es tut mir leid, dass ich das Haus der … Es tut mir leid, dass ich unsere Familie im Stich gelassen habe. Es ist nur so, dass ich ohne euch vergessen hatte, wer ich bin. Ich wollte nicht das sein, was ihr aus mir gemacht habt und doch weiß ich, seit ich euer Leben wieder aufgenommen habe, dass ich nur das tun muss, was ihr mir beigebracht habt. Ich bin stärker als je zuvor. Ich bin stark wie du, Mama, als ob ich deinen Mut in meiner Seele spüren könnte und ich höre deine Weisheit auf Schritt und Tritt, Papa.«

Die Tränen, die aus Livs Augen liefen, machten den Schmerz irgendwie erträglicher. »Ich dachte, Weglaufen würde es einfacher machen, aber ich habe mich geirrt. Die Annahme meiner Rolle als Kriegerin hat mich euch näher gebracht, als ich es je für möglich gehalten hätte. Euch verloren zu haben, wird nie erträglich sein, aber jetzt wird mir klar, wie lächerlich es war, mich von meiner Familie zu distanzieren. Erst jetzt fühle ich eine Chance, eines Tages wieder vollständig zu sein.«

Die Tränen flossen ungehindert weiter, kullerten über Livs Wangen, tränkten ihren Umhang und machten sie blind. Sie fiel auf Hände und Knie, ließ den Kopf hängen und zitterte vor Schmerz.

»Ich liebe euch mehr als alles andere«, rief sie, kaum in

der Lage zu atmen. »Ich vermisse euch jeden verdammten Tag, aber ich weiß jetzt, warum ihr das alles riskiert habt.«

Liv schluckte und fühlte ein neues Gefühl der Hoffnung. Sie hob ihr Kinn an. »Ich weiß, dass ihr bei dem Versuch, es aufzudecken, gestorben seid und ich werde nicht zulassen, dass es vergeblich war. Ich werde die Wahrheit finden und sie für alle offenbaren. Ich werde alles wieder zu dem machen, was es einmal war. Irgendwie werde ich eure Mission weiterführen und das Gleichgewicht im Haus der Vierzehn wiederherstellen.«

## *FINIS*

*Liv Beaufont kehrt zurück in*
*»Der loyale Freund«*

## Sarahs Autorennotizen

Ich danke euch, den Lesern, für die Lektüre der Bücher und die Unterstützung der Reihe. Neulich erhielt ich eine Rezension von einem Leser, der mit Liv auf Facebook befreundet sein wollte. Das war ein großartiges Kompliment. Manchmal denke ich gerne, dass ich sie bin und ihr alle meine Freunde sein wollt, aber ich bin nicht annähernd so schlimm.

Gestern Abend wachte ich zu meiner normalen »Geisterstunde« gegen drei Uhr morgens auf. Viele spirituelle Gurus glauben, dass wir dann vom Universum »geweckt« werden, weil es die ruhigste Zeit des Tages ist. Der Geist oder die Inspiration oder wie auch immer wir es nennen wollen, versucht eine Botschaft zu senden. Rumi, der große Dichter, sagte: »Die Morgenbrise hat Geheimnisse zu verraten. Schlafen Sie nicht wieder ein.«

Ich hörte dem Dichter zu, während ich viele Bücher schrieb und schrieb meine erste Serie, die »Lucidites«, zwischen drei und fünf Uhr morgens. Mein sechs Jahre altes Kind wachte dann auf und mir wurde klar, wie sehr Rumi sich geirrt hatte. Aber auch so sehr richtig. Ich hatte während der »Geisterstunde« einige großartige Ideen.

Dann beginnt man sich zu fragen, was ich da für eine Wirkung habe. Wartet. Ich habe es fast geschafft. So bin ich heute um drei Uhr morgens aufgewacht. In dieser Zeit überprüfe ich normalerweise E-Mails und Nachrichten, von denen ich viele, die ich in dieser gottlosen Stunde angeschaut habe, wieder vergessen werde und vergesse dann später, sie zu beantworten, wenn ich ein wenig Zeit übrig habe. Ich brauche eindeutig bessere Arbeitsgewohnheiten.

Jedenfalls dachte ich heute Morgen, dass mich diese Inspiration wieder einmal aufgeweckt hätte, als ich unten ein

Rumoren hörte. Der Lärm hatte mich aufgeweckt. Keine Inspiration.

Im Gegensatz zu Liv Beaufont war ich total angespannt. Da stellte ich mir das absolut Schlimmste vor, dank der Funktionsweise meines verschlungenen Gehirns. Ich stellte mir vor, dass das Drogenkartell in mein Haus eingebrochen ist, weil … Ein maskierter Mörder war so dreist geworden, in mein Haus einzubrechen, weil … Die Ganoven von der Straße waren unten und wünschten sich, sie wären in ein anderes Haus eingebrochen, eines mit Elektronik aus diesem Jahrhundert. Als die potenziellen Realitäten durch mein Gehirn strömten, gingen die lauten Geräusche vor meinem Schlafzimmer weiter.

Ich habe mich mit den vielen Waffen bewaffnet, die ich in meinem Schlafzimmer habe. Ich kann Ihnen nicht sagen, welche das sind, denn eine Kriegerin gibt ihre Geheimnisse nie preis. Jedenfalls war ich gerade dabei, meine Tür aufzuziehen, um diesen Übeltäter anzugreifen, als mir klar wurde, wie sehr ich nicht wie Liv Beaufont bin. Ich bin mir sicher, dass ich das Schwert bei tatsächlicher Gefahr nicht richtig schwingen oder den Einbrecher in die Brust treten oder eines der fantastischen Dinge tun würde, die Liv macht.

Ich akzeptierte diese Realität und zog die Tür wieder zu, um festzustellen, dass meine Katze Gefallen am Wäschekorb gefunden hatte und ihren Kopf dagegen drückte, sodass sie an die Wand neben meinem Schlafzimmer klopfte.

Die gute Nachricht war also, dass es unten keinen maskierten Mörder gab. Die schlechte Nachricht war, dass meine Katze in den frühen Morgenstunden dasselbe Leiden hat wie ich.

Ich bin vielleicht nicht Liv Beaufont, aber ich habe einen Kater, der die Inspiration für Plato gewesen ist. Obwohl er nicht spricht, bin ich ziemlich sicher, dass er plant, meine kurze Herrschaft der Vernunft zu beenden.

Wo wir gerade vom Plotten sprechen, Michael hatte viele der großartigen Ideen für das Ende dieses Handlungsbogens. Die Friedhofsszene war etwas, das ihm bei der Diskussion über dieses Buch sehr am Herzen lag und ich glaube, es hat wirklich gut funktioniert, um den Kreis richtig zu schließen. Auch die letzte Szene mit Adler war etwas, von dem er wirklich dachte, es würde das Buch abrunden. Diese Art der Zusammenarbeit ist es, die meiner Meinung nach diese Serie aufrechterhält und ich hoffe, dass sie für eine lange, lange Zeit weitergeht.

Sarah Noffke

24. März 2019

## Michaels Autorennotzien

**DANKE, dass ihr nicht nur diese Geschichte, sondern auch diese Anmerkungen des Autors gelesen habt.**
(Ich denke, ich war gut darin, immer mit »Danke« zu beginnen. Wenn nicht, muss ich die anderen Autorennotizen bearbeiten!)

### Meistens zufällige Gedanken
Sarah kann behaupten, dass sie eine Angsthasen-Katze ist (und vielleicht ist sie das auch), aber sie hat sich nicht UNTER der Decke versteckt, sie hat Batmans Waffen gefunden (sie hat doch ihr Waffenversteck mit euch geteilt, oder?) und hätte dann aus Versehen fast ihre liebe und treue Katze erledigt.

Wichtig ist, dass sie aufstand und zur Tür ging.

Ein Held ist nicht jemand, der keine Angst hat. Ein Held ist jemand, der durch seine Angst handelt.

Gut gemacht, Sarah, du bist eine Heldin!

### IN 80 TAGEN RUND UM DIE WELT
Einer der (zumindest für mich) interessanten Aspekte meines Lebens ist die Fähigkeit, von überall und jederzeit arbeiten zu können. Ich hoffe, dass ich in Zukunft meine eigenen *Autorennotizen* noch einmal lesen und mich an mein Leben als Tagebucheintrag erinnern werde.

La Puente, Kalifornien – etwa 30 Minuten (an einem guten Tag) von der Innenstadt von Los Angeles entfernt.

Es ist 7:20 Uhr morgens und ich bin vor einer Stunde und fünfzehn Minuten aufgestanden. Ich habe mit Stephen Campbell (Zen-Meister Walking™) telefoniert, als er am Flughafen war und in 30 Minuten ins Flugzeug steigen würde, um nach Florida zurückzufliegen.

Einer seiner Söhne wollte seiner Freundin einen romantischen Heiratsantrag machen und deswegen seine Familie dabei haben, um seine Freundin zu überraschen. Ich habe keine Ahnung, wie es gelaufen ist, außer dass sie »ja« sagte – ein gutes Ergebnis, denke ich.

In diesem Teil Kaliforniens gibt es so wenig Stürme (weil es in den letzten Jahren so wenig Regen gegeben hat), dass es keine Überraschung sein dürfte, dass wir nun ein erhebliches Wasserleck durch den Sturm im Speisesaal haben.

Ich würde ein Bild liefern, aber es ist irgendwie hässlich.

Stellt euch vor, Ihr hättet vor etwa einem Jahr eine Decke gemalt. Die Farbe ist immer noch ziemlich elastisch, sodass sie nichts durchlässt, wenn sich das Wasser über ihr ansammelt, sondern beginnt, eine mit Wasser gefüllte Eitertasche an der Unterseite der Decke eures Esszimmers zu bilden.

Schließlich platzt mit genügend Wasser die Farbe auf und das ganze weiße Wasser (von der Gipsplatte) platscht auf Ihr hölzernes Esszimmerset und verspritzt überall weiße Spritzer.

Es sieht so aus, als hätte ich einen halben Meter großen, weißen Pickel über mir …
GROSS!

Ad Aeternitatem,
Michael Anderle
25. März 2019

DIE TRIUMPHIERENDE TOCHTER

## Danksagungen von Sarah Noffke

Mein Lieblingsteil beim Schreiben eines Buches ist die Erstellung der Seite mit den Danksagungen. Es erinnert mich daran, dass das Schreiben eines Buches keine Einzelleistung ist. Ich sitze vielleicht allein und schreibe, aber das fertige Produkt ist das Ergebnis der Unterstützung und Ermutigung eines Stammes von Menschen.

Vielen Dank an die Leser, die die Bücher kaufen, lesen, rezensieren und empfehlen. SIE sind es, die uns am Schreiben halten. Ich bin immer inspiriert von den Botschaften, die ich von den Lesern erhalte. Ich danke euch, dass Ihr meine Schreibarbeit unterstützt und meinem Leben so viel Reichtum bietet – aber nicht auf das Geld bezogen, sondern auf Erfahrungen und Erlebnisse, die mein Leben als Autorin erst möglich machen.

Danke an meine LBMPN-Familie für die Unterstützung. Steve, Michael, Lynne, Moonchild, Jennifer und so viele andere, die sich für die Veröffentlichung des Buches und darüber hinaus einsetzen.

Vielen Dank an die Beta-Leser, die schon früh so viele wertvolle Einblicke geboten haben. Vielen Dank an John, Chrisa, Kelly, Martin und Larry.

Vielen Dank an das JIT-Team für all das großartige Feedback. Eine neue Serie ist immer aufregend und nervenaufreibend. Michael und ich dachten, wir hätten eine großartige Idee für eine neue Welt, aber wir wissen es erst wirklich, wenn wir objektives Feedback erhalten. Was würde ich ohne all die großartigen Leser tun?

Ich danke meinen Freunden und meiner Familie. Das Schreiben ist ein seltsamer Beruf. Ich arbeite zu seltsamen Zeiten, führe Selbstgespräche, habe eine fragwürdige

Ernährung, werde unruhig wegen der Fristen. Aber die wunderbaren Menschen in meinem Leben zeigen weiterhin ihre Ermutigung und Nachdenklichkeit, egal was passiert. Es ist für mich nie verloren, denn ich weiß, dass ich nicht das tun würde, was ich liebe, wenn mich nicht mit all diese wunderbaren Menschen anfeuern würden.

Wie bei allen meinen Büchern geht der letzte Dank an meine Muse Lydia. Ich habe mein erstes Buch geschrieben, damit ich meine Tochter stolz machen konnte und es hat nie aufgehört. Ich schreibe jedes Buch für dich, meine Liebe.

## SOZIALE MEDIEN

**Möchtest Du mehr?**
Abonnier unseren Newsletter, dann bist Du bei neuen Büchern, die veröffentlicht werden, immer auf dem Laufenden:
https://lmbpn.com/de/newsletter/

**Tritt der Facebook-Gruppe und der Fanseite hier bei:**
https://www.facebook.com/groups/ZeitalterderExpansion/
(Facebook-Gruppe)
https://www.facebook.com/DasKurtherianischeGambit/
(Facebook-Fanseite)

Die E-Mail-Liste verschickt sporadische E-Mails bei neuen Veröffentlichungen, die Facebook-Gruppe ist für Veröffentlichungen und ›hinter den Kulissen‹-Informationen über das Schreiben der nächsten Geschichten. Sich über die Geschichten zu unterhalten ist sehr erwünscht.

Da ich nicht zusichern kann, dass alles was ich durch mein deutsches Team auf Facebook schreiben lasse, auch bei Dir ankommt, brauche ich die E-Mail-Liste, um alle Fans zu benachrichtigen wenn ein größeres Update erfolgt oder neue Bücher veröffentlicht werden.

Ich hoffe Dir gefallen unsere Buchserien, ich freue mich immer über konstruktive Rezensionen, denn die sorgen für die weitere Sichtbarkeit unserer Bücher und ist für unabhängige Verlage wie unseren die beste Werbung!

*Jens Schulze für das Team von LMBPN International*

**DEUTSCHE BÜCHER VON
LMBPN PUBLISHING**

**Das kurtherianische Gambit
(Michael Anderle – Paranormal Science Fiction)**

**Erster Zyklus:**
Mutter der Nacht (01) · Queen Bitch – Das königliche Biest (02) · Verlorene Liebe (03) · Scheiß drauf! (04) · Niemals aufgegeben (05) · Zu Staub zertreten (06) · Knien oder Sterben (07)

**Zweiter Zyklus:**
Neue Horizonte (08) · Eine höllisch harte Wahl (09) · Entfesselt die Hunde des Krieges (10) · Nackte Verzweiflung (11) · Unerwünschte Besucher (12) · Eiskalte Überraschung (13) · Mit harten Bandagen (14)

**Dritter Zyklus:**
Schritt über den Abgrund (15) · Bis zum bitteren Ende (16) · Ewige Feindschaft (17) · Das Recht des Stärkeren (18) · Volle Kraft voraus (19)

**Kurzgeschichten:**
Frank Kurns – Geschichten aus der Unbekannten Welt

**In Vorbereitung:**
...die restlichen Bücher bis Band 21

**Aufstieg der Magie
(CM Raymond, LE Barbant &
Michael Anderle – Fantasy)**
Unterdrückung (01) · Wiedererwachen (02) · Rebellion (03) · Revolution (04)
In Vorbereitung sind die restlichen Bücher bis Band 12 aus dem Kurtherian-Gambit-Universum

**Das zweite Dunkle Zeitalter
(Michael Anderle & Ell Leigh Clarke
– Paranormal Science Fiction)**
Der Dunkle Messias (01) · Die dunkelste Nacht (02)
In Vorbereitung sind die restlichen Bücher bis Band 4
aus dem Kurtherian-Gambit-Universum

**Der unglaubliche Mr. Brownstone
(Michael Anderle – Urban Fantasy)**
Von der Hölle gefürchtet (01) · Vom Himmel verschmäht (02) ·
Auge um Auge (03) · Zahn um Zahn (04) ·
Die Witwenmacherin (05) · Wenn Engel weinen (06) ·
Bekämpfe Feuer mit Feuer (07)
In Vorbereitung sind die restlichen Bücher dieser
Oriceran-Serie

**Die Schule der grundlegenden Magie
(Martha Carr & Michael Anderle – Urban Fantasy)**
Dunkel ist ihre Natur (01)
In Vorbereitung sind die restlichen Bücher bis Band 8
diese Oriceran-Serie

**Die Schule der grundlegenden Magie: Raine Campbell
(Martha Carr & Michael Anderle – Urban Fantasy)**
Mündel des FBI (01)
In Vorbereitung sind die restlichen Bücher bis Band 9
diese Oriceran-Serie

**Die Chroniken des Komplettisten
(Dakota Krout – LitRPG/GameLit)**
Ritualist (01) · Regizid (02) · Rexus (03) ·
Rückbau (04) · Rücksichtslos (05)
In Vorbereitung sind die derzeit verfügbaren Teile

**Die Chroniken von KieraFreya**
**(Michael Anderle – LitRPG/GameLit)**
Newbie (01)
Anfängerin (02)
In Vorbereitung sind die restlichen Bücher bis Band 6

**Die guten Jungs**
**(Eric Ugland – LitRPG/GameLit)**
Noch einmal mit Gefühl (01)
Heute Erbe, morgen Schachfigur (02)
In Vorbereitung sind die restlichen Bücher der Serie

**Die bösen Jungs**
**(Eric Ugland – LitRPG/GameLit)**
Schurken & Halunken (01) in Vorbereitung
In Vorbereitung sind die restlichen Bücher der Serie

**Die Reiche**
**(C.M. Carney – LitRPG/GameLit)**
Der König des Hügelgrabs (01)
In Vorbereitung sind die restlichen Bücher der Serie

**Stahldrache**
**(Kevin McLaughlin & Michael Anderle –**
**Urban Fantasy)**
Drachenhaut (01) · Drachenaura (02) ·
Drachenschwingen (03) · Drachenerbe (04) ·
Dracheneid (05) · Drachenrecht (06) ·
Drachenparty (07) · Drachenrettung (08)
In Vorbereitung sind die restlichen Bücher bis Band 15

**Animus**
**(Joshua & Michael Anderle – Science Fiction)**
Novize (01) · Koop (02) · Deathmatch (03) ·
Fortschritt (04) · Wiedergänger (05) · Systemfehler (06)
In Vorbereitung sind die restlichen Bücher bis Band 12

**Opus X**
**(Michael Anderle – Science Fiction)**
Der Obsidian-Detective (01)
Zerbrochene Wahrheit (02)
Suche nach der Täuschung (03)
In Vorbereitung sind die restlichen Bücher bis Band 12

**Unzähmbare Liv Beaufont**
**(Sarah Noffke & Michael Anderle – Urban Fantasy)**
Die rebellische Schwester (01)
Die eigensinnige Kriegerin (02)
Die aufsässige Magierin (03)
Die triumphierende Tochter (04)
Die loyale Freundin (05)
Die dickköpfige Fürsprecherin (06)
Die unbeugsame Kämpferin (07)
Die außergewöhnliche Kraft (08)
Die leidenschaftliche Delegierte (09)
Die unwahrscheinlichsten Helden (10)
Die kreative Strategin (11)
Die geborene Anführerin (12)

**Die einzigartige S. Beaufont**
**(Sarah Noffke & Michael Anderle – Urban Fantasy)**
Die außergewöhnliche Drachenreiterin (01)
Das Spiel mit der Angst (02)
In Vorbereitung sind die restlichen Bücher bis Band 24

**Die Geburt von Heavy Metal
(Michael Anderle – Science Fiction)**
Er war nicht vorbereitet (01)
Sie war seine Zeugin (02)
Hinterhältige Hinterlassenschaften (03)
In Vorbereitung sind die restlichen Bücher bis Band 8

**Weihnachts-Kringle
(Michael Anderle –
Action-Adventure-Weihnachtsgeschichten)**
Stille Nacht (01)